RELÍQUIAS

OBRAS DA AUTORA PUBLICADAS PELA EDITORA RECORD

Série Rizzoli & Isles

O cirurgião

O dominador

O pecador

Dublê de corpo

Desaparecidas

O Clube Mefisto

Relíquias

Gélido

A garota silenciosa

A última vítima

O predador

Segredo de sangue

A enfermeira

Vida assistida

Corrente sanguínea

A forma da noite

Gravidade

O jardim de ossos

Valsa maldita

Com Gary Braver

Obsessão fatal

TESS GERRITSEN

RELÍQUIAS

Tradução de
Ricardo Gomes Quintana

6ª edição

EDITORA RECORD
RIO DE JANEIRO • SÃO PAULO
2024

CIP-BRASIL. CATALOGAÇÃO NA FONTE
SINDICATO NACIONAL DOS EDITORES DE LIVROS, RJ

G326
6ª ed.

Gerritsen, Tess, 1953-
Relíquias / Tess Gerritsen; tradução de Ricardo Gomes Quintana. – 6ª ed. – Rio de Janeiro: Record, 2024.

Tradução de: The keepsake
ISBN 978-85-01-09231-1

1. Ficção americana. I. Quintana, Ricardo. II. Título.

12-0735

CDD: 813
CDU: 821.111(73)-3

Título original em inglês:
THE KEEPSAKE

Copyright © 2008 by Tess Gerritsen

Revisão Técnica: Sérgio Luiz Salek Teixeira

Texto revisado segundo o Acordo Ortográfico da Língua Portuguesa de 1990.

Todos os direitos reservados. Proibida a reprodução, no todo ou em parte, através de quaisquer meios. Os direitos morais da autora foram assegurados.

Editoração eletrônica: Abreu's System

Direitos exclusivos de publicação em língua portuguesa somente para o Brasil adquiridos pela
EDITORA RECORD LTDA.
Rua Argentina, 171 – Rio de Janeiro, RJ – 20921-380 – Tel.: 2585-2000,
que se reserva a propriedade literária desta tradução.

Impresso no Brasil

ISBN 978-85-01-09231-1

Seja um leitor preferencial Record.
Cadastre-se e receba informações sobre nossos lançamentos e nossas promoções.

Atendimento e venda direta ao leitor:
sac@record.com.br

EDITORA AFILIADA

A Adam e Joshua,
para quem o sol brilha

Toda múmia é uma aventura a ser explorada, um continente desconhecido que se visita pela primeira vez.

— DR. JONATHAN ELIAS, egiptólogo

1

Ele está vindo atrás de mim.

Sinto nos meus ossos. Farejo no ar, tão facilmente reconhecido quanto o cheiro da areia quente, de especiarias perfumadas e do suor de cem homens trabalhando ao sol. Esses são os aromas do deserto ocidental do Egito, e ainda são intensos para mim, embora o país esteja a quase meio mundo de distância do quarto escuro onde estou deitada. Já se passaram 15 anos desde que andei pela última vez naquele deserto, mas, quando fecho os olhos, em um instante encontro-me novamente lá, de pé na extremidade do acampamento, olhando em direção à fronteira líbia e ao crepúsculo. O vento, ao varrer o vale, gemia como uma mulher. Ainda ouço a batida das picaretas e o arranhar das pás, posso ver o exército de operários egípcios, ocupados como formigas multiplicando-se no sítio de escavação, arrastando seus cestos de *gufa* cheios de terra. Há 15 anos, quando estava naquele deserto, tinha a sensação de ser uma atriz em um filme que retratava as aventuras de outra pessoa, não as minhas. É claro que não era uma aventura que uma garota calada, de Indio, na Califórnia, imaginasse viver.

Os faróis de um carro que passa iluminam minhas pálpebras fechadas. Quando abro os olhos, o Egito desaparece. Não estou mais no deserto admirando o crepúsculo que mancha o céu em tons de azul, dourado e lilás. Em vez disso, encontro-me outra vez a meio mundo de distância, deitada no meu quarto escuro em San Diego. Levanto-me da cama e caminho descalça até a janela, a fim de olhar a rua. Moro em um bairro monótono, de casas iguais, de estuque, construídas na década de 1950, antes do sonho americano significar minimansões e garagens para três carros. Existe honestidade nessas casas modestas e sólidas, construídas não para impressionar, e sim fornecer abrigo, e esse anonimato me deixa segura. Sou mais uma mãe solteira lutando para criar uma filha adolescente e rebelde.

Espreitando a rua por detrás da cortina, vejo um sedã escuro diminuir a velocidade meio quarteirão adiante. Depois, ele para junto à calçada e desliga os faróis. Observo, na expectativa de ver o motorista descer, mas isso não acontece. Durante um longo tempo, ele permanece dentro do automóvel. Talvez estivesse ouvindo o rádio, ou tenha brigado com a mulher e esteja temeroso de encará-la. Talvez naquele carro haja amantes sem um lugar para ir. Imagino tantas explicações, nenhuma delas alarmante. No entanto, minha pele começa a pinicar de medo.

Um instante depois, as lanternas traseiras do sedã acendem-se, e o carro se afasta, descendo a rua.

Mesmo após ele ter desaparecido ao dobrar a esquina, continuo tensa, agarrada à cortina com as mãos úmidas. Volto para a cama e deito-me suada sobre as cobertas, mas não consigo dormir. Embora seja uma noite quente de julho, mantenho a janela do quarto trancada e insisto que minha filha, Tari, faça o mesmo, mas nem sempre ela me obedece.

A cada dia, ela me obedece cada vez menos.

Fecho os olhos e, como sempre, as visões do Egito retornam. É sempre para lá que meus pensamentos vão. Mesmo antes de pôr os pés naquela terra, já sonhava com ela. Quando tinha 6 anos, vi uma fotografia do Vale dos Reis na capa da *National Geographic* e senti um reconhecimento imediato, como se estivesse olhando para um rosto familiar, muito querido, já quase esquecido. Era isso que aquele lugar significava para mim, um rosto amado que eu desejava ver novamente.

Com o passar dos anos, construí os alicerces para meu retorno. Trabalhava e estudava. Ao conseguir uma bolsa integral em Stanford, despertei a atenção de um professor, que me recomendou de modo entusiástico para um trabalho de verão em uma escavação no deserto ocidental do Egito.

Em junho, ao final de meu primeiro ano, embarquei em um voo para o Cairo.

Mesmo agora, na escuridão do meu quarto na Califórnia, eu me lembro de como meus olhos doíam com o reflexo do sol intenso na areia branca e escaldante. Sinto o cheiro do protetor solar na pele e as ferroadas do vento, ao salpicar-me o rosto com a brita do deserto. São recordações que me deixam feliz. Com uma espátula na mão e o sol batendo nos ombros, realizei meu sonho de menina.

Entretanto, com que rapidez os sonhos transformam-se em pesadelos! Embarquei no voo para o Cairo como uma estudante universitária feliz. Três meses depois, uma mulher diferente voltou para casa.

Não voltei do deserto sozinha. Fui seguida por um monstro.

No escuro, minhas pálpebras se abriram. Terei ouvido um passo? Uma porta se abrindo? Estou deitada sobre lençóis úmidos, o coração martelando contra o peito. Tenho medo de sair da cama, e também de ficar nela.

Tem alguma coisa errada na casa.

Após anos me escondendo, aprendi a não ignorar os sussurros dentro de mim, urgentes, a única razão de eu ainda estar viva. Convém prestar atenção em qualquer anomalia, tremor ou inquietação. Observo os carros estranhos que passam na rua. Fico alerta se algum colega de trabalho comenta que alguém perguntou por mim. Faço planos de fuga elaborados, antes mesmo de precisar deles. Meu próximo movimento já está planejado. Em duas horas, minha filha e eu podemos estar do outro lado da fronteira, no México, com identidades novas. Nossos passaportes, com nomes diferentes, estão na mala.

Já devíamos ter partido, sem esperar tanto tempo.

Porém, como convencer uma garota de 14 anos a se separar dos amigos? Tari é o problema; ela não compreende o perigo que corremos.

Abro a gaveta da mesa de cabeceira e pego o revólver. Ele não tem registro, e fico nervosa por ter uma arma de fogo sob o mesmo teto que minha filha. Contudo, após um treinamento de seis semanas, sei como usá-la.

Meus pés descalços não fazem barulho quando saio do quarto e ando pelo corredor, passando pela porta fechada do quarto de Tari. Realizo a mesma inspeção que já fiz mil vezes antes, sempre no escuro. Como todas as presas, me sinto mais segura na escuridão.

Na cozinha, verifico as janelas e a porta. Na sala, faço o mesmo. Tudo está trancado. Volto pelo corredor e paro em frente à porta do quarto da minha filha. Tari tornou-se obcecada com sua privacidade; mas não há tranca na porta, jamais permitirei isso. Preciso ter condições de dar uma olhada lá dentro e confirmar que está tudo bem.

A porta range quando a abro, mas isso não vai despertá-la. Como a maioria dos adolescentes, seu sono assemelha-se a um coma. De imediato, sinto a brisa e dou um suspiro. Mais uma vez, Tari ignorou meu pedido e deixou a janela totalmente aberta, como tantas vezes antes.

Parece um sacrilégio carregar a arma dentro do quarto da minha filha, mas preciso fechar aquela janela. Entro e paro ao lado da cama, olhando-a dormir, ouvindo o ritmo regular de sua respiração. Lembro-me da primeira vez que a vi, com o rosto vermelho e chorando nas mãos do obstetra. Após 18 horas de trabalho de parto, estava tão cansada que mal podia levantar a cabeça do travesseiro. No entanto, após um vislumbre do meu bebê, eu já me sentia capaz de levantar da cama e lutar contra uma legião de atacantes para protegê-la. Foi o momento em que descobri qual seria seu nome. Pensei nas palavras esculpidas no grande templo de Abu Simbel, escolhidas por Ramsés, o Grande, a fim de proclamar o amor pela esposa.

NEFERTARI, PARA QUEM O SOL BRILHA

Minha filha, Nefertari, é o único e exclusivo tesouro que trouxe do Egito, e tenho pavor de perdê-la.

Ela se parece tanto comigo. É como se eu estivesse me vendo dormir. Aos 10 anos, ela já sabia ler hieróglifos. Aos 12, enumerava todas as dinastias, até a ptolemaica. Passa os fins de semana visitando o Museu do Homem. Ela é um clone meu, em todos os sentidos, e com o passar dos anos, não se vê nenhum traço óbvio do pai em seu rosto, em sua voz, ou, mais importante, em sua alma. Ela é minha filha, só minha, não contaminada pelo mal que a gerou.

Todavia, é uma garota de 14 anos normal, e isso tem sido um motivo de frustração nestas últimas semanas, à medida que sinto a escuridão nos cercando, enquanto fico acordada toda noite, à espreita dos passos do monstro. Minha filha não tem consciência do perigo porque escondi a verdade dela. Quero que cresça forte e destemida, uma guerreira, sem medo de sombras. Ela não entende por que ando pela casa de madrugada, tranco janelas e verifico portas. Acha que sou apreensiva demais, e é verdade: preocupo-me pelas duas, a fim de preservar a ilusão de que tudo está certo com o mundo.

É isso o que Tari acha. Ela gosta de San Diego e está ansiosa para cursar o segundo grau. Conseguiu fazer amizades aqui, e Deus ajude o pai ou a mãe que tenta se colocar entre um adolescente e seus amigos. É teimosa como eu e, se não fosse por sua resistência, já teríamos deixado a cidade há semanas.

Uma brisa sopra pela janela, esfriando o suor em minha pele.

Deixo a arma sobre a mesa de cabeceira e vou até a janela para fechá-la. Por um momento, me demoro, inspirando o ar fresco. Lá fora, a noite ficou silenciosa, exceto pelo zumbido de um mosquito. Sinto uma picada no rosto. Seu significado não fica claro para mim até que estico o braço para fechar a janela. Sinto o frio gelado do pânico subir pela minha espinha.

A tela não está mais lá. *Onde está a tela?*

Só então, sinto a presença malévola. Enquanto observava carinhosamente minha filha, *aquilo* me observava. Estivera vigiando o tempo todo, fazendo hora, esperando pela chance de atacar. E agora nos encontrou.

Viro-me e encaro o mal.

2

A Dra. Maura Isles não conseguia decidir se ficava ou se fugia.

Permanecia nas sombras do estacionamento do Hospital Pilgrim, bem longe da luz dos holofotes, para além do círculo das câmeras de TV. Ela não queria ser identificada. A maioria dos repórteres locais reconheceria a mulher impressionante, de rosto pálido e cabelos negros com corte reto, apelidada de Rainha dos Mortos. Até então, ninguém reparara na chegada de Maura, e nenhuma câmera estava voltada para ela. Pelo contrário, a atenção da mídia estava totalmente concentrada em um furgão branco que acabara de parar na entrada do hospital, a fim de desembarcar sua famosa passageira. As portas de trás do veículo foram abertas, e uma tempestade de flashes iluminou a noite, enquanto a paciente-celebridade era cuidadosamente retirada e colocada em uma maca do hospital. Tratava-se de uma estrela da mídia, cuja fama recente extrapolava a de qualquer simples médico-legista. Naquela noite quente de domingo, Maura apenas fazia parte da plateia embasbacada, atraída até ali pela mesma razão que transformara os repórteres em fãs frenéticos na porta do hospital.

Todos ansiavam por um vislumbre de Madame X.

Maura já encarara jornalistas muitas vezes, mas o apetite voraz daquela multidão alarmou-a. Ela sabia que se avistassem uma presa nova, no mesmo instante desviariam sua atenção e, naquela noite, ela já se sentia emocionalmente machucada e vulnerável. Pensou em escapar da confusão dando meia-volta e entrando no carro de novo. Entretanto, tudo que a aguardava em casa era o silêncio, e talvez alguns copos de vinho a mais, para fazer-lhe companhia, pois Daniel Brophy estava indisponível. De um tempo para cá, isso se tornara frequente, mas esse era o preço que concordara em pagar ao apaixonar-se por ele. O coração faz suas escolhas sem medir as consequências e sem pensar nos futuros momentos de solidão.

A maca que carregava Madame X deslizou para dentro do hospital e a multidão de repórteres foi atrás. Pela porta de vidro da entrada, Maura via luzes brilhantes e rostos empolgados, enquanto permanecia sozinha ali fora, no estacionamento.

Ela seguiu o cortejo para dentro do prédio.

A maca passou pelo salão, por visitantes que a olhavam espantados e pelos agitados funcionários do hospital, com os celulares na mão para tirar fotos. O séquito prosseguiu pelo corredor, em direção ao setor de Diagnóstico por Imagens. Porém, a partir de um determinado ponto, somente a maca teve permissão para prosseguir. Um funcionário de terno e gravata deu um passo à frente e impediu a entrada da mídia.

— Infelizmente, vocês têm que parar aqui — disse ele. — Eu sei que todo mundo quer assistir, mas a sala é muito pequena.

Ele levantou a mão para silenciar os resmungos de contrariedade.

— Meu nome é Phil Lord. Sou o relações-públicas do Hospital Pilgrim e estamos muito contentes por fazer parte desse estudo, já que uma paciente como Madame X só aparece a cada, vamos dizer, 2 mil anos — declarou e sorriu quando os repórteres deram uma risada. — A tomografia computadorizada não vai demorar muito. Então, se quiserem esperar, um dos arqueólogos vai sair logo depois para anunciar o resultado.

Ele voltou-se para um homem pálido, com cerca de 40 anos, recolhido em um canto, como se esperasse não ser notado.

— Dr. Robinson, antes de começarmos, o senhor gostaria de dizer algumas palavras?

A última coisa que aquele homem desejava fazer era falar com a multidão, mas ele respirou fundo e, bravamente, deu um passo à frente, ajeitando sobre o nariz adunco os óculos que ameaçavam cair. Era um arqueólogo que não possuía a menor semelhança com Indiana Jones. Com entradas pronunciadas e olhar de quem passa horas estudando, ele parecia mais um contador capturado pelo inoportuno brilho das câmeras.

— Sou o Dr. Nicholas Robinson — disse ele. — Curador do...

— O senhor poderia falar mais alto, doutor? — gritou um dos repórteres.

— Ah, me desculpe — respondeu, limpando a garganta. — Sou o curador do Museu Crispin, aqui de Boston. Somos imensamente gratos ao Hospital Pilgrim por ter se oferecido, de forma tão generosa, a realizar esse escaneamento em Madame X. É uma oportunidade extraordinária de se ter um contato íntimo com o passado e, a se julgar pelo tamanho dessa multidão, vocês todos estão tão entusiasmados quanto nós. Minha colega, a Dra. Josephine Pulcillo, que é egiptóloga, virá falar com vocês assim que o escaneamento terminar. Ela vai anunciar os resultados e responder a qualquer pergunta.

— Quando Madame X vai ser mostrada ao público? — perguntou um jornalista.

— Ainda esta semana, espero — disse Robinson. — A nova exibição já está montada e...

— Existe alguma pista sobre a identidade dela?

— Por que ela não foi exibida antes?

— Ela era da realeza?

— Não sei — respondeu Robinson, piscando freneticamente diante de tantas perguntas. — Ainda precisamos confirmar que se trata de uma mulher.

— Vocês a encontraram há seis meses e ainda não sabem nem o sexo?

— Esses exames levam tempo.

— Uma olhada deveria ser o suficiente — disse um repórter, e a multidão riu.

— Não é tão simples como vocês imaginam — falou Robinson, os óculos caindo de novo do nariz. — Por ter 2 mil anos de idade, ela é extremamente frágil e tem que ser manuseada com muito cuidado. Para mim já foi exasperante transportá-la até aqui esta noite, naquele furgão. A prioridade máxima do museu é a preservação. Eu me considero seu guardião e é meu dever protegê-la. Foi por isso que demoramos tanto coordenando esse escaneamento com o hospital. Precisamos agir devagar, com cuidado.

— O que o senhor espera descobrir com o escaneamento desta noite, Dr. Robinson?

O rosto de Robinson encheu-se subitamente de entusiasmo.

— Descobrir? Ora, tudo! Idade, estado de saúde. O método de preservação. Se tivermos sorte, podemos até descobrir a causa da morte.

— É por isso que a patologista está aqui?

O grupo todo se voltou como uma criatura cheia de olhos e encarou Maura, que estava no fundo da sala. Ela sentiu a vontade costumeira de recuar quando as câmeras de TV viraram-se em sua direção.

— Dra. Isles — gritou um repórter —, a senhora está aqui para fazer um diagnóstico?

— Por que o Departamento de Medicina Legal está envolvido? — perguntou outro.

A última pergunta requeria uma resposta imediata, antes que o caso fosse distorcido pela imprensa.

Maura respondeu com firmeza:

— O Departamento de Medicina Legal não está envolvido. Eles não me pagaram para vir aqui esta noite.

— Mas a senhora está aqui — disse o louro do Canal 5, com quem Maura antipatizava.

— A convite do Museu Crispin. O Dr. Robinson achou que seria útil ter a opinião de um patologista nesse caso. Então, ele me telefonou na semana passada perguntando se eu queria assistir ao escaneamento. Pode ter certeza de que qualquer patologista adoraria essa oportunidade. Eu estou tão fascinada por Madame X quanto vocês, e mal consigo esperar para vê-la — declarou e olhou explicitamente para o curador. — Já não está na hora, Dr. Robinson?

— Está sim. Tenha a bondade de me acompanhar, Dra. Isles — respondeu o arqueólogo aproveitando a deixa.

Ela cruzou a multidão e seguiu-o para o setor de Diagnóstico por Imagens. Quando a porta fechou-se atrás deles, deixando a imprensa de fora, Robinson soltou um longo suspiro.

— Meu Deus, detesto falar em público — disse ele. — Obrigado por ter acabado com aquele suplício.

— Eu já tenho prática. Já passei muito por isso.

Os dois deram um aperto de mão e ele disse:

— É um prazer conhecê-la finalmente, Dra. Isles. O Sr. Crispin também teria gostado muito de encontrá-la, mas ele passou por uma cirurgia no quadril há alguns meses. Como ainda não pode ficar de pé por muito tempo, me pediu para cumprimentá-la por ele.

— Quando o senhor me convidou, não me disse que eu teria que enfrentar essa turba.

— A imprensa? — Robinson lançou-lhe um olhar penoso. — Eles são um mal necessário.

— Necessário para quem?

— O museu precisa sobreviver. Desde a matéria sobre Madame X, nossa venda de ingressos extrapolou os limites. E a gente nem a colocou em exposição ainda.

Robinson conduziu-a por um labirinto de corredores. Naquela noite de domingo, o setor de Diagnóstico por Imagem estava calmo, e eles passaram por salas escuras e vazias.

— Vai ficar um pouco apertado lá dentro — disse Robinson. — O espaço só dá para um grupo pequeno de pessoas.

— Quem mais vai assistir?

— Minha colega Josephine Pulcillo, o radiologista, Dr. Brier, e um técnico em tomografia computadorizada. Ah, e uma equipe de filmagem.

— Você a contratou?

— Não. Eles são do Discovery Channel.

Ela deu uma risada de espanto.

— Agora eu estou *realmente* impressionada.

— Isso significa que a gente tem que ter cuidado com nossa linguagem — disse parando em frente à porta com a inscrição TC e acrescentando em voz baixa: — Eu acho que eles já devem estar filmando.

Eles entraram silenciosamente na sala de observação da TC, onde a equipe de filmagem estava, de fato, registrando a explicação do Dr. Brier sobre a tecnologia a ser usada.

— *TC* é a abreviatura de "tomografia computadorizada". A máquina dispara raios X no paciente, a partir de milhares de ângulos diferentes. O computador processa então essas informações e gera uma imagem tridimensional da anatomia interna. Vocês vão ver isso nesse monitor. Parece uma série de cortes transversais, como se estivéssemos fatiando o corpo.

Enquanto a gravação continuava, Maura se aproximou da janela de observação e, através do vidro, viu Madame X pela primeira vez.

No seleto mundo dos museus, as múmias egípcias eram sem sombra de dúvida como as estrelas do rock. Suas caixas de exposição eram o local onde, em geral, as crianças de escola se aglomeravam, com os rostos colados no vidro, fascinadas por aquele raro vislumbre da morte. Não é sempre que olhos modernos encontram um cadáver humano em exibição, a não ser quando este ostenta o semblante aceitável de uma múmia. O público adorava múmias, Maura não era exceção. Ela olhava hipnotizada, mesmo que a visão não passasse de uma trouxa com forma humana, repousando em um caixote aberto; a carne oculta sob velhas faixas de linho e, para completar, uma máscara funerária com um rosto feminino pintado, com impressionantes olhos negros.

Entretanto, outra mulher, na sala de tomografia, chamou a atenção de Maura. Usando luvas de algodão, a jovem estava inclinada sobre o esquife, removendo a espuma de polietileno em volta da múmia para o empacotamento. Alguns cachos de seus cabelos negros estavam caídos sobre o rosto. Depois, ela endireitou o corpo e puxou os fios para trás, revelando olhos tão escuros e fascinantes quanto aqueles pintados na máscara. Seus traços mediterrâneos poderiam estar pintados em um templo egípcio, mas as roupas eram completamente modernas: jeans apertados e uma camiseta Live Aid.

— É linda, não é? — murmurou o Dr. Robinson, aproximando-se de Maura e, por um momento, a médica ficou na dúvida se ele referia-se à Madame X ou à jovem. — Parece estar em condições excelentes. Eu espero que o corpo esteja tão bem preservado quanto as bandagens.

— Que idade você acha que ela tem? Faz alguma ideia?

— Nós mandamos uma amostra da faixa para uma datação por carbono 14. Quase estouramos nosso orçamento, mas Josephine insistiu. O resultado veio como sendo do século II a.C.

— É o período ptolemaico, não?

Ele respondeu com um sorriso de satisfação.

— A senhora conhece as dinastias egípcias.

— Estudei antropologia na faculdade, mas acho que não me lembro de muito mais além disso e da tribo dos ianomâmi.

— Estou impressionado, mesmo assim.

Ela dirigiu o olhar para o corpo enfaixado, admirada por aquela coisa no caixote ter mais de 2 mil anos. Que viagem havia feito, atravessando o oceano, e milênios, para acabar deitada sobre uma mesa de tomografia computadorizada, em um hospital de Boston, cercada de curiosos boquiabertos.

— O senhor vai deixá-la no esquife para o escaneamento? — perguntou Maura.

— Queremos mexer nela o mínimo possível. O caixote não atrapalha. Vai dar para ver bem o que está por debaixo do linho.

— Então ainda não deu nem uma olhadinha?

— A senhora está perguntando se eu *desembrulhei* algum pedaço dela? — declarou, e seus olhos suaves abriram-se horrorizados. — Meu Deus, não. Os arqueólogos faziam isso há uns cem anos, talvez, e foi exatamente assim que eles acabaram danificando tantos espécimes. Provavelmente, deve haver camadas de resina sob as faixas, impedindo que se desenrole tudo. Seria preciso tirar lascas, o que, além de destrutivo, é desrespeitoso. Eu nunca faria isso... — afirmou olhando pela janela para a jovem de cabelos negros. — E Josephine me mataria se eu fizesse isso.

— Essa é sua colega?

— Sim, a Dra. Pulcillo.

— Ela parece ter 16 anos.

— Não é? Mas é brilhante. Foi ela que conseguiu esse escaneamento. E quando os advogados do hospital tentaram impedir, Josephine deu um jeito de conseguir a aprovação.

— Por que os advogados foram contra?

— Quer saber mesmo? Porque essa paciente não podia dar ao hospital um consentimento formal.

— Eles queriam o consentimento formal de uma *múmia*? — perguntou Maura, rindo incrédula.

— Os advogados gostam de botar os pingos nos is, mesmo que o paciente tenha morrido há 2 mil anos.

Após remover todo o material de empacotamento, a Dra. Pulcillo juntou-se a eles na sala de observação, fechando a porta de comunicação. A múmia jazia exposta em seu caixote, aguardando o primeiro bombardeio de raios X.

— Dr. Robinson? — chamou o técnico de tomografia, com os dedos pousados sobre o teclado do computador. — A gente precisa fornecer as informações necessárias sobre o paciente, antes de começar o escaneamento. Que data de nascimento eu ponho?

O curador franziu o cenho.

— Oh, Deus! Isso é realmente necessário?

— Não dá para começar o escaneamento sem preencher o requerimento. Tentei colocar o ano zero, mas o computador não aceitou.

— Por que a gente não usa a data de ontem? Vamos supor que tenha um dia de idade.

— OK. Agora o programa quer saber o sexo, masculino, feminino ou outro?

— Existe a categoria *outro*? — perguntou Robinson pasmo.

— Nunca tive a oportunidade de marcar essa opção — respondeu o técnico rindo.

— Então vamos usá-la esta noite. O rosto na máscara é feminino, mas nunca se sabe. Só vamos ter certeza depois de escanear.

— OK — disse o Dr. Brier, o radiologista. — Estamos prontos.

O Dr. Robinson balançou a cabeça.

— Vamos em frente.

Eles agruparam-se em torno do monitor do computador, aguardando as primeiras imagens. Pela janela, podiam ver a mesa introduzir a cabeça de Madame X na abertura em forma de rosca, onde a múmia foi bombardeada por raios X sob vários ângulos. A tomografia computadorizada não era uma tecnologia médica nova, mas o uso como ferramenta arqueológica era recente. Era a primeira vez que todos naquela sala assistiam a um escaneamento ao vivo de uma múmia e, ao agruparem-se, Maura deu-se conta da câmera focalizando seus rostos, pronta para capturar as reações. Ao seu lado, Nicholas Robinson balançava-se, para a frente e para trás, na ponta dos pés, irradiando nervosismo suficiente para contaminar o restante da equipe. Maura sentiu o próprio pulso acelerar-se quando se esticou para ver melhor o monitor. A primeira imagem a aparecer provocou apenas suspiros de impaciência.

— É só o invólucro do caixote — disse o Dr. Brier.

Maura olhou para Robinson e viu que os lábios dele estavam comprimidos, formando uma linha fina. Será que Madame X não passava de um monte de faixas sem nada dentro? A Dra. Pulcillo estava ao lado dele, igualmente tensa, apertando com a mão o encosto da cadeira do radiologista, enquanto olhava sobre o ombro do Dr. Brier, aguardando algum vislumbre humano, confirmando que dentro daquelas bandagens havia um cadáver.

A imagem seguinte transformou tudo. Era um disco incrivelmente luminoso e, no instante em que apareceu, todos os observadores prenderam o fôlego.

Osso.

O Dr. Brier disse:

— É o topo do crânio. Parabéns, vocês realmente têm alguém lá dentro.

Robinson e Pulcillo deram tapinhas de contentamento nas costas um do outro.

— Era isso que a gente estava esperando! — disse ele.

— Agora podemos terminar de montar a exposição — declarou a arqueóloga sorrindo.

— Múmias! — Robinson jogou a cabeça para trás e riu. — Todo mundo adora múmias.

Novas imagens apareceram na tela, e a atenção da plateia voltou-se para o monitor, enquanto outras partes do crânio apareciam, com a cavidade exibindo não tecidos cerebrais, mas filamentos de cordas, que pareciam aglomerações de minhocas.

— São rolinhos de linho — murmurou a Dra. Pulcillo maravilhada, como se aquela fosse a visão mais bela que já tivesse contemplado.

— Não há tecido cerebral — disse o técnico em tomografia.

— Não, o cérebro normalmente era retirado.

— É verdade que eles enfiavam um gancho pelo nariz e arrancavam o cérebro por ele? — perguntou o técnico.

— Quase verdade. Não dá para arrancar o cérebro, porque ele é mole demais. Provavelmente, usavam algum instrumento para mexer nele até se liquefazer. Depois, inclinavam o corpo para o órgão escorrer pelo nariz.

— Cara, isso é nojento — disse o técnico, sem perder uma palavra do que dizia a Dra. Pulcillo.

— Eles podiam deixar o crânio vazio ou enchê-lo com rolos de tecido, como esses aí. E franquincenso.

— O que *é* franquincenso, afinal? Sempre quis saber.

— É uma resina aromática. Vem de uma árvore especial da África. Era muito valorizada no mundo antigo.

— Então é por isso que um dos reis magos levou-a até Belém.

— Era um presente muito apreciado — concordou a jovem.

— OK — disse o Dr. Brier. — Agora estamos abaixo do nível da órbita. Ali, dá para ver a mandíbula superior e.... — ele fez uma pausa, franzindo o cenho com uma intensidade inesperada.

— Ah, meu Deus — murmurou Robinson.

— É alguma coisa metálica — declarou o Dr. Brier. — Está na cavidade oral.

— Pode ser uma lâmina de ouro — disse a Dra. Pulcillo. — No período greco-romano, eles às vezes colocavam uma língua, feita com lâmina de ouro, na boca.

Robinson virou-se para a câmera de TV, que estava gravando todas as observações.

— Parece haver metal no interior da boca. Isso estaria relacionado à nossa suposta datação, do período greco-romano...

— O que é *isso* agora? — exclamou o Dr. Brier.

O olhar de Maura retornou à tela do computador. Uma explosão brilhante apareceu dentro da mandíbula inferior da múmia, imagem que espantou Maura porque não deveria estar presente em um cadáver de 2 mil anos. Ela inclinou-se mais para perto, observando um detalhe que dificilmente provocaria comentários em um corpo recém-chegado à mesa de necropsia.

— Eu sei que é impossível — disse Maura, em voz baixa —, mas vocês sabem o que isso parece?

O radiologista respondeu:

— Uma obturação dentária.

Maura voltou-se para o Dr. Robinson, que parecia tão assombrado quanto qualquer um na sala.

— Alguma coisa assim já foi descrita em uma múmia egípcia? — perguntou ela. — Reparos dentais antigos que possam ser confundidos com obturações modernas?

— Não, mas não quer dizer que os egípcios não fossem capazes disso — respondeu o curador de olhos arregalados. — A medicina deles era a mais avançada do mundo antigo — acrescentou e olhou para a colega. — Josephine, o que você pode nos dizer sobre isso? É sua área.

A Dra. Pulcillo pelejou para responder.

— Existem... Existem papiros médicos do Antigo Império — disse ela. — Eles descrevem como prender dentes soltos e fazer pontes. E havia um curandeiro famoso por fazer dentes. Então, sabemos que os tratamentos dentários eram engenhosos. Muito à frente de seu tempo.

— Mas eles faziam reparos como *este*? — perguntou Maura, apontando para a tela.

O olhar preocupado da Dra. Pulcillo retornou para a imagem.

— Se faziam — disse ela, em voz baixa —, eu não tenho conhecimento.

No monitor, novas imagens apareciam em tons de cinza; o corpo visto em seções, como se fatiado por uma faca de pão. Mesmo bombardeada por raios X de todos os ângulos, e sujeita a doses maciças de radiação, aquela paciente estava além dos riscos de câncer e das preocupações com efeitos colaterais. Portanto, aceitou com submissão o ataque dos raios contra seu corpo.

Abalado pelas imagens anteriores, Robinson encontrava-se inclinado para a frente, como um arco teso, aguardando a próxima surpresa. As primeiras fatias do tórax apareceram; a cavidade escura e vazia.

— Parece que os pulmões foram removidos — disse o radiologista. — Só dá para ver um pedacinho ressecado e encolhido do mediastino no tórax.

— Ali está o coração — disse a Dra. Pulcillo, com a voz mais firme ao constatar algo esperado. — Eles sempre tentavam deixá-lo no lugar.

— Só o coração?

— Era considerado o local da inteligência, então nunca era separado do corpo. Existem três encantamentos diferentes no *Livro dos mortos*, para garantir que o coração permaneça no lugar.

— E os outros órgãos? — perguntou o técnico de tomografia. — Eu ouvi dizer que eles eram colocados em vasos especiais.

— Isso foi antes da Vigésima Primeira Dinastia. Mais ou menos depois de 1000 a.C., os órgãos passaram a ser empacotados em quatro embrulhos e introduzidos de volta no corpo.

— Então a gente vai poder ver isso?

— Numa múmia do período ptolemaico, sim.

— Acho que eu posso dar um palpite fundamentado sobre a idade em que ela morreu — disse o radiologista. — Os sisos já tinham nascido por completo e as suturas cranianas estão fechadas. Mas eu não vejo nenhuma mudança degenerativa na coluna.

— Um adulto jovem — disse Maura.

— Provavelmente com menos de 35.

— Na época em que ela viveu, 35 anos já era meia-idade — disse Robinson.

O escaneamento passou para a parte abaixo do tórax; os raios X fatiavam as camadas de bandagens, através da casca de pele seca e dos ossos, até revelarem a cavidade abdominal. O que Maura via no interior era misteriosamente incomum, tão estranho quanto a necropsia de um alienígena. Onde esperava ver fígado e baço, estômago e pâncreas, encontrava rolos de linho que pareciam cobras; um cenário interno no qual faltava tudo que deveria ser reconhecível. Apenas os nós brilhantes dos ossos vertebrais confirmavam que se tratava de um corpo humano, esvaziado até ficar apenas a casca e depois enchido como uma boneca de pano.

A anatomia das múmias era um território desconhecido para Maura, ao contrário de Robinson e Pulcillo. À medida que imagens novas apareciam, os dois se inclinavam para a frente, apontando detalhes identificados.

— Ali — disse Robinson. — São os quatro pacotes de linho contendo os órgãos.

— OK, agora estamos na pélvis — disse o Dr. Brier, indicando dois arcos pálidos, a parte de cima das cristas ilíacas.

Fatia por fatia, a pélvis ia aos poucos tomando forma, enquanto o computador compilava e traduzia feixes incontáveis de raios X. Era um striptease digital, à medida que cada imagem revelava ângulos tentadores.

— Olha a forma da abertura superior da pelve — disse o Dr. Brier.

— É mulher — disse Maura.

O radiologista concordou.

— Eu diria que isso é conclusivo. Ele virou-se e sorriu para os dois arqueólogos. — Vocês podem agora chamá-la oficialmente de Madame X. E não *Senhor* X.

— E vejam a sínfise pubiana — disse Maura, ainda concentrada no monitor. — Não tem separação.

— Concordo — disse Brier.

— O que isso quer dizer? — perguntou Robinson.

Maura explicou:

— Durante o parto, a passagem da criança pela abertura pélvica separa os ossos púbicos, onde eles se juntam na sínfise. Parece que essa mulher nunca teve filhos.

O técnico em tomografia brincou:

— Essa múmia nunca foi mamãe.

O escaneamento passou para a parte de baixo da pélvis mostrando seções dos dois fêmures, cobertas pela carne seca da parte superior da coxa.

— Nick, a gente tem que ligar para o Simon — disse a Dra. Pulcillo. — Ele deve estar esperando ao lado do telefone.

— Ah, Deus! Eu esqueci completamente. — O curador pegou o celular e telefonou para o chefe. — Simon, adivinha para o que eu estou olhando agora? Sim, ela é linda. Além disso, a gente descobriu umas surpresas. Então, a entrevista coletiva vai ser uma.... — Robinson calou-se de repente, com o olhar congelado sobre a tela.

— Que diabo é isso? — indagou o técnico.

A imagem que brilhava no monitor era tão inesperada que a sala ficou completamente em silêncio. Se fosse um paciente vivo na mesa de tomografia, Maura não teria a menor dificuldade para identificar o pequeno objeto metálico cravado na panturrilha, que havia esfacelado o estreito corpo da fíbula. Porém, aquele pedaço de metal não pertencia à perna de Madame X.

Naquele milênio, ainda não tinham inventado balas de revólver.

— Será que é o que eu estou pensando? — disse o técnico.

Robinson balançou a cabeça.

— Só pode ser algum dano *post mortem*. O que mais poderia ser?

— Dois mil anos *post mortem*?

— Eu... Eu ligo para você depois, Simon — Robinson desligou o celular e virou-se para o operador da câmera. — Desliga. Desliga isso *agora* — disse ele, respirando fundo. — Tudo bem, tudo bem, vamos... Vamos pela lógica.

Ele endireitou-se e ganhou confiança, quando uma explicação óbvia ocorreu-lhe:

— As múmias já sofreram muitos maus-tratos ou danos provocados por caçadores de relíquias. É óbvio que alguém atirou nela e algum preservador tentou mais tarde reparar o estrago, enfaixando-a de novo. É por isso que a gente não viu nenhum buraco de entrada na bandagem.

— Não foi isso o que aconteceu — disse Maura.

— O que você quer dizer? A explicação só pode ser essa — alegou Robinson incrédulo.

— O dano a essa perna não foi *post mortem*. Aconteceu enquanto essa mulher ainda estava viva.

— Isso é impossível.

— Eu receio que a Dra. Isles esteja certa — disse o radiologista, olhando para Maura. — Está se referindo à formação de um calo ósseo anterior em torno do local da fratura?

— O que isso quer dizer? — perguntou Robinson. — Formação de um calo?

— Quer dizer que o osso quebrado já tinha começado o processo de regeneração quando essa mulher morreu. Ela viveu pelo menos algumas semanas depois do ferimento.

Maura voltou-se para o curador.

— De onde vem essa múmia?

Os óculos de Robinson haviam escorregado novamente do nariz, e ele ainda a olhava hipnotizado pelo que via brilhando na perna da múmia.

Foi a Dra. Pulcillo quem respondeu à pergunta, quase em um sussurro:

— Ela estava no porão do museu. Nick... O Dr. Robinson a encontrou em janeiro.

— E como o museu a obteve?

— Não sabemos — respondeu Josephine.

— Deve haver um registro. Alguma indicação nos arquivos sobre a origem.

— Não tem nenhum — disse Robinson, recuperando por fim a voz. — O Museu Crispin tem 130 anos, e muitos registros desapareceram. Não fazemos a menor ideia de quanto tempo ela estava guardada no porão.

— Como vocês a encontraram?

Mesmo na sala refrigerada, o suor escorria pelo rosto pálido do Dr. Robinson.

— Quando eu fui contratado há três anos, comecei a fazer um inventário do acervo. Foi assim que a descobri. Ela estava num caixote sem etiqueta.

— E isso não o surpreendeu? Encontrar algo tão raro quanto uma múmia egípcia num caixote sem etiqueta?

— Mas as múmias *não são* tão raras assim. No século XIX, era possível comprar uma no Egito por apenas 5 dólares, de maneira que os turistas americanos as traziam para casa às centenas. Por isso, são descobertas em sótãos e lojas de antiquário. Tem um espetáculo de excentricidades nas Cataratas do Niágara que diz ter o rei Ramsés I na coleção deles. Então, não é assim tão surpreendente uma múmia aparecer no nosso museu.

— Dra. Isles — disse o radiologista —, nós temos as primeiras imagens. Talvez a senhora queira dar uma olhada.

Maura virou-se para o monitor. Em exibição na tela, estava um raio X convencional, como os que pendurava no seu visor do necrotério. Ela não precisava de um radiologista para interpretar o que estava vendo.

— Agora, não há dúvida — disse o Dr. Brier.

Não. Não há a menor dúvida. Trata-se de uma bala na perna.

Maura pegou o celular.

— Dra. Isles? — disse Robinson —, para quem a senhora está ligando?

— Estou providenciando transporte para o necrotério — disse ela. — Madame X é agora um caso para a medicina legal forense.

3

— É só imaginação minha — perguntou o detetive Barry Frost —, ou você e eu só pegamos pepinos?

Madame X era definitivamente um pepino, pensou a detetive Jane Rizzoli, enquanto dirigia, passando pelos furgões da TV e entrando no estacionamento do prédio de medicina legal. Eram apenas 8 da manhã e as hienas já estavam ganindo, famintas por detalhes do último crime sem solução, caso que Jane recebeu com uma risada cética, após o telefonema de Maura na noite anterior. A presença da mídia fez Jane perceber que, talvez, precisasse ter mais seriedade e considerar a possibilidade de que essa não fosse, afinal de contas, uma brincadeira de mau gosto feita pela patologista que não tinha o menor senso de humor.

Ela estacionou em uma vaga e ficou sentada, olhando as vans, imaginando quantas câmeras a mais estariam esperando ali fora quando ela e Frost saíssem do prédio.

— Pelo menos, essa não deve cheirar mal — disse Jane.

— Mas as múmias podem transmitir doenças, sabia?

Jane virou-se para o parceiro, cujo rosto pálido e infantil parecia genuinamente preocupado e perguntou:

— Que doenças?

— Desde que Alice viajou, tenho visto muita TV. Ontem à noite, vi um programa no Discovery Channel sobre múmias que carregam esporos.

— Ui, que esporos assustadores!

— Não é piada. — insistiu ele. — Eles transmitem doenças.

— Uau, espero que Alice volte logo para casa! Você está tendo uma overdose de Discovery Channel.

Quando saltaram do carro, o ar estava excessivamente úmido, fazendo os cabelos negros de Jane, já rebeldes por natureza, ondularem-se de imediato. Durante seus quatro anos como detetive da Homicídios, ela fizera várias vezes essa caminhada até o prédio da medicina legal, escorregando no gelo em janeiro, enfrentando a chuva em março e trotando pela calçada quente como brasa em agosto. Esse percurso era um velho conhecido, assim como o lúgubre local de destino. Ela chegou a pensar que o trajeto se tornaria mais fácil com o tempo, que, um dia, ficaria imune aos horrores exibidos na mesa de aço inoxidável. Porém, desde o nascimento da filha, Regina, há um ano, a morte inspirava-lhe mais terror que antes. A maternidade não a tornava uma mulher mais forte, mas sim vulnerável e com medo do que a morte poderia lhe roubar.

Naquele dia, contudo, a vítima à espera, no necrotério, inspirava fascínio, e não horror. Quando Jane entrou na antessala do laboratório de necropsias foi direto à janela de vidro, ansiosa pelo primeiro vislumbre do cadáver sobre a mesa.

Madame X era como *The Boston Globe* havia chamado a múmia, uma palavra fascinante que evocava visões de beleza sensual, uma Cleópatra de olhos escuros. Entretanto, Jane viu apenas uma casca seca, embrulhada em trapos.

— Parece uma pamonha humana — disse Jane.

— Quem é a garota? — perguntou Frost, olhando pela janela.

Havia duas pessoas na sala, que Jane não reconheceu. O homem era alto e desengonçado, com óculos de professor pousados sobre o nariz; a jovem, uma morena baixa e magra, vestindo jeans por sob o jaleco de necropsia.

— Esses devem ser os arqueólogos do museu. Eles iam estar presentes.

— *Ela* é arqueóloga? Uau!

Jane deu-lhe uma cotovelada.

— Alice sai da cidade uns dias e você esquece logo que é um homem casado.

— Eu nunca imaginei que uma arqueóloga pudesse ser tão sexy.

Eles colocaram protetores de sapatos e jalecos antes de entrar no laboratório.

— Olá, doutora — disse Jane. — Esse caso é mesmo para a gente?

Maura se afastou da caixa de luz do negatoscópio e seu olhar, como sempre, tinha uma seriedade mortal. Enquanto outros patologistas faziam piadas ou comentários irônicos na mesa de necropsia, era raro vê-la sequer rir na presença dos mortos.

— Estamos para descobrir.

Ela apresentou a dupla que Jane já vira pela janela de vidro.

— Este é o curador, Dr. Nicholas Robinson. E sua colega, Dra. Josephine Pulcillo.

— Vocês são do Museu Crispin? — perguntou Jane.

— E eles estão muito tristes por causa do que planejo fazer aqui — disse Maura.

— Vai ser uma destruição — falou Robinson. — Tem que haver outro meio de obter essa informação, que não seja abrindo a múmia.

— É por isso que eu queria o senhor aqui, Dr. Robinson — disse Maura. — Para ajudar a minimizar os danos. A última coisa que eu quero é destruir uma antiguidade.

— Eu pensei que a tomografia, ontem à noite, tivesse mostrado claramente a bala — falou Jane.

— Estes são os raios X que tiramos hoje de manhã — disse Maura, apontando para a caixa de luz. — O que vocês acham?

Jane aproximou-se do visor e analisou as radiografias presas nele. Brilhando no interior da panturrilha direita, via-se o que parecia, com toda certeza, uma bala.

— É, agora entendo por que teve um ataque de nervos ontem à noite.

— Eu não tive um ataque.

Jane sorriu.

— Mas pela primeira vez desde que te conheço, você chegou bem perto disso.

— Eu admito que fiquei bem chocada quando vi. Todos nós — confessou Maura apontando para os ossos da parte inferior da perna direita. — Observe como a fíbula foi fraturada, provavelmente por esse projétil.

— Você disse que aconteceu enquanto ela ainda estava viva?

— É possível ver uma formação calosa inicial. Esse osso estava em processo de regeneração quando ela morreu.

— Mas as bandagens têm 2 mil anos — disse o Dr. Robinson. — Nós confirmamos isso.

Jane olhou fixamente para o raio X, tentando encontrar uma explicação lógica para o que estavam vendo.

— Talvez isso não seja uma bala, mas alguma coisa metálica antiga. Uma ponta de lança ou algo do gênero.

— Isso não é uma ponta de lança, Jane — disse Maura. — É uma bala.

— Então arranque-a e prove para mim.

— E se eu conseguir?

— Aí vamos ter uma revelação e tanto, não? Ou seja, quais são as explicações possíveis aqui?

— Sabe o que Alice falou quando liguei para ela ontem à noite, para contar sobre isso? — disse Frost. — "Viagem no tempo." Foi a primeira coisa que ela pensou.

— Desde quando Alice começou a te passar essas ideias malucas? — perguntou Jane rindo.

— Teoricamente, é possível, sabia? Viajar no tempo — disse ele. — Levar um revólver para o Egito antigo.

Maura interrompeu-o com impaciência:

— Será que podemos nos ater a possibilidades reais aqui?

Jane franziu o cenho diante do pedaço de metal brilhante, que parecia com tantos outros vistos antes em inúmeros raios X de membros sem vida e crânios esfacelados.

— Estou tendo problemas para encontrar uma — disse ela. — Por que você não abre a múmia e vê o que é essa coisa de metal? Talvez os arqueólogos estejam certos e você esteja tirando conclusões precipitadas, doutora.

— Como curador, é meu dever protegê-la, e não deixar que ela seja rasgada em pedaços. Você pode, pelo menos, limitar os danos à área em questão? — perguntou Robinson.

— É um pedido razoável — concordou Maura se dirigindo à mesa. — Vamos virá-la. Se houver um ferimento de entrada, vai estar na panturrilha direita.

— É melhor trabalharmos em conjunto — disse Robinson, aproximando-se da cabeça de Madame X enquanto Josephine ficava perto dos pés da múmia.

— Precisamos segurar o corpo, sem fazer pressão em nenhuma parte. Se nós quatro pudermos dar uma ajuda...

Maura passou as mãos enluvadas sob os ombros da múmia e disse:

— Detetive Frost, você pode segurar o quadril?

Frost hesitou, olhando para as faixas de linho manchadas.

— Não seria melhor a gente usar máscaras ou algo assim?

— Estamos apenas virando o corpo — disse Maura.

— Eu ouvi dizer que elas transmitem doenças. A gente respira esses esporos e pega pneumonia.

— Ah, pelo amor de Deus! — retrucou Jane, botando luvas e aproximando-se da mesa.

Colocando as mãos sob o quadril da múmia, ela disse:

— Estou pronta.

— OK, levante — falou Robinson. — Agora, vire. Isso...

— Nossa, ela não pesa nada! — disse Jane.

— Um corpo humano vivo é composto, na maior parte, por água. Se você retira os órgãos e seca a carcaça, sobra só uma fração do peso original. Ela deve pesar uns 20 quilos, com faixa e tudo.

— Tipo carne seca, não?

— Ela é exatamente isso. Carne seca humana. Agora vamos deitá-la. Devagar.

— Eu não estava brincando quando falei dos esporos, sabia? — disse Frost. — Eu assisti a um programa.

— Você está falando da maldição do rei Tut? — perguntou Maura.

— É — disse Frost. — *Exatamente!* Todas aquelas pessoas que morreram depois que entraram na tumba dele. Elas inspiraram algum tipo de esporo e ficaram doentes.

— Aspergillus — disse Robinson. — Quando a equipe de Howard Carter mexeu na tumba, eles provavelmente inspiraram os esporos acumulados dentro dela durante séculos. Alguns foram vítimas de casos fatais de pneumonia causados por aspergillus.

— Então Frost não está falando bobagem? — perguntou Jane. — Havia realmente uma maldição da múmia?

Sinais de impaciência surgiram nos olhos de Robinson.

— É óbvio que não havia maldição nenhuma. Algumas pessoas morreram, é verdade. Mas depois do que Carter e a equipe fizeram com o pobre Tutankamon, talvez eles merecessem uma maldição.

— O que eles fizeram? — perguntou Jane.

— Brutalidades. Abriram a múmia, quebraram ossos e basicamente a rasgaram, procurando joias e amuletos. Cortaram Tutankamon em pedaços para tirá-lo do sarcófago. Arrancaram os braços e as pernas. Deceparam a cabeça. Isso não é ciência, é profanação — declarou olhando para Madame X, e Jane notou admiração, até mesmo afeto, em seu olhar. — Não queremos que aconteça a mesma coisa com ela.

— A última coisa que quero é mutilá-la — disse Maura. — Vamos então desenrolá-la apenas o suficiente para descobrir o que nos interessa aqui.

— Você provavelmente não vai conseguir fazer isso — interpôs Robinson. — Se as faixas interiores estiverem embebidas em resina, como manda a tradição, elas vão estar coladas de forma muito sólida.

Maura virou-se em direção ao raio X para dar mais uma olhada; depois, pegou um bisturi e uma pinça. Jane já a vira cortando outros corpos, mas nunca antes a observara hesitar tanto, com a lâmina pairando sobre a panturrilha, como se estivesse com medo de dar o primeiro talho. Aquilo que estavam por fazer danificaria Madame X para sempre, e Robinson e Pulcillo assistiam a tudo com nítida desaprovação no olhar.

Maura fez a primeira incisão sem a confiança habitual. Em vez disso, usou a pinça para levantar com delicadeza a bandagem de linho, e a lâmina foi rompendo camada por camada de tecido, faixa por faixa.

— Está saindo bem fácil — disse ela.

A Dra. Pulcillo franziu o cenho.

— Não é o normal. Em geral, as faixas são mergulhadas em resina derretida. Nos anos 1830, quando uma múmia era desenrolada, o tecido era removido com muita dificuldade.

— Para que servia a resina, afinal? — perguntou Frost.

— Para a bandagem não se abrir. Para dar rigidez a ela, como se fosse um invólucro de papel machê, protegendo o corpo.

— Eu já estou na última camada — disse Maura. — Não tem nenhuma resina aqui.

Jane inclinou-se para a frente, a fim de ter um vislumbre do conteúdo sob a bandagem.

— Isso é a pele dela? Parece couro velho.

— O couro é exatamente a pele seca, detetive Rizzoli — disse Robinson. — De certa forma.

Maura pegou uma tesoura e cortou cuidadosamente as faixas, expondo uma área maior de pele. Parecia um pergaminho marrom envolto sobre os ossos. Ela olhou mais uma vez para o raio X e usou uma lente de aumento para examinar a panturrilha.

— Não vejo nenhum orifício de entrada na pele.

— Então o ferimento não foi *post mortem* — disse Jane.

— Isso se encaixa com o que a gente vê no raio X. O corpo estranho foi provavelmente introduzido enquanto ela ainda estava viva. Ela viveu o bastante para que o osso fraturado começasse a se regenerar e a ferida fechasse.

— Quanto tempo isso levaria?

— Algumas semanas. Talvez um mês.

— Alguém teria que cuidar dela durante esse tempo, certo? Ela precisaria ser alimentada e abrigada.

— Isso torna muito mais difícil determinar a causa de sua morte — disse Maura.

— Causa de sua morte? O que você quer dizer? — perguntou Robinson.

— Em outras palavras — disse Jane. — Imaginamos que ela tenha sido assassinada.

— Vamos resolver a questão mais importante primeiro.

Maura pegou uma faca. Os tecidos estavam duros feito couro, por causa da mumificação, e a lâmina não cortava com facilidade a carne seca.

Olhando para o outro lado da mesa, Jane observou a Dra. Pulcillo comprimindo os lábios, como quem reprime um protesto. No entanto, por mais que ela fizesse objeções aos procedimentos, não conseguia tirar os olhos da cena. Todos se inclinaram para a frente, até Frost com sua fobia a esporos, com a atenção concentrada naquele pedaço exposto de perna, enquanto Maura pegava um fórceps e mergulhava as pontas na incisão. Levou apenas alguns segundos para que os dentes do instrumento agarrassem o troféu. Maura colocou-o sobre uma bandeja de aço, o que provocou um ruído metálico.

Josephine respirou fundo. Não se tratava de uma ponta de lança, nem do pedaço da lâmina de uma faca.

Finalmente, Maura declarou o óbvio:

— Acho que agora podemos afirmar com certeza que Madame X não tem 2 mil anos de idade.

4

— Não entendo — murmurou a Dra. Pulcillo. — O linho foi analisado. A datação por carbono confirmou a idade.

— Mas isso é uma bala — disse Jane, apontando para a bandeja.

— Calibre 22. Essa análise foi malfeita.

— É um laboratório muito respeitado! Eles têm certeza sobre a data.

— Vocês duas podem estar certas — disse Robinson em voz baixa.

— É? — Jane olhou para ele. — Eu gostaria de saber como.

Ele respirou bem fundo e afastou-se da mesa, como se precisasse de espaço para pensar.

— Eu já vi isso à venda, algumas vezes. Não sei até *que ponto é autêntico*, mas eu tenho certeza de que existem estoques disso por aí no mercado de antiguidades.

— De quê?

— Bandagens de múmia. São mais fáceis de achar que os próprios corpos. Já vi até no eBay.

Jane deu uma risada de espanto.

— Você entra na internet e compra bandagens de múmia?

— Já houve um comércio internacional de múmias muito próspero. Elas eram moídas e usadas como remédio. Levadas para a

Inglaterra como fertilizante. Turistas ricos traziam para casa e davam festas para desenrolá-las. Convidavam os amigos para assistir à retirada das faixas de linho. Como havia muitas vezes amuletos e joias entre a bandagem, virava uma espécie de caça ao tesouro, uma descoberta de bugigangas para os convidados.

— Isso era diversão? — perguntou Frost. — Desembrulhar um cadáver?

— Acontecia em algumas das mais ricas mansões vitorianas — continuou Robinson. — Serve para mostrar a falta de respeito pelos mortos do Egito. E quando terminavam de desembrulhar os cadáveres, eles eram jogados fora ou queimados. Mas as bandagens eram muitas vezes guardadas como relíquias. É por isso que a gente ainda encontra estoques à venda.

— Então essas faixas *poderiam* ser antigas — disse Frost —, mesmo que o corpo não seja.

— Isso explicaria a datação por carbono 14. Mas quanto a Madame X.... — Robinson balançou a cabeça, aturdido.

— A gente ainda não tem como provar que foi homicídio — falou Frost. — Não dá para condenar alguém com base em um ferimento à bala que já estava cicatrizando.

— Eu tenho minhas dúvidas se ela se ofereceu mesmo para ser mumificada — disse Jane.

— Na verdade — acrescentou Robinson —, é possível que sim.

Todos se viraram para o curador, com uma expressão perfeita de seriedade.

— Se oferecer para ter o cérebro e os órgãos arrancados? — rebateu Jane. — Não, obrigada.

— Algumas pessoas *doam* os corpos para esse propósito.

— Ei, eu vi esse programa também — disse Frost. — No Discovery Channel. Um arqueólogo que mumificou um cara.

Jane olhou para o cadáver enfaixado. Imaginou ser envolvida por camadas e camadas de bandagens sufocantes. Ficar amarrada em uma camisa de força de linho por mil, 2 mil anos, até o dia em que algum arqueólogo curioso resolvesse retirar o tecido e revelar seus restos encarquilhados. Não seria algo como do pó viemos e ao pó retornaremos, mas vir como carne e retornar como couro. Ela engoliu em seco.

— Por que alguém se ofereceria para isso?

— É uma espécie de imortalidade, você não acha? — perguntou Robinson. — Uma alternativa para o apodrecimento. Seu corpo preservado. Os que te amam não precisariam te condenar à decomposição.

Os que te amam. Jane perguntou suspirando:

— Você está dizendo que isso poderia ser um gesto de afeto?

— Seria uma maneira de se agarrar a alguém que você ama, mantendo-o protegido dos vermes, do apodrecimento.

O destino de toda carne, pensou Jane, e a temperatura na sala pareceu de repente ter despencado.

— Talvez isso não tenha nada a ver com amor. Talvez seja apenas uma questão de possessividade.

Robinson a fitou, claramente desestabilizado com aquela possibilidade e falou em voz baixa:

— Nunca pensei sobre isso dessa forma.

Jane voltou-se para Maura.

— Vamos continuar a necropsia, doutora. A gente precisa de mais informações para trabalhar.

Maura foi até o negatoscópio, retirou os raios X e substituiu-os pelas imagens do escaneamento.

— Vamos colocá-lo de barriga para cima de novo.

Dessa vez, quando Maura cortou as faixas de linho que cobriam o torso, não se importou com a preservação. Agora, todos sabiam que aquele cadáver não tinha nada de antigo; tratava-se da investigação de uma morte, e as respostas não estavam nas bandagens, mas na carne e no osso. O tecido cedeu, revelando a pele escura e murcha do tronco, através da qual o contorno das costelas era visível, arqueando-se feito uma abóbada óssea sob a tenda de pergaminho. Indo em direção à cabeça, Maura tirou a máscara funerária pintada e começou a cortar as faixas que encobriam o rosto.

Jane olhou para as imagens da tomografia computadorizada na caixa de luz; depois, franziu o cenho diante do tronco exposto.

— Os órgãos são todos retirados durante a mumificação, certo?

Robinson fez que sim com a cabeça.

— A remoção das vísceras retarda o processo de putrefação. É uma das razões pelas quais os corpos não se decompõem.

— Mas tem só um ferimentozinho na barriga. — Jane apontou para uma pequena incisão à esquerda, costurada com pontos desajeitados. — Como se retira tudo por essa abertura?

— Os egípcios teriam removido as vísceras exatamente dessa forma. Por um corte pequeno no lado esquerdo. Quem preservou esse corpo estava familiarizado com os métodos antigos. E ateve-se a eles.

— Quais *são* esses métodos antigos? Como se faz uma múmia exatamente? — perguntou Jane.

O Dr. Robinson olhou para sua colega.

— Josephine sabe mais sobre isso que eu. Talvez ela possa explicar.

— Dra. Pulcillo? — disse Jane.

A jovem ainda parecia chocada com a descoberta da bala. Ela limpou a garganta e endireitou-se.

— Grande parte do que sabemos chegou até nós por Heródoto — disse a arqueóloga. — Acho que a gente pode chamá-lo de um escritor grego de diários de viagens. Há 2.500 anos, ele andou pelo mundo antigo e registrou o que viu. O problema é que ele era conhecido por captar os detalhes de forma errada. Ou por ser enganado pelos guias turísticos locais. — Ela tentou sorrir. — Isso o faz parecer humano, não? Ele era como qualquer viajante no Egito hoje. Provavelmente perseguido por vendedores de bugigangas. Ludibriado por guias turísticos desonestos. Mais um inocente no exterior.

— O que ele disse sobre mumificação?

— Disseram a ele que tudo começava com uma lavagem ritual do corpo em natrão dissolvido.

— Natrão?

— É basicamente uma mistura de sais. Pode ser reproduzida misturando o velho e bom sal de mesa com bicarbonato de sódio.

— Bicarbonato de sódio? — Jane deu uma risada nervosa. — Nunca mais vou olhar para esses pacotinhos no mercado do mesmo jeito.

— O corpo lavado era então estendido sobre blocos de madeira — continuou a Dra. Pulcillo. — Eles usavam uma pedra da Etiópia afiada como uma lâmina, provavelmente a obsidiana, para fazer uma pequena incisão como a que vocês estão vendo aqui. Depois, com algum tipo de instrumento em forma de gancho, retiravam os órgãos, puxando através desse orifício. A cavidade vazia era enxaguada, e eles colocavam nela o natrão seco, também espalhado sobre o corpo, para desidratá-lo, durante quarenta dias. Mais ou menos como salgar um peixe. — Ela calou-se ao ver a tesoura de Maura cortar as últimas faixas que cobriam o rosto.

— E depois? — incitou Jane.

A Dra. Pulcillo engoliu em seco.

— A essa altura o corpo já tinha perdido 75 por cento do peso. A cavidade era enchida com linho e resina. Os órgãos internos mumificados podiam ser recolocados também. E.... — ela parou de novo; os olhos arregalando-se à medida que as últimas bandagens caíam da cabeça.

Pela primeira vez, eles viram o rosto de Madame X.

Longos cabelos negros ainda pendiam do couro cabeludo. A pele encontrava-se bem esticada sobre maçãs do rosto salientes, mas foram os lábios que fizeram Jane recuar assustada. Eles haviam sido costurados com pontos grosseiros, como se unidos pelo mesmo alfaiate do monstro de Frankenstein.

— Isto... Isto está errado! — gritou a arqueóloga.

— A boca geralmente não era costurada? — perguntou Maura.

— Não! Como se iria comer na vida após a morte? Como falar? Isso seria como condená-la à fome eterna. E ao silêncio eterno.

Silêncio eterno. Jane olhou para os pontos malfeitos e pensou: Você fez alguma coisa que tenha ofendido seu assassino? Alguma afronta? Algum insulto? Depôs contra ele? Foi esse seu castigo, ter os lábios selados pela eternidade?

O cadáver jazia agora completamente revelado, o corpo livre de todas as bandagens, a carne nada além de pele enrugada presa aos ossos. Maura cortou o tronco.

Jane já havia assistido a incisões em forma de Y antes, e quando a lâmina fazia o primeiro corte na cavidade peitoral, sempre recuava por causa do mau cheiro. Até o mais recente cadáver soltava uma fetidez de decomposição, embora leve, feito o odor sulfúrico do mau hálito. A questão era que os pacientes em si não respiravam mais. Hálito de morto, era como ela chamava, e apenas um ligeiro bafejo a nauseava.

Todavia, Madame X não emitiu nenhum desses odores desagradáveis enquanto a faca cortava-lhe o tórax, e Maura, de forma metódica, separava as costelas; a parede torácica levantando-se como um antigo peitoral de armadura e revelando a cavidade interna. O aroma exalado não era desagradável, e a fez se lembrar de incenso. Em vez de recuar, Jane inclinou-se mais para perto e inspirou profundamente. Sândalo, pensou. Cânfora. E alguma outra coisa, como alcaçuz e cravo.

— Isso não é o que eu esperava — disse Maura, tirando um fragmento seco de especiaria da cavidade.

— Parece anis estrelado — comentou Jane.

— Nada tradicional, acredito?

— O tradicional seria mirra — disse a Dra. Pulcillo. — Resina derretida. Era usada para mascarar o mau cheiro e ajudar a endurecer o cadáver.

— Não é muito fácil obter mirra em grandes quantidades — disse Robinson. — Isso explicaria por que outras especiarias foram usadas em substituição.

— Com ou sem substituição, este corpo parece muito bem preservado — disse Maura puxando chumaços de linho do abdome que colocava em uma bacia, para análise posterior.

Olhando fixamente para o tronco oco, ela disse:

— Está tudo seco como couro aqui dentro e sem cheiro de decomposição.

— Então, como vai descobrir a causa da morte? — perguntou Frost. — Sem ter os órgãos?

— Não sei. Ainda não.

Ele olhou para o resultado do escaneamento, no negatoscópio.

— E a cabeça? Também não tem cérebro.

— O crânio está intacto. Não vejo nenhuma fratura.

Jane mirava sem parar a boca do cadáver, os pontos grosseiros que uniam os lábios, estremecendo à ideia de uma agulha perfurando a carne macia. *Espero que isso tenha sido feito depois da morte, e não antes.* Arrepiada, voltou-se para olhar o escaneamento.

— O que é essa coisa brilhante? — perguntou ela. — Parece estar na boca.

— Tem dois corpos metálicos na boca — disse Maura. — Um parece ser uma obturação dentária, mas tem alguma coisa na cavidade oral, algo bem maior. Talvez a boca tenha sido costurada para manter esse objeto no lugar — disse pegando uma tesoura.

O material da sutura não era linha comum, mas tiras duras de couro seco. Mesmo depois de cortá-las, os lábios permaneceram unidos, como se permanentemente colados. A boca era uma fenda apertada que teria de ser aberta à força.

Maura introduziu a ponta de uma pinça hemostática entre os lábios. Ouviu-se o metal arranhando os dentes enquanto ela expandia com cuidado a abertura. A articulação da mandíbula estalou de súbito, de modo surpreendente, e Jane recuou quando o maxilar caiu. A parte inferior abriu-se, revelando dentes regulares, de estética tão perfeita que qualquer ortodontista moderno se orgulharia em afirmar que o alinhamento fora obra sua.

— Vamos ver o que é essa coisa na boca — disse Maura.

Com a ajuda do hemostato, ela retirou uma moeda de ouro, de forma oblonga, que colocou na bandeja de aço, onde caiu com um leve tinido. Todos observavam espantados.

De repente, Jane deu uma gargalhada.

— Temos alguém com um senso de humor muito mórbido.

Gravadas no metal, estavam as palavras em inglês:

EU VISITEI AS PIRÂMIDES
CAIRO, EGITO

Maura virou o objeto. No reverso, havia três símbolos gravados: uma coruja, uma mão e um braço dobrado.

— É uma cártula — disse Robinson. — Um selo pessoal. Eles vendem essas relíquias por todo o Egito. Você diz seu nome a um joalheiro e ele o traduz em hieróglifos, gravando-o para você na hora.

— O que esses símbolos significam? — perguntou Frost. — Eu vejo uma coruja. É um sinal de sabedoria ou algo assim?

— Não, esses glifos não são para serem lidos como ideogramas — disse Robinson.

— O que é um ideograma?

— É um símbolo que representa exatamente o que ilustra. Por exemplo, o desenho de um homem correndo significaria a palavra *correr*. Ou dois homens lutando seriam a palavra *guerra*.

— Não é o mesmo que isso aí?

— Não, esses símbolos são fonogramas. Representam sons, como nosso alfabeto.

— E o que eles dizem?

— Essa não é minha área de conhecimento. Josephine é que sabe fazer a leitura. — Ele voltou-se para a colega e franziu de repente o cenho. — Você está bem?

A jovem estava pálida como qualquer cadáver que já tivesse passado por aquela mesa de necrotério. Ela olhava para a cártula como se estivesse vendo algum horror inexprimível naqueles símbolos.

— Dra. Pulcillo? — chamou Frost.

Ela levantou a cabeça rápido, como se surpreendida por ter ouvido o próprio nome.

— Eu estou bem — murmurou.

— E os hieróglifos? — perguntou Jane. — Pode ler para a gente?

Seu olhar voltou-se para a cártula.

— A coruja... A coruja equivale ao nosso som de *M*. E a mãozinha embaixo teria o som de um *D*.

— E o braço?

A Dra. Pulcillo engoliu em seco.

— Pronuncia-se como um *A* aberto como em *mar*.

— *M-D-A?* Que nome é esse?

Robinson disse:

— Algo como Medea, talvez? É meu palpite.

— Medea? — disse Frost. — Não existe uma tragédia grega escrita sobre ela?

— É uma história de vingança — disse Robinson. — Segundo o mito, Medea se apaixona por Jasão, dos Argonautas, e eles têm dois filhos. Quando Jasão a deixa por outra mulher, Medea se vinga, matando os próprios filhos e a rival, para atingi-lo.

— O que acontece com ela? — perguntou Jane.

— Existem várias versões da história, mas em todas ela escapa.

— Depois de matar os próprios filhos? — Jane balança a cabeça. — Que droga de final, ela ficar livre.

— Talvez esse seja o "x" da história: que algumas pessoas que fazem o mal nunca enfrentam a justiça.

Jane olhou para a cártula.

— Então Medea é uma assassina.

Robinson confirmou.

— E uma sobrevivente também.

5

Josephine Pulcillo saltou do ônibus e caminhou aturdida pela cidade, ao longo da movimentada Washington Street, ignorando o tráfego e a batida incessante que saía dos aparelhos de som nos carros. Na esquina, atravessou a rua, e nem o chiado agudo dos pneus, derrapando ao pararem a alguns metros dela, a abalava com a mesma intensidade que a cena daquela manhã, na sala de necropsias.

Medea.

Certamente era coincidência. Assustadora, de fato, porém o que mais poderia ser? Com toda a probabilidade, a cártula não era sequer uma tradução precisa. Os vendedores de bugigangas do Cairo contavam qualquer história na esperança de ganhar alguns dólares. Era só mostrar algum dinheiro e eles jurariam, sem o menor pudor, que a própria Cleópatra tinha usado qualquer porcaria sem valor. Talvez alguém tivesse pedido ao entalhador que escrevesse Maddie, Melody ou Mabel. Era pouco provável que o significado dos hieróglifos fosse *Medea*, nome tão raro, fora do contexto da tragédia grega.

Ela levou um susto quando uma buzina tocou. Quando virou, viu uma camionete preta andando bem devagar ao lado dela. A janela foi baixada e um jovem gritou:

— Ei, gata! Quer uma carona? Tem muito espaço no meu colo.

Um gesto grosseiro com seu dedo do meio foi o bastante para mostrar o que ela achava da proposta dele. Ele deu uma gargalhada e a camionete acelerou para longe, espalhando fumaça. Seus olhos ainda ardiam por causa da fumaça dos carros quando ela subiu os degraus do edifício. Parando em frente às caixas de correio da entrada, Josephine enfiou a mão na bolsa à procura da chave e, de repente, soltou um suspiro.

Foi até o apartamento 1A e bateu.

A porta se abriu e um alienígena de olhos saltados apareceu.

— Já achou a chave?

— Sr. Goodwin? É o senhor?

— O quê? Ah, desculpe. Esses olhos de velho não são mais o que costumavam ser. Eu preciso de óculos de Robocop até para ver as malditas cabeças de parafuso.

O síndico do prédio tirou o par de óculos de aumento, e o alienígena de olhos saltados transformou-se em um homem absolutamente comum, de 60 e poucos anos, com tufos rebeldes de cabelos grisalhos espetados como chifres em miniatura.

— E então, encontrou o chaveiro?

— Eu tenho certeza de que deixei em algum lugar no trabalho. Consegui fazer cópia das chaves do carro e do apartamento, mas...

— Já sei. A senhora quer a chave nova da caixa de correio, certo?

— O senhor disse que ia mudar a fechadura.

— Fiz isso hoje de manhã. Entre. Vou te dar a chave nova.

Com relutância, ela o seguiu para dentro do apartamento. Quando se entrava na toca do Sr. Goodwin, podia-se levar até meia hora para escapar. Os moradores o chamavam de "O Senhor Conserta Tudo", por razões que se tornaram óbvias quando ela entrou em sua sala — ou no que *deveria* ser uma sala. Em vez disso, era um ferro-velho, cada superfície horizontal coberta por secadores de cabelo velhos, rádios e quinquilharias em vários estágios de desmonte ou de montagem. *É só um passatempo para mim*, dissera a ela certa vez. *Não jogue nada fora. Eu posso consertar para a senhora!*

Era preciso apenas esperar uma década ou mais para que ele o fizesse.

— Eu espero que a senhora encontre esse chaveiro — disse ele, enquanto a conduzia em meio a dezenas de projetos de conserto empoeirados. — Isso me deixa nervoso, chaves de apartamento soltas por aí. O mundo está cheio de gente ruim, sabia? E a senhora sabe o que o Sr. Lubin anda dizendo?

— Não — respondeu. Ela não queria saber o que o ranzinza do Sr. Lubin, do outro lado do corredor, tinha a dizer.

— Ele tem visto um carro preto cercando nosso prédio, que passa bem devagar toda tarde com um homem ao volante. .

— Talvez esteja apenas procurando uma vaga. É por isso que não vou de carro a lugar nenhum. Além do preço da gasolina, eu detesto perder minha vaga.

— O Sr. Lubin tem um olho bom para essas coisas. A senhora sabia que ele trabalhava como espião?

Ela deu uma risada.

— O senhor acha que isso é mesmo verdade?

— Por que não? Ele não ia mentir sobre uma coisa dessas.

O senhor não faz ideia de como as pessoas mentem.

O Sr. Goodwin abriu uma gaveta, que rangeu sonoramente, e tirou uma chave.

— Aqui está. Eu tenho que cobrar da senhora 45 dólares pela troca da fechadura.

— Posso pagar junto com o aluguel?

— Claro! — disse, sorrindo. — Eu confio na senhora.

Eu sou a última pessoa em quem o senhor deveria confiar. Ela se virou para ir embora.

— Espere um pouco. Sua correspondência está aqui — disse ele indo até a mesa de jantar, abarrotada de coisas, e pegando uma pilha de correspondências e um pacote, tudo preso com um elástico. — O carteiro não conseguiu enfiar tudo na sua caixa de correio, então eu disse que entregava para a senhora. — Ele meneou a cabeça na direção do embrulho. — Vejo que a senhora encomendou mais uma coisa na L.L. Bean, hein? Deve gostar dessa loja.

— É, gosto. Obrigado por ter guardado a correspondência.

— A senhora compra roupa ou material para acampamento deles?

— Roupa, normalmente.

— E elas cabem bem na senhora? Mesmo comprando sem experimentar?

— Elas cabem, sim.

Com um sorriso forçado, virou-se para ir embora entes que ele começasse a perguntar onde ela comprava roupas íntimas.

— Até logo.

— Eu prefiro experimentar antes de comprar — disse ele. — Nunca consegui comprar nada que me caísse bem pelo correio.

— Amanhã eu lhe dou o cheque do aluguel.

— E a senhora continue procurando as chaves, está bem? A gente tem que ter cuidado hoje em dia, ainda mais uma moça bonita como a senhora, morando sozinha. Não ia ser nada bom se suas chaves fossem parar em mãos erradas.

Ela precipitou-se para fora do apartamento e começou a subir as escadas.

— Um momento! — gritou ele. — Só mais uma coisinha. Quase que me esqueço de perguntar. A senhora conhece alguma Josephine Sommer?

Ela parou imóvel no degrau, os braços apertaram a pilha de correspondência e as costas ficaram rígidas como uma tábua. Lentamente, virou-se para encará-lo.

— O que o senhor disse?

— O carteiro perguntou se podia ser a senhora, mas eu disse que não, que seu sobrenome era Pulcillo.

— Por que... Por que ele perguntou isso?

— Porque tem uma carta aí com o número do seu apartamento, mas o último nome é Sommer e não Pulcillo. Ele imaginou que pudesse ser seu nome de solteira ou qualquer coisa assim. Eu falei para ele que a senhora não era casada, pelo que eu saiba. Mas *é* o número do seu apartamento, e não tem muitas Josephines por aí, então eu pensei que podia ser para a senhora. Foi por isso que eu a mantive junto com o resto da sua correspondência.

Ela engoliu em seco.

— Obrigada. — murmurou.

— Mas *é* a senhora?

A Dra. Pulcillo não respondeu e continuou a subir a escada, mesmo sabendo que ele ainda a observava à espera de uma resposta. Antes que o síndico tivesse a chance de fazer outra pergunta, ela entrou no apartamento e fechou a porta.

Josephine estava segurando a pilha de correspondência com tanta força, que podia ouvir o coração batendo contra ela. Ela tirou o elástico e despejou as cartas sobre a mesa de centro. Envelopes e catálogos reluzentes espalharam-se sobre a superfície. Empurrando para o lado a caixa da L.L. Bean, ela revirou o monte de correspondência até encontrar um envelope com o nome JOSEPHINE SOMMER, escrito com uma letra desconhecida. O carimbo do correio era de Boston, mas não havia remetente.

Alguém em Boston conhece esse nome. O que mais eles sabem sobre mim?

Durante um longo tempo, ficou sentada, sem abrir o envelope, com medo de ler o conteúdo. Temendo que, depois de aberto, sua vida mudasse para sempre. Durante esse derradeiro instante, ela ainda podia ser Josephine Pulcillo, a jovem calada que nunca falava sobre o passado. A arqueóloga mal paga, contente em se esconder na sala dos fundos do Museu Crispin, entretida com pedaços de papiro e farrapos de linho.

Fui tão cuidadosa, pensou, mantive a cabeça baixa e os olhos no trabalho, mesmo assim, de alguma forma, o passado me encontrou.

Respirando fundo, abriu finalmente o envelope. Dentro havia um bilhete com apenas seis palavras, escritas em letras maiúsculas, que lhe disseram o que já sabia.

A POLÍCIA NÃO É SUA AMIGA.

6

A funcionária do Museu Crispin era tão velha que podia ser uma das peças em exposição no local. Essa duende de cabelos grisalhos mal tinha altura para olhar por sobre o balcão da recepção e anunciar:

— Sinto muito, mas só abrimos exatamente às 10 horas. Se a senhora quiser voltar em sete minutos, eu lhe vendo os ingressos.

— Nós não estamos aqui para visitar o museu — disse Jane. — Somos da polícia de Boston. Eu sou a detetive Rizzoli e este é o detetive Frost. O Sr. Crispin está nos esperando.

— Não fui avisada.

— Ele está?

— Está. Ele e a senhorita Duke estão em uma reunião lá em cima — disse a mulher, enunciando com clareza a forma de tratamento senhorita, e não senhora, como se para enfatizar que, naquele prédio, regras antiquadas de etiqueta ainda eram utilizadas. Ela saiu de trás do balcão, revelando uma saia kilt plissada e enormes sapatos ortopédicos. Preso a sua blusa branca de algodão, havia um crachá com o nome: SRA. WILLEBRANDT, GUIA.

— Vou levá-los até o escritório dele. Mas primeiro, preciso fechar o caixa. Nós estamos esperando uma grande multidão hoje, e eu não quero deixá-lo sem ninguém por perto.

— Ah, nós encontramos o caminho até o escritório — disse Frost. — Se a senhora nos disser onde fica.

— Eu não quero que vocês se percam.

Frost deu-lhe seu melhor sorriso para encantar velhas senhoras.

— Eu fui escoteiro, senhora. Prometo que não vou me perder.

A Sra. Willebrandt não se deixou seduzir e olhou para ele com desconfiança, através dos óculos com armação de metal.

— Fica no terceiro andar — disse ela, por fim. — Vocês podem pegar o elevador, mas ele é *muito* lento.

Ela apontou para uma gaiola com grades pretas, que parecia mais uma antiga armadilha mortal do que um elevador.

— A gente vai pela escada — disse Jane.

— Fica bem em frente, seguindo pela galeria principal.

Bem em frente, não era, entretanto, uma orientação fácil naquele prédio. Quando Jane e Frost chegaram à galeria do primeiro andar, foram confrontados com um labirinto de caixas de exibição. A primeira que viram continha uma figura de cera, em tamanho natural, de um cavalheiro do século XIX, vestindo um belo terno de lã, com colete. Em uma das mãos, segurava uma bússola; na outra, um mapa amarelado. Embora os encarasse através do vidro, os olhos pareciam estar em outro lugar, focados em algum destino edificante e longínquo, que apenas ele podia ver.

Frost inclinou-se para a frente e leu a placa aos pés do cavalheiro: Dr. Cornelius M. Crispin, Explorador e Cientista, 1830-1912. Os tesouros que trouxe para casa, de todos os lugares do mundo, foram o começo do Acervo do Museu Crispin. Ele se endireitou e acrescentou:

— Nossa! Imagina citar isso como profissão. *Explorador*.

— Eu acho que *ricaço* seria mais adequado — observou Jane se dirigindo até a próxima caixa, na qual moedas de ouro brilhavam sob luzes. — Ei, olha! Aqui diz que elas são do reino de Creso.

— *Esse* sim era um ricaço.

— Você acha que ele existiu mesmo? Para mim, era personagem de conto de fadas.

Eles continuaram até outra caixa, repleta de cerâmica e figuras de argila.

— Que legal! — disse Frost. — São da Suméria. Isso é realmente antigo, sabia? Quando Alice voltar, vou trazê-la aqui. Ela vai adorar este museu. Engraçado eu não ter ouvido falar dele antes.

— Agora todo mundo ouviu. Nada como um assassinato para colocar um lugar no mapa.

Eles foram mais além, em meio ao labirinto de caixas de exibição, passando por bustos em mármore de gregos e romanos, espadas enferrujadas e joias faiscantes, com o velho chão de madeira rangendo sob os pés deles. Havia tantas vitrines na galeria que os corredores entre elas pareciam becos estreitos, e cada virada revelava uma surpresa nova, outro tesouro que lhes exigia atenção.

Por fim, emergiram em uma área livre, próxima ao vão da escada. Frost começou a subir os degraus até o segundo andar, mas Jane não o seguiu. Em vez disso, foi atraída por uma porta estreita, emoldurada em pedra falsa.

— Rizzoli? — chamou Frost, olhando para trás.

— Espere um minuto — disse ela, levantando a cabeça e olhando para o convite sedutor que emanava do alto da porta: VENHA. ENTRE NA TERRA DOS FARAÓS.

Ela não pôde resistir.

Ao entrar, o espaço era tão pouco iluminado que ela precisou de um tempo para que seus olhos se acostumassem à escuridão. Aos poucos, uma sala repleta de maravilhas descortinou-se.

— Uau! — murmurou Frost, que a havia seguido.

Eles estavam em uma câmara mortuária egípcia, com paredes recobertas de hieróglifos e pinturas funerárias. Em exibição na sala, encontravam-se artefatos tumulares, iluminados de forma suave por refletores discretamente espalhados. Ela viu um sarcófago vazio, como se aguardasse um ocupante eterno. Uma cabeça de chacal esculpida lançava um olhar malicioso do alto de uma urna de pedra. Penduradas nas paredes, máscaras funerárias fitavam os visitantes com olhos escuros e misteriosos. Protegido por vidro, um pergaminho jazia aberto, mostrando um trecho do *Livro dos mortos*.

Contra a parede mais distante, havia uma caixa de vidro vazia, do tamanho de um caixão.

Observando o interior, ela viu a fotografia de uma múmia deitada em um esquife e uma papeleta escrita à mão: FUTURO LOCAL DE DESCANSO DE MADAME X. AGUARDEM SUA CHEGADA!

Madame X jamais faria sua aparição ali. No entanto, havia servido seu propósito, já que multidões passaram a visitar o museu. Ela atraíra os curiosos, hordas em busca de sensações mórbidas, ansiosas por um vislumbre da morte. Mas alguém também em busca de emoções já dera um passo adiante. Fora pervertido o bastante para *fazer* uma múmia, desentranhar uma mulher, salgá-la e encher-lhe as cavidades com especiarias; envolvê-la em linho, enrolando-lhe o tronco e os membros nus, faixa por faixa, como uma aranha que tece fios de seda em torno da presa impotente. Jane olhou para o esquife vazio e considerou a perspectiva de eternidade dentro daquele caixão de vidro. De repente, a sala ficou confinada e sem ar, e seu peito pareceu apertado como se fosse ela quem estivesse amarrada dos pés à cabeça, com bandagens de linho a estrangulá-la, sufocando-a. Jane abriu o primeiro botão da camisa, para afrouxar o colarinho.

— Olá, detetives?

Assustada, Jane virou-se e viu a silhueta de uma mulher emoldurada pela porta estreita. Vestia um terninho de corte justo, que realçava seu porte esbelto, e os cabelos louros e curtos brilhavam em um halo com a luz vinda de trás.

— A Sra. Willebrandt nos disse que vocês tinham chegado. Estávamos esperando lá em cima. Pensei que tinham se perdido.

— Este museu é muito interessante — disse Frost. — Não resistimos a dar uma espiada.

Quando Jane e Frost saíram da exposição dos túmulos, a mulher ofereceu um aperto de mão rápido e profissional. Na luz mais forte da galeria principal, Jane viu que era uma bela loura de 40 e poucos anos, cerca de um século mais jovem que a guia do balcão de entrada.

— Eu sou Debbie Duke, voluntária aqui.

— Detetive Rizzoli — disse Jane. — E detetive Frost.

— Simon está esperando no escritório. Tenham a bondade de me seguir.

Debbie deu meia-volta e conduziu-os até a escada, seus elegantes sapatos de salto produzindo um ruído seco sobre os degraus gastos de madeira. No segundo andar, outra exposição cativante distraiu a atenção de Jane. Um urso pardo, preso ao chão e empalhado, mostrava as garras nuas, como se pronto para retalhar quem subisse a escada.

— Algum ancestral do Sr. Crispin matou essa coisa? — perguntou Jane.

— Ah! — Debbie olhou para trás com uma expressão de desagrado. — É o Big Ben. Não tenho certeza, mas acho que o pai de Simon trouxe isso do Alasca. Eu ainda estou me familiarizando com o acervo.

— Você é nova aqui?

— Desde abril. Estamos recrutando novos voluntários. Se vocês conhecerem alguém que queira se juntar a nós... Procuramos, no momento, jovens para trabalhar com crianças.

Jane não conseguia tirar os olhos daquelas garras de aparência mortal do urso.

— Pensei que fosse um museu de arqueologia — disse ela. — Como esse urso se encaixa aqui?

— Na verdade, trata-se de um museu de *tudo*, e é isso que dificulta a nossa propaganda. A maior parte do que está aqui foi colecionada por cinco gerações de Crispin, mas temos também uma série de itens doados. Aqui no segundo andar, nós exibimos vários animais com presas e garras. Parece estranho, mas é sempre onde as crianças acabam vindo. Elas gostam de ver carnívoros. Já estão cheias de bichinhos de pelúcia.

— Bichinhos de pelúcia não matam — disse Jane.

— Talvez seja por isso. Nós todos gostamos de sentir medo, não?

Debbie virou-se e continuou a subir os degraus.

— O que tem no terceiro andar? — perguntou Frost.

— Mais espaço para exibições. Eu vou mostrar a vocês. Usamos para as exposições itinerantes.

— Então vocês trazem coisas de fora?

— Não, não precisamos trazer nada! Tem tanta coisa guardada no porão que nós poderíamos montar uma exposição nova todo mês, pelos próximos vinte anos, sem nunca nos repetirmos.

— O que vocês têm lá em cima agora?

— Ossos.

— Humanos?

Debbie lançou-lhe um olhar calmamente divertido.

— Claro! Como chamar a atenção de um público já saturado? Nós poderíamos exibir o mais raro dos vasos Ming ou um biombo persa esculpido em marfim e eles não dariam a mínima e iriam direto para onde estão os restos humanos.

— E de onde vêm esses ossos?

— Pode confiar em mim. São *todos* certificados. Foram trazidos da Turquia há um século por algum Crispin. Não me lembro qual, provavelmente Cornelius. O Dr. Robinson achou que era hora de tirá-los do depósito e devolvê-los ao olhar do público. Essa exposição é toda sobre práticas funerárias antigas.

— Você parece uma arqueóloga falando.

— Eu? — Debbie riu. — Eu só tenho tempo de sobra e amo coisas bonitas. Por isso, acho que vale a pena ajudar os museus. Vocês viram as exposições lá embaixo? Além dos carnívoros empalhados, nós temos tesouros que merecem ser vistos. É nisso que os museus deviam se concentrar, não nos ursos empalhados, mas a gente tem que dar ao público o que ele quer. É por isso que nós tínhamos tanta esperança em Madame X. Ela traria dinheiro suficiente para manter a calefação ligada, pelo menos.

Eles chegaram ao terceiro andar e passaram pela exposição Cemitérios Antigos. Jane viu caixas de vidro cheias de areia ostentando ossos humanos, como se tivessem acabado de ser revelados pela espátula do arqueólogo. Enquanto Debbie passava rápido por elas, Jane ficou para trás, vendo esqueletos enroscados em posição fetal e os membros ossudos de uma mãe morta abraçarem carinhosamente os restos fragmentados da criança, não muito mais velhos que sua própria filha, Regina. *Toda uma cidade de mortos encontra-se aqui*, pensou Jane. Que tipo de homem arrancou essas pessoas tão brutalmente de seus locais de descanso, enviando-as para serem comidas com os olhos em uma terra estrangeira? Será que o ancestral de Simon Crispin sentiu qualquer ponta de remorso ao arrancar esses ossos de suas sepulturas? Moedas antigas, estátuas de mármore ou ossos humanos, eram todos tratados da mesma forma pela família Crispin. Eram itens para serem colecionados e exibidos como troféus.

— Detetive? — chamou Debbie.

Deixando para trás os silenciosos mortos, Jane e Frost seguiram-na até o escritório de Simon Crispin.

O homem que os aguardava sentado parecia muito mais frágil do que ela imaginava. Os cabelos reduziram-se a algumas mechas brancas, e tinha manchas de envelhecimento marrons nas mãos e no couro cabeludo. Entretanto, os penetrantes olhos azuis brilhavam de genuíno interesse, enquanto trocava apertos de mão com os dois visitantes.

— Obrigada por nos receber, Sr. Crispin — disse Jane.

— Eu gostaria de ter estado presente na necropsia — disse ele.

— Mas meu quadril ainda não se recuperou da cirurgia, de forma que estou me arrastando por aí com uma bengala. Sentem-se, por favor.

Jane olhou em torno da sala, mobiliada com uma mesa de carvalho maciço e poltronas forradas de veludo verde gasto. Com painéis de parede em madeira escura e janelas *palladianas*, a sala parecia pertencer a um clube requintado de algum século anterior, um local para cavalheiros tomarem xerez. Todavia, como o resto do prédio, o aposento revelava sinais de sua idade. O tapete persa parecia quase esfarrapado pelo uso, e os volumes amarelados na estante de vidro davam a impressão de ter, no mínimo, 100 anos.

Jane sentou-se em uma das poltronas de veludo, tão grande que ela se sentiu uma anã, uma criança brincando de rainha por um dia. Frost também se sentou na outra poltrona, mas em vez de ficar com cara de rei, parecia constipado em seu trono de veludo.

— Nós vamos fazer tudo que pudermos para ajudar vocês com essa investigação — disse Simon. — O Dr. Robinson é o encarregado dos procedimentos diários. Receio ser um pouco inútil desde que quebrei o quadril.

— Como aconteceu? — perguntou Jane.

— Eu caí num buraco de escavação na Turquia — disse, observando o arquear de sobrancelhas de Jane e sorriu. — É, mesmo na idade avançada de 82 anos, continuei com o trabalho de campo. Nunca fui propriamente um arqueólogo de poltrona. Acredito que temos que sujar as mãos ou não passamos de um diletante.

O tom de desprezo implícito na última palavra não deixava dúvidas do que achava desse tipo de amadores.

— Você vai estar de volta ao trabalho de campo muito em breve, Simon. Na sua idade, leva um tempinho a mais para cicatrizar — declarou Debbie.

— Eu não *tenho* tempo. Eu fui embora da Turquia há sete meses e estou preocupado que a escavação tenha virado uma confusão. — Ele soltou um suspiro. — Mas não pode haver confusão maior que essa aqui.

— Eu imagino que o Dr. Robinson tenha lhe contado sobre o que descobrimos na necropsia ontem — disse Jane.

— Contou. E dizer que estamos chocados é pouco. Esse é o tipo de atenção que nenhum museu quer.

— Acho que também não era o tipo de atenção que Madame X queria.

— Eu nem sequer fazia ideia de que *tínhamos* uma múmia em nosso acervo, até Nicholas descobri-la durante o levantamento.

— Ele disse que isso foi em janeiro.

— Foi. Logo depois que eu operei o quadril.

— Como é que um museu não se dá conta de algo tão valioso como uma múmia?

Ele deu um sorriso envergonhado.

— Visite qualquer museu que tenha um acervo grande e provavelmente vai descobrir porões tão desorganizados quanto o nosso. Nós temos 130 anos. Durante esse tempo, mais de uma dúzia de curadores e centenas de funcionários, guias e outros voluntários trabalharam sob esse teto. Notas de campo se perdem, registros desaparecem e itens são colocados fora do lugar. Então, não é de surpreender que tenhamos perdido a conta do que possuímos — suspirou. — Eu receio que deva assumir a maior parte da culpa.

— Por quê?

— Durante tempo demais, eu deixei os detalhes operacionais inteiramente nas mãos do Dr. William Scott-Kerr, nosso antigo curador. Eu passava muito tempo no exterior e não sabia o que estava acontecendo aqui. Mas a Sra. Willebrandt assistiu à deterioração dele, que começou a colocar os papéis fora do lugar ou a pôr as etiquetas erradas nas exposições. No final, ele já estava tão esquecido que não conseguia identificar nem os utensílios mais comuns. A tragédia é que esse homem havia sido brilhante, ex-arqueólogo de campo que trabalhou no mundo todo. A Sra. Willebrandt me escreveu sobre suas preocupações e, quando voltei para casa, vi que nós tínhamos um problema sério. Eu não tive coragem de demiti-lo imediatamente e, de fato, não precisei. Só tinha 74 anos, mas foi uma bênção com toda certeza, considerando-se o prognóstico amargo caso tivesse vivido.

— Alzheimer? — perguntou Jane.

Simon confirmou:

— Os sinais já estavam presentes havia uns dez anos, mas William conseguiu escondê-los bem. O acervo ficou totalmente desorganizado. Não percebemos a gravidade até eu contratar o Dr. Robinson há três anos, e ele descobrir que os livros de registro de aquisições haviam desaparecido. Ele não conseguiu encontrar a documentação de uma série de caixotes no porão. Em janeiro, quando abriu aquele que continha Madame X, o Dr. Robinson não fazia ideia do que estava dentro. Acredite, ficamos todos pasmos. Nunca imaginamos ter uma múmia no acervo.

— A senhorita Duke nos contou que a maior parte dele vem da sua própria família — disse Frost.

— Cinco gerações de Crispin usaram espátulas e pás. Colecionar é a paixão da nossa família. Infelizmente, é uma obsessão muito cara também, e esse museu tem consumido o que sobrou da minha herança. — Ele suspirou novamente. — O que o deixa nesta situação atual, carente de verbas e dependente de voluntários. E doadores.

— Não teria sido por esse meio que Madame X veio parar aqui? — perguntou Frost. — Doada por alguém?

— De fato, recebemos doações — disse Simon. — As pessoas querem um lugar seguro para certas antiguidades de valor que elas não têm como cuidar. Ou querem simplesmente uma bela plaquinha com seus nomes, em alguma exibição permanente, para que todos possam ver. Nós aceitamos quase tudo de boa vontade.

— Mas o senhor não tem nenhum registro da doação de uma múmia?

— Nicholas não encontrou nenhuma menção. E pode acreditar em mim, ele procurou. Transformou isso numa missão. Em março, contratamos Josephine para nos ajudar com a análise de Madame X, e ela também não conseguiu rastrear a origem da múmia.

— É possível que Madame X tenha sido acrescentada ao acervo quando o Dr. Scott-Kerr era curador — disse Debbie.

— O sujeito com Alzheimer — disse Jane.

— Exato. E ele pode ter posto a papelada no lugar errado. Isso explicaria as coisas.

— Parece uma teoria razoável — disse Jane. — Mas temos que explorar outras também. Quem tem acesso ao porão?

— A chave fica no balcão da recepção. Praticamente todos os funcionários têm acesso a ela.

— Então qualquer um pode ter colocado Madame X no porão?

Houve um momento de silêncio. Debbie e Simon entreolharam-se e o rosto dele ficou sombrio.

— Eu não gosto do que a senhora está sugerindo, detetive.

— É uma pergunta lógica.

— Nós somos uma instituição venerável, com funcionários excelentes, a maioria voluntários — disse Simon. — Nossos guias, estagiários, eles estão aqui porque se dedicam à preservação.

— Não estou questionando a dedicação de ninguém. Só perguntei quem tinha acesso.

— O que a senhora está perguntando, de fato, é quem poderia ter escondido um cadáver lá embaixo.

— É uma possibilidade que precisamos considerar.

— Pode acreditar em mim, nós não temos nenhum assassino trabalhando aqui.

— O senhor tem certeza disso, Sr. Crispin? — inquiriu Jane.

Apesar do tom calmo, o olhar dela encurralou Simon. Ela pôde ver que a aflição provocada pela pergunta obrigava-o a confrontar-se com a terrível possibilidade de que alguém que conhecia, do presente ou do passado, pudesse ter trazido a morte para dentro daquele orgulhoso bastião do conhecimento.

— Eu peço desculpas, Sr. Crispin. — ela disse por fim. — Mas as coisas podem ficar um pouco confusas por aqui durante um tempo.

— Como assim?

— De alguma maneira, um cadáver veio parar no seu museu. Talvez tenha sido doado há dez anos. Talvez tenha sido colocado aqui recentemente. O problema é que o senhor não tem a documentação. O senhor nem sequer sabe o que mais há em seu acervo. Nós vamos precisar dar uma olhada no seu porão.

Simon balançou a cabeça atônito.

— E o que exatamente a senhora espera encontrar?

Ela não respondeu à pergunta; não havia necessidade.

7

— Isso é absolutamente necessário? — perguntou Nicholas Robinson. — Vocês têm mesmo que fazer as coisas desse modo?

— Acho que sim — disse Jane, entregando-lhe o mandado de busca.

Enquanto ele lia, Jane permanecia ao seu lado com uma equipe de três detetives. Além de Rizzoli e Frost, os detetives Tripp e Crowe também vieram para a busca, e esperavam enquanto Robinson levava um tempo enorme examinando o mandado. De modo manifesto, o sempre impaciente Darren Crowe bufava de frustração, e Jane lançou-lhe um olhar irritado insinuando *calma*, em um lembrete claro de que era ela quem estava encarregada da equipe, e seria bom que ele andasse na linha.

Robinson franzia o cenho diante do papel.

— Vocês estão buscando restos humanos? — indagou olhando para Jane. — Então, vão encontrar com certeza. Isto é um *museu*. E eu garanto a vocês que os ossos no terceiro andar *são* antigos. Se quiserem que eu aponte as provas dentárias mais relevantes...

— É o que está no porão que nos interessa. Assim que abrir a porta lá embaixo, a gente já começa.

Robinson olhou para os outros detetives em volta e percebeu o pé de cabra na mão do detetive Tripp.

— Vocês não podem sair por aí arrombando caixotes! Correm o risco de danificar artefatos valiosíssimos!

— O senhor pode ir com a gente e nos orientar. Mas, por favor, não mexa ou toque em nada.

— Por que você está transformando este museu em uma cena de crime?

— Estamos preocupados que Madame X não seja a única surpresa do acervo. Agora, por favor, desça com a gente até o porão.

Robinson engoliu em seco e olhou para a funcionária idosa, que estivera observando o confronto.

— Sra. Willebrandt, a senhora pode ligar para Josephine e lhe pedir para vir imediatamente? Vou precisar dela.

— São 9h55, Dr. Robinson. Os visitantes vão começar a chegar.

— O museu vai ter que ficar fechado hoje — anunciou Jane. — Preferimos que a mídia não suspeite do que está acontecendo. Sendo assim, tranquem a porta da frente, por favor.

Sua ordem foi ostensivamente ignorada pela Sra. Willebrandt, que não tirava os olhos do curador.

— Dr. Robinson?

Ele soltou um suspiro de resignação.

— Parece que não temos escolha. Por favor, faça o que polícia pediu.

Abrindo uma gaveta atrás do balcão da recepção, ele pegou uma penca de chaves e seguiu na frente, passando pela estátua de cera do Dr. Cornelius Crispin, pelos bustos de mármore gregos e romanos até chegar à escadaria. Desceram uma dezena de degraus que rangiam até o nível do porão.

Ali, ele deteve-se. Virando-se para Jane, disse:

— Eu preciso de um advogado? Sou um suspeito?

— Não.

— Então quem é? Pelo menos, me diga isso.

— Pode ser bem anterior à contratação do senhor.

— Quanto tempo antes?

— A época do ex-curador.

Robinson soltou uma risada de surpresa.

— Aquele pobre homem sofria de Alzheimer. Você não acha realmente que o velho William guardava cadáveres aqui, acha?

— A porta, Dr. Robinson.

Pasmo, ele abriu a porta. Um ar frio e seco espraiou-se. Eles entraram na sala e Jane ouviu murmúrios de assombro, vindos dos outros detetives, à medida que vislumbravam a vasta área de armazenamento, com fileiras de caixotes empilhados quase até o teto.

— Se vocês puderem, mantenham a porta fechada, por favor — disse Robinson. — Esta área é climatizada.

— Cara! — disse o detetive Crowe. — A gente vai levar uma eternidade para verificar isso tudo. O que tem guardado aí, afinal de contas?

— Nós já completamos mais da metade do nosso levantamento — disse Robinson. — Se vocês nos dessem só mais uns meses para terminar, poderíamos dizer o que cada caixote contém.

— Alguns meses é muito tempo para se esperar.

— Eu levei um ano só para inspecionar aquelas fileiras ali, até as prateleiras de trás. Eu posso garantir o conteúdo delas. Mas ainda não abri os que ficam desse lado. É um processo demorado porque precisamos ser cuidadosos e documentar tudo. Alguns dos itens têm mais de 100 anos e já podem estar se desintegrando.

— Mesmo numa sala climatizada? — perguntou Tripp.

— O ar-condicionado só foi instalado na década de 1960.

Frost apontou para um caixote embaixo de uma pilha.

— Olha a data carimbada naquele. "1873. Sião".

— Está vendo? — Robinson olhou para Jane. — Pode haver tesouros aqui que, em cem anos, ainda não foram desembalados. Meu plano era examinar os caixotes de forma sistemática e documentar tudo. — Ele fez uma pausa. — Mas aí eu descobri Madame X, e o levantamento foi suspenso. Senão, já estaríamos muito mais adiantados agora.

— Onde encontrou o caixote em que ela estava? — perguntou Jane. — Em que seção?

— Naquela fileira, encostado na parede — informou apontando para a outra extremidade da área de armazenamento. — Ela estava embaixo da pilha.

— Checou os caixotes que estavam em cima?

— Sim. Eles continham itens adquiridos na década de 1910. Artefatos do Império Otomano, mais uns papiros e algumas cerâmicas chinesas.

— Mil novecentos e dez? — Jane pensou na dentição perfeita da múmia e na obturação de amálgama no dente. — Madame X era com certeza mais recente que isso.

— Então como ela foi parar embaixo dos caixotes mais velhos? — perguntou o detetive Crowe.

— É óbvio que alguém reorganizou as coisas por aqui — disse Jane. — Isso a deixaria menos acessível.

Enquanto a detetive olhava em torno daquele espaço cavernoso, pensou no mausoléu em que a avó fora enterrada, um palácio de mármore cujas paredes tinham inscrições com os nomes dos que repousavam nas criptas. *Será que é para isso que eu estou olhando agora? Um mausoléu abarrotado de vítimas sem nome?* Jane foi até o canto mais remoto do porão, onde Madame X fora descoberta. Duas lâmpadas do teto estavam queimadas, mergulhando aquela área em sombras.

— Vamos começar a busca por aqui — disse ela.

Juntos, Frost e Crowe retiraram o caixote do alto da pilha e baixaram-no até o chão. Sobre a tampa, alguém escrevera: MISCELÂNEA. CONGO. Frost usou o pé de cabra para abrir a tampa e, ao primeiro vislumbre do que havia dentro, recuou, esbarrando em Jane.

— O que é? — perguntou ela.

Darren Crowe começou a rir. Enfiando a mão no caixote, tirou uma máscara de madeira e pôs sobre o rosto.

— Buu!

— Tenha cuidado com isso — disse Robinson. — É valioso.

— E é muito sinistro também — murmurou Frost, olhando fixamente para as feições grotescas da máscara, esculpidas na madeira.

Crowe colocou a máscara de lado e tirou um pedaço de jornal amassado, usado para proteger o conteúdo do caixote.

— O *Times*, de Londres, 1930. Eu diria que este caixote é anterior ao nosso assassino.

— Eu realmente tenho que protestar — disse Robinson. — Vocês estão tocando nas coisas... Contaminando. Vocês tinham que usar luvas.

— Talvez você devesse esperar lá fora, Dr. Robinson.

— Não, não vou. A segurança desse acervo é minha responsabilidade.

Jane virou-se para confrontá-lo. Embora parecesse ter modos suaves, ele se manteve firme enquanto ela avançava, os olhos brilhando de indignação por trás dos óculos. Fora do museu, confrontado com um policial, Nicholas Robinson provavelmente responderia de modo respeitoso. Entretanto, ali, em seu território, parecia preparado para um combate corpo a corpo.

— Vocês estão saindo desembestados por aí como animais selvagens — disse ele. — O que faz vocês pensarem que há outros corpos? Que tipo de pessoa vocês acham que trabalha em um museu?

— Eu não sei, Dr. Robinson. É o que eu estou tentando descobrir.

— Então pergunte para *mim*. Converse *comigo*, em vez de ficar mexendo em tudo. Eu conheço este museu. Conheço as pessoas que trabalharam aqui.

— Faz só três anos que você é curador — disse Jane.

— Mas eu trabalhava aqui como estagiário, nas férias, quando estava na faculdade. Conheci o Dr. Scott-Kerr e ele era completamente inofensivo — explicou Robinson lançando um olhar fulminante para Crowe, que acabara de pegar um vaso do caixote aberto.

— Ei! Isso tem no mínimo 400 anos! Trate com respeito.

— Talvez seja hora de você e eu irmos lá para fora — disse Jane.

— Precisamos conversar.

Ele olhou preocupado para os três detetives, já abrindo outro caixote, e seguiu-a com relutância para fora do porão, subindo as escadas que conduziam à galeria do primeiro andar. Os dois pararam em frente à exibição egípcia, com a entrada falsa da tumba pairando sobre ambos.

— Quando exatamente você foi estagiário aqui, Dr. Robinson? — perguntou Jane.

— Há vinte anos, no primeiro e último ano da faculdade. Quando William era o curador, ele contratava um ou dois estudantes universitários todo verão.

— Por que não há mais estagiários agora?

— A gente não tem mais dinheiro no orçamento para pagar os salários. Então achamos que é quase impossível atrair universitários. Além disso, quando se é jovem, todos preferem fazer trabalho de campo, com garotos da mesma idade, e não ficar confinado neste prédio velho e empoeirado.

— O que você lembra sobre o Dr. Scott-Kerr?

— Eu gostava muito dele — disse o doutor, sorrindo com a lembrança. — Ele já era um pouquinho distraído naquela época, mas sempre agradável, muito generoso com o seu tempo. Ele me deu uma série de responsabilidades de imediato, e isso me proporcionou a melhor experiência que eu poderia ter, mesmo vindo a me causar uma decepção.

— Por quê?

— Porque elevou minhas expectativas. Eu achei que ia encontrar um emprego como esse quando acabasse o doutorado.

— E não encontrou?

Ele balançou a cabeça.

— Acabei indo trabalhar como rato de canteiro de obra.

— Que é isso?

— Um arqueólogo contratado. Hoje em dia, é mais ou menos o único tipo de emprego que se consegue sendo recém-formado. Eles chamam isso de gestão de recursos culturais. Eu trabalhava em construções e bases militares. Cavava buracos por amostragem, procurando evidências de valor histórico antes das escavadeiras entrarem. É um serviço para jovens. Não tem benefícios, você está sempre de malas prontas, e os joelhos e as costas doem um bocado. Então, quando Simon me ligou há três anos, para me oferecer este trabalho, fiquei feliz por pendurar a pá, mesmo ganhando menos que no trabalho de campo. O que explica porque este cargo ficou vago tanto tempo depois da morte do Dr. Scott-Kerr.

— Como um museu funciona sem curador?

— Deixando alguém como a Sra. Willebrandt dirigir o espetáculo, se for possível acreditar. Ela deixou os mesmos objetos nas mesmas caixas de vidro empoeiradas durante anos — revelou ele, olhando para o balcão da recepção, e depois sussurrou: — E sabe de uma coisa? *Ela* não mudou nada desde que eu era estagiário. Essa mulher já nasceu velha.

Jane ouviu passos na escadaria. Era Frost subindo os degraus.

— Rizzoli, é melhor você descer para dar uma olhada.

— O que vocês encontraram?

— Não temos certeza.

Ela e Robinson seguiram Frost até o depósito no porão. Sarrafos de madeira espalhavam-se pelo chão, onde os detetives haviam feito mais buscas.

— A gente estava tentando trazer aquele caixote para baixo e eu me apoiei na parede — disse o detetive Tripp. — Ela meio que cedeu atrás de mim e aí eu notei *aquilo* — disse, apontando para os tijolos.

— Crowe, ilumina ali com a lanterna para ela poder ver.

Crowe dirigiu o facho e Jane franziu o cenho diante da parede, que se encontrava inclinada para o lado. Um dos tijolos havia caído, deixando um buraco através do qual ela só conseguia ver escuridão.

— Tem um espaço ali atrás — disse Crowe. — Quando ilumino, não consigo ver nem a parede de trás.

Jane virou-se para Robinson.

— O que tem atrás desses tijolos?

— Não faço ideia — murmurou ele, olhando pasmo para a parede inclinada. — Sempre pensei que estas paredes fossem sólidas. Mas o prédio é muito velho.

— Que idade tem?

— No mínimo uns 150 anos. Foi o que o encanador nos disse quando veio consertar o banheiro. Isso aqui já foi a residência da família, sabia?

— Dos Crispin?

— Eles viveram aqui em meados do século XIX, depois a família se mudou para outra casa, em Brookline. Foi quando este prédio virou museu.

— Esta parede dá para que lado? — perguntou Frost.

Robinson pensou.

— Para a rua, eu acho.

— Então não tem outro edifício ao lado?

— Não, só a rua.

— Vamos arrancar uns tijolos e ver o que tem do outro lado — disse Jane.

Robinson pareceu alarmado.

— Se vocês começarem a remover tijolos, tudo pode desabar.

— Mas é óbvio que esta parede não sustenta peso — disse Tripp. — Ou o teto já teria caído.

— Eu quero que vocês parem com tudo imediatamente — disse Robinson. — Antes de continuarem, eu tenho que falar com Simon.

— Então por que não o chama logo? — perguntou Jane.

Enquanto o curador saía da sala, os quatro detetives permaneceram no lugar, como em um quadro vivo silencioso, fazendo pose depois da partida de Robinson. No momento em que a porta se fechou atrás dele, a atenção de Jane voltou-se de novo para a parede.

— Os tijolos de baixo não estão nem cimentados. Só estão empilhados, soltos.

— O que segura o alto da parede então? — perguntou Frost.

Cautelosamente, Jane retirou um dos tijolos soltos, meio que esperando o restante desabar. Contudo, a parede manteve-se firme. Ela olhou para Tripp.

— O que você acha?

— Deve haver uma braçadeira no alto, segurando a parte superior.

— Então deve ser seguro remover esses tijolos de baixo, certo?

— Eu acho que sim.

Ela deu uma risada nervosa.

— Você me passa tanta confiança, Tripp.

Enquanto os três homens permaneciam parados observando, ela retirou outro tijolo solto e mais um. Mesmo assim, percebeu quando os outros detetives se afastaram, deixando-a sozinha na base da parede. Apesar do buraco já aberto, a estrutura continuava firme. Espiando o outro lado, ela só via um breu total.

— Passa a lanterna, Crowe.

Ele a entregou.

De joelhos, ela iluminou o buraco, conseguindo ver a superfície áspera de outra parede em frente, a poucos metros de distância. Vagarosamente, Jane examinou-a e o facho de luz deteve-se de súbito sobre um nicho esculpido na pedra. Um rosto a fitava na escuridão.

Jane recuou, arfando.

— Que foi? — perguntou Frost. — O que você viu aí dentro?

Por um instante, ela não conseguiu falar. Com o coração aos pulos, olhava para o buraco entre os tijolos, uma janela escura dando para uma câmara que não desejava explorar. Não depois do que vislumbrara nas sombras.

— Rizzoli?

Ela engoliu em seco.

— Acho que está na hora de chamar a patologista.

8

Aquela não era a primeira visita de Maura ao Museu Crispin.

Há alguns anos, logo após a mudança para Boston, ela encontrara o museu listado em um guia de atrações locais. Em um domingo frio de janeiro, adentrara a porta da frente do museu, na expectativa de competir com os visitantes habituais de fim de semana, os costumeiros pais irritados, trazendo a reboque crianças entediadas. Em vez disso, entrou em um prédio silencioso, ostentando apenas uma funcionária solitária na recepção, uma idosa que havia lhe cobrado o valor da entrada e depois a ignorado. Maura havia caminhado sozinha por todas aquelas galerias sombrias, passado por caixas de vidro empoeiradas, cheias de curiosidades do mundo todo, com etiquetas amareladas que pareciam não ser substituídas havia um século. A calefação que mal funcionava não conseguia espantar o frio, e Maura mantivera o casaco e o cachecol durante toda a visita.

Duas horas depois, saíra deprimida com a experiência e também porque o solitário passeio parecia simbolizar sua vida na época. Recém-divorciada e sem amigos na cidade nova, ela era uma nômade sozinha, em um cenário frio e sombrio, onde ninguém a cumprimentava ou parecia notar sua existência.

Nunca mais retornara ao Museu Crispin. Até aquele dia.

Maura experimentou uma pontada da mesma depressão quando entrou no prédio, ao sentir mais uma vez seu cheiro de velhice. Passados alguns anos, ao pisar no local, a tristeza que sentira naquele dia de janeiro aflorou de imediato e seus ombros se encurvavam, como um lembrete de que a vida, afinal de contas, não tinha mudado muito. Embora estivesse agora apaixonada, ainda perambulava sozinha aos domingos, em particular.

Porém, os deveres oficiais daquele dia exigiam-lhe atenção, enquanto seguia Jane escada abaixo até a área de armazenamento do porão. Àquela altura, os detetives haviam tornado o buraco na parede grande o bastante para ela passar, espremendo-se. Maura parou na entrada da câmara e franziu o cenho diante da pilha de tijolos soltos.

— É seguro entrar aí? Vocês têm certeza de que isso não vai desabar? — perguntou Maura.

— Ela está presa por uma braçadeira em cruz no alto — disse Jane. — A ideia era fazer com que parecesse uma parede sólida, mas acho que antigamente deve ter existido uma porta aqui que levava a esta câmara oculta.

— Oculta? Com que propósito?

— Para esconder tesouros? Bebida, durante a Lei Seca? Quem sabe? Nem Simon Crispin faz ideia da finalidade do espaço.

— Ele sabia da existência?

— Disse que tinha ouvido histórias quando criança sobre um túnel que ligava este prédio a outro, em frente. Mas esta câmara é sem saída. — Jane passou-lhe a lanterna. — Vai você primeiro — disse ela. — Eu vou atrás.

Maura agachou-se diante do buraco. Sentia o olhar dos detetives observando-a silenciosamente, esperando sua reação. O que a aguardava dentro da câmara havia perturbado todos, e o silêncio deles fazia com que a patologista relutasse em prosseguir. Não conseguia enxergar, mas sabia que algo repugnante a esperava na escuridão, alguma coisa escondida havia tanto tempo, que o ar lá dentro parecia rançoso e gelado. Ela ficou de joelhos e se encolheu para passar pela abertura.

À frente, deparou-se com um espaço com altura suficiente apenas para que ficasse de pé. Ao estender a mão adiante, não alcançou nada. Ela ligou a lanterna.

Uma cabeça desmembrada do corpo a encarava.

O choque fez com que Maura prendesse a respiração e recuasse colidindo com Jane, que acabara de adentrar o espaço atrás dela.

— Acho que você já viu todos eles — disse a detetive.

— *Eles?*

Jane ligou a lanterna.

— Tem um bem aqui — disse, apontando o facho de luz sobre o rosto que acabara de assustar Maura. — E outro aqui. — A claridade da lanterna foi direcionada para um segundo nicho, que continha mais um rosto, grotescamente encarquilhado. — E por fim outro aqui.

Jane apontou a lanterna para um peitoril de pedra bem em cima de Maura. O rosto enrugado encontrava-se emoldurado por uma cabeleira negra brilhante. Pontos grosseiros selavam os lábios, como se condenando-os ao silêncio eterno.

— Diga que essas cabeças não são de verdade — disse Jane, em voz baixa. — Por favor.

Maura enfiou a mão no bolso e puxou as luvas. Suas mãos estavam frias e desajeitadas, com dificuldade puxou o látex, cobrindo os dedos úmidos. Quando Jane voltou o facho em direção ao peitoril, a médica retirou com cuidado a cabeça do local. Parecia incrivelmente leve e compacta o bastante para caber em sua mão. A cabeleira estava solta, e ela estremeceu quando as mechas sedosas tocaram seu braço nu. Não era náilon, pensou Maura, mas cabelo real. *Humano.*

A patologista engoliu em seco.

— Acho que é uma *tsantsa*.

— Uma o quê?

— Uma cabeça encolhida. — Maura olhou para Jane. — Parece verdadeira.

— Pode ser antiga também, certo? Alguma antiguidade que o museu coletou na África?

— América do Sul.

— Tanto faz. Essas coisas não poderiam fazer parte do acervo antigo?

— Sim. — Maura olhou para ela na escuridão. — Ou podem ser recentes.

Os funcionários do museu olhavam fixamente para as três *tsantsas*, que repousavam sobre a mesa do laboratório. Iluminados pela claridade impiedosa da luz para análises, cada detalhe das cabeças encontrava-se realçado, desde os macios cílios e sobrancelhas até o elaborado trançado dos fios de algodão que selavam os lábios. Cabeleiras longas e negras coroavam duas delas. Os cabelos da terceira foram cortados curtos, de forma desajeitada, parecendo uma peruca de mulher, colocada no alto da cabeça muito pequena de uma boneca. Os crânios eram tão diminutos, na verdade, que poderiam ser facilmente tomados por meras relíquias de borracha, se não fosse pela textura humana das sobrancelhas e dos cílios.

— Eu não faço a menor ideia da razão disso estar atrás daquela parede — murmurou Simon. — Ou de como foi parar lá.

— Este prédio é cheio de mistérios, Dra. Isles — disse Debbie Duke. — Toda vez que renovamos a fiação ou consertamos o encanamento, os bombeiros contratados descobrem uma nova surpresa. Uma área emparedada ou uma passagem que não serve para absolutamente nada — comentou, olhando para o Dr. Robinson, do outro lado da mesa. — Lembra daquele fiasco com a iluminação no mês passado? O eletricista teve que pôr abaixo metade da parede do terceiro andar só para entender por onde a fiação passava. Nicholas? Nicholas?

O curador encarava tão fixamente as *tsantsas* que só quando ouviu seu nome pela segunda vez levantou a cabeça.

— É, este museu é uma espécie de enigma — disse ele, acrescentando em voz baixa: — Fico pensando no que ainda não descobrimos atrás dessas paredes.

— Então, essas coisas são reais? — perguntou Jane. — *São cabeças humanas encolhidas* mesmo?

— Definitivamente reais — disse Nicholas. — O problema é que...

— O quê?

— Josephine e eu vasculhamos todos os arquivos de inventário que conseguimos encontrar. De acordo com os livros de registro de aquisições, este museu tem de fato *tsantsas* no acervo. Elas foram incorporadas em 1898, quando trazidas da bacia do Alto Amazonas pelo Dr. Stanley Crispin — explicou olhando para Simon. — Seu avô, creio eu.

Crispin fez que sim com a cabeça.

— Eu ouvi dizer que faziam parte do acervo, mas nunca soube o que aconteceu com elas.

— De acordo com o curador que trabalhou aqui na década de 1890, os itens são descritos da seguinte forma. — Robinson procurou a página no livro. — "Cabeças cerimoniais troféus, dos jivaros, ambas em excelentes condições."

Percebendo a relevância daquela descrição, Maura levantou a cabeça e olhou para ele.

— Você disse *ambas*?

— Segundo esses registros, há apenas duas no acervo — concordou Robinson.

— Poderia uma terceira ter sido acrescentada mais tarde, mas nunca registrada?

— Com certeza. Essa é uma das questões que a gente vem enfrentando, os arquivos incompletos. Foi por isso que comecei a fazer o levantamento, para poder ter uma ideia do que temos.

Maura franziu o cenho diante das três cabeças encolhidas.

— Então agora a pergunta é: qual delas é a aquisição nova? E quanto tempo tem?

— Estou apostando nesta aqui como sendo a última. — Jane apontou para a cabeça com cabelos curtos. — Eu juro que a moça que me serviu café hoje de manhã tinha um corte desses.

— Em primeiro lugar — disse Robinson —, é quase impossível dizer, só pela aparência, se uma *tsantsa* é masculina ou feminina. Quando a cabeça encolhe, os traços ficam distorcidos igualando os dois sexos. Segundo, os cabelos de algumas delas podem ser curtos como os dessa. Não é o normal, mas o corte não nos diz muita coisa.

— Então, como é que se diferencia uma cabeça encolhida tradicional de uma cópia moderna? — perguntou Maura.

— Posso segurá-las? — perguntou Robinson.

— Claro.

Ele foi até o armário, pegou luvas e as colocou, de forma tão natural como um médico que vai fazer uma cirurgia delicada. *Este homem seria meticuloso em qualquer profissão*, pensou Maura. Ela não conseguia lembrar-se de nenhum colega de sala, na faculdade de medicina, mais rigoroso que Nicholas Robinson.

— Primeiro — disse ele —, eu preciso explicar o que é uma *tsantsa* jivaro verdadeira. Era um dos meus assuntos prediletos, então eu sei um pouco sobre elas. O povo jivaro vive ao longo da fronteira entre Equador e Peru e, com frequência, suas tribos atacam umas às outras. Os guerreiros degolavam qualquer um, homem, mulher, criança.

— Mas por que pegar as cabeças?

— Tem a ver com o conceito de alma deles, que acreditam haver até três tipos diferentes. Existe uma alma ordinária recebida por todos ao nascer. A segunda é adquirida por meio de visões com ancestrais durante ritos cerimoniais. Ela dá poderes especiais. Quando um guerreiro que tem essa segunda alma é morto, ele se transforma no terceiro tipo, uma alma vingativa, que perseguirá seu matador. O único jeito de se impedir a vingança é cortar a cabeça e transformá-la em *tsantsa*.

— Como se faz uma *tsantsa*? — Jane baixou a cabeça e olhou para as três cabeças de uma boneca. — Não consigo entender como se pode encolher uma cabeça humana até ficar pequena assim.

— Os relatos sobre o método são contraditórios, mas a maioria deles concorda em alguns pontos importantes. Por causa do clima tropical, o processo tem que ser iniciado logo depois da morte. Pega-se a cabeça decepada e se faz um corte no alto, em linha reta, do topo até a base do pescoço. Depois tira-se a pele do crânio. Na verdade, ela sai com muita facilidade.

Maura olhou para Jane.

— Você já me viu fazer quase a mesma coisa numa necropsia. Eu retiro o couro cabeludo do crânio. Mas a minha incisão é por cima da cabeça, de orelha a orelha.

— Sim, e é essa parte que sempre me dá náusea — disse Jane. — Especialmente quando você arranca o rosto.

— Ah, sim. O rosto — disse Robinson. — Os jivaros o retiram, também. É preciso ter perícia, mas o rosto sai, junto com o couro cabeludo, tudo junto. O que se tem então é uma máscara de pele humana. Eles a viram ao avesso e limpam. Depois as pálpebras são costuradas. — Ele levantou uma das *tsantsas* e apontou para os pontos quase invisíveis. — Vejam com que delicadeza isso é feito, deixando os cílios com aspecto natural. Esse *é realmente* um trabalho habilidoso.

Maura cogitou se havia um tom de admiração na voz dele. Robinson não pareceu notar os olhares de inquietação que ela e Jane trocaram; ele estava completamente concentrado na destreza com que uma pele humana fora transformada em excentricidade arqueológica.

Ele virou a *tsantsa* de cabeça para baixo para olhar o pescoço, que era apenas um tubo de couro. Pontos grosseiros subiam pela parte posterior do pescoço até o alto da cabeça, onde ficavam quase escondidos pela cabeleira farta.

— Depois que a pele é retirada — continuou ele —, ela é fervida em água e seiva de plantas, para derreter o que sobrou de gordura. Quando os últimos pedacinhos de carne e gordura são removidos, eles a viram para o lado certo de novo, e a incisão atrás da cabeça é costurada, como vocês podem ver aqui. Os lábios são colados, usando-se três espetos de madeira afiada. As narinas e os ouvidos são tapados com algodão. Nesse ponto, é apenas um saco mole de pele; então, eles enchem a cavidade com areia e seixos quentes, para chamuscar a pele. Depois, ela é esfregada com carvão e pendurada sobre fumaça, até a pele encolher e chegar à consistência do couro. Todo esse processo não demora muito. Provavelmente, não mais que uma semana.

— E o que eles fazem com isso? — perguntou Jane.

— Voltam para suas tribos com esses troféus preservados e comemoram com uma festa e danças ritualísticas. Eles usam as *tsantsas* como colar, penduradas num fio em torno do pescoço do guerreiro. Um ano depois, tem uma segunda festa, para transferir a força do espírito da vítima. Finalmente, mais um mês e ocorre uma terceira celebração. É quando se dão os toques finais. Eles tiram os três espetos de madeira dos lábios e enfiam fios de algodão nos buracos, trançando-os. E acrescentam os ornamentos na orelha. A partir daí, as cabeças são vistas como um troféu em exibição. Quando o guerreiro quer ostentar sua masculinidade, ele usa a *tsantsa* em volta do pescoço.

Jane deu um sorriso de incredulidade.

— Como os caras de hoje, com seus cordões de ouro. Por que será que os machões gostam tanto de colares?

Maura examinou as três *tsantsas* sobre a mesa. Eram todas de tamanho semelhante e tinham cordões trançados nos lábios e pálpebras suturadas com delicadeza.

— Eu não consigo ver nenhuma diferença entre essas três cabeças. Todas elas parecem feitas com habilidade.

— E são — disse Robinson. — Mas existe uma diferença importante. E não estou falando do corte de cabelo. — Ele virou-se e olhou para Josephine, que estava de pé, quieta, na extremidade da mesa. — Você consegue ver sobre o que eu estou falando?

A jovem hesitou, sem querer se aproximar. Então, colocou as luvas e chegou mais perto. Pegou as cabeças, uma por uma, e examinou-as sob a luz. Por fim, escolheu uma cabeça com cabelos compridos e enfeites confeccionados com asas de besouro.

— Esta não é jivaro.

— Concordo — afirmou Robinson.

— Por causa do brinco? — perguntou Maura.

— Não. Este tipo de brinco é tradicional — disse Robinson.

— Então por que escolheu esta em particular, Dra. Pulcillo? — indagou Maura. — Ela parece tanto com as outras duas.

Josephine olhou para o objeto em questão, e seus cabelos negros espalharam-se sobre os ombros; as mechas tão escuras e brilhosas quanto às da *tsantsa*; as cores tão estranhamente semelhantes que poderiam misturar-se umas às outras. Só por um instante, Maura teve a impressão inquietante de olhar para a mesma cabeça, antes e depois. Josephine viva e Josephine morta. Seria por isso que a jovem relutou tanto para tocá-la? Teria ela se visto naqueles traços murchos?

— Os lábios — disse Josephine.

— Não vejo nenhuma diferença. As três têm os lábios costurados com fio de algodão — comentou Maura sem entender.

—Tem a ver com o ritual jivaro. O que Nicholas acabou de dizer.

— Que parte?

— Que os espetos de madeira são removidos no final e o fio de algodão é passado pelos buracos.

— As três estão com os fios.

— Estão, mas isso só acontece depois da *terceira* celebração. Mais de um ano depois da morte.

— Ela está absolutamente certa — disse Robinson, satisfeito que a jovem colega tivesse atentado precisamente para o detalhe que ele desejava. — Os espetos, Dra. Isles! Quando são mantidos nos lábios durante todo um ano, deixam buracos grandes.

Maura examinou as cabeças sobre a mesa. Duas das *tsantsas* tinham buracos grandes nos lábios. A terceira, não.

— Não foram usados espetos nessa — disse Robinson. — Os lábios foram simplesmente costurados, logo depois da cabeça ser removida. Essa não é jivaro. Quem a fez abreviou o processo. Talvez não soubesse exatamente como é que se faz. Ou fizeram esta simplesmente para ser vendida aos turistas ou trocada por mercadorias. Mas não é um espécime cerimonial.

— Então qual é a sua origem? — perguntou Maura.

Robinson fez uma pausa.

— Realmente, não sei. Só posso lhe dizer que não é uma jivaro autêntica.

Com as mãos enluvadas, Maura levantou a *tsantsa* da mesa. Ela já segurara várias cabeças na palma da mão antes, e esta, sem o crânio, era incrivelmente leve, uma simples casca de pele seca e cabelos.

— Não podemos nem ter certeza do sexo — disse Robinson. — Apesar dos traços, mesmo distorcidos, me parecerem femininos. Delicados demais para serem de homem.

— Concordo — disse Maura.

— E a cor da pele? — perguntou Jane. — Dá para dizer a que raça pertence?

— Não — respondeu Robinson. — O processo de encolhimento escurece a pele. Esta aqui podia ser até caucasiana. E sem o crânio, sem dentes para radiografar, não tenho como dizer a idade desse espécime.

Maura virou a *tsantsa* de cabeça para baixo e olhou pela abertura do pescoço. Era estranho ver apenas um espaço oco, em vez de cartilagem e músculos, traqueia e esôfago. Estava torto, de forma que a cavidade escura não podia ser vista. De repente, ela lembrou-se da necropsia de Madame X, a cavidade seca da boca, o brilho de metal na garganta e do choque que experimentara ao primeiro vislumbre da cártula relíquia. Teria o assassino deixado uma pista semelhante enfiada nos restos da vítima?

— Preciso de mais luz — disse ela.

Josephine empurrou uma luz de aumento para a patologista e Maura pôs o foco na cavidade do pescoço. Através da abertura estreita, só conseguia visualizar uma massa pálida em formato esférico no interior.

— Parece papel — disse a patologista.

— Não seria estranho — observou Robinson. — Às vezes, a gente encontra jornal amassado dentro, para ajudar a manter a forma da cabeça durante o envio. Se for de algum jornal sul-americano, vamos saber pelo menos alguma coisa sobre a origem.

— Você tem um fórceps?

Josephine tirou um de uma gaveta e passou-o a Maura, que o introduziu pela abertura, agarrando o que havia dentro. Com cuidado, puxou, retirando o jornal amassado. Esticando a página, viu que o idioma não era espanhol nem português, mas inglês.

— O *Indio Daily News*? — Jane deu um sorriso de espanto. — É da Califórnia.

— E olhe a data. — Maura apontou para o alto da página. — Só tem 26 anos.

— Ainda assim, a cabeça pode ser muito mais velha — disse Robinson. — O jornal pode ter sido enfiado aí mais tarde, só para o envio.

— Mas me confirme uma coisa — disse Maura, levantando a peça. — Essa *tsantsa* não fazia parte do acervo original do museu.

Pode ser outra vítima, acrescentada tão recentemente quanto... — ela calou-se, com o olhar subitamente fixo em Josephine.

A moça empalidecera. Maura já vira aquela cor doentia antes, no rosto de policiais jovens observando a primeira necropsia, e sabia que ela prenunciava, em geral, uma corrida para a pia ou uma cambaleada para a cadeira mais próxima. Josephine não fez nenhuma das duas coisas; simplesmente virou-se e saiu da sala.

— Vou dar uma olhada nela — disse o Dr. Robinson, tirando as luvas. — Não me pareceu bem.

— Pode deixar que eu vou — ofereceu-se Frost, seguindo-a.

Mesmo depois de a porta ter-se fechado, o Dr. Robinson continuou olhando, como se ponderasse se devia ir junto ou não.

— Você tem os registros de 26 anos atrás? — perguntou Maura.

— Dr. Robinson?

Consciente de que ela dissera seu nome, ele virou-se de súbito para ela.

— Perdão?

— Vinte e seis anos atrás. A data desse jornal. Você tem documentos desse período?

— Ah, sim. Descobrimos um livro das décadas de 1970 e 1980. Mas não me lembro da menção de nenhuma *tsantsa*. Se chegou nessa época, não foi registrada — disse, olhando para Simon. — Você se lembra?

O senhor Crispin balançou a cabeça de forma cansada. Parecia exaurido, como se tivesse envelhecido dez anos na última meia hora.

— Não sei de onde veio essa cabeça — disse ele. — Não sei quem a pôs atrás daquela parede ou por quê.

Maura olhou para a cabeça encolhida, com olhos e boca costurados para a eternidade, e disse em voz baixa:

— Parece que alguém andou criando um acervo particular.

9

Josephine estava desesperada para ficar sozinha, mas não conseguiu pensar em uma forma educada de livrar-se do detetive Frost, que a seguira até a sala dela no andar de cima. Ele estava parado na porta, observando-a com um ar de preocupação. Ele tinha olhos suaves, uma expressão bondosa, e suas mechas louras despenteadas a lembravam dos gêmeos de cabelos clarinhos que ela costumava ver na praça do bairro, brincando no escorregador. No entanto, ele era um policial, e os policiais a assustavam. Ela não deveria ter saído do laboratório de forma tão abrupta. Não deveria ter chamado atenção sobre si. Todavia, o vislumbre daquele jornal atingira-a como um soco, tirando-lhe o fôlego e o chão de sob seus pés.

Indio, Califórnia. Vinte e seis anos atrás.

A cidade onde nasci. O ano em que nasci.

Era mais uma ligação misteriosa com o passado, e ela não entendia como aquilo era possível. Precisava de tempo para pensar, tentar compreender por que tantos elos antigos e secretos de sua própria vida estariam escondidos no porão do obscuro museu, onde conseguira um trabalho. É como se minha *vida e meu passado estivessem preservados nesse acervo.* Enquanto esforçava-se mentalmente para buscar uma explicação, era obrigada a sorrir e continuara uma conversa banal com o detetive Frost, que se recusava a deixar a porta.

— Você está se sentindo melhor? — perguntou ele.

— Fiquei um pouco tonta lá dentro. Deve ser falta de açúcar no sangue — disse desmoronando na cadeira. — Eu devia ter comido alguma coisa hoje de manhã.

— Quer uma xícara de café ou alguma outra coisa? Posso pegar para você?

— Não, obrigada — disse, dando um sorrisinho, esperando ser o suficiente para despachar o detetive. Mas, em vez de ir embora, ele entrou na sala.

— Aquele jornal tem algum significado especial para você? — perguntou Frost.

— Como assim?

— É porque eu notei que você ficou muito espantada quando a Dra. Isles o abriu e nós vimos que era da Califórnia.

Ele estava me observando, e ainda está.

Não era hora de deixá-lo ver que ela estava a ponto de entrar em pânico. Enquanto permanecesse de cabeça baixa e se mantivesse fora do foco, desempenhando o papel de funcionária calada do museu, a polícia não teria razões para desconfiar dela.

— Não foi só o jornal — disse ela. — É toda essa situação sinistra. Cadáveres e membros humanos encontrados neste prédio. Eu penso nos museus como santuários. Locais de estudo e contemplação. Agora eu me sinto como se estivesse trabalhando numa casa dos horrores e fico pensando quando o próximo pedaço de corpo vai aparecer.

Ele sorriu para ela com simpatia, e seu jeito de menino o fazia parecer tudo, menos um policial. Ela achava que o detetive devia ter uns 30 e poucos anos; no entanto, havia algo nele que o fazia parecer muito mais jovem e até inexperiente. Josephine notou a aliança e pensou: mais uma razão para ficar longe desse homem.

— Para ser sincero, este lugar já é por si só bem sinistro — disse Frost. — Todos aqueles ossos em exposição no terceiro andar.

— Eles têm 2 mil anos.

— Isso os torna menos assustadores?

— Isso os torna historicamente importantes. Sei que isso não faz tanta diferença, mas a passagem do tempo transmite uma sensação de distância da morte, não? Ao contrário de Madame X, que poderia ser uma conhecida. — Ela calou-se, sentindo um arrepio, e depois disse, em voz baixa: — É mais fácil lidar com restos antigos.

— Parecem mais como cerâmica e estátuas, eu acho.

— De certa forma — respondeu, sorrindo. — Quanto mais velho, melhor.

— E isso te atrai?

— Parece que você não consegue entender.

— Só estou imaginando o tipo de pessoa que opta por passar a vida estudando ossos e vasos velhos.

— *O que uma garota feito você faz num emprego desses?* É essa a pergunta?

— Você é a coisa mais jovem neste prédio — comentou Frost sorrindo.

Dessa vez, ela sorriu também, porque era verdade.

— É a ligação com o passado. Eu adoro pegar um fragmento de cerâmica e imaginar o homem que moldou aquele barro com sua roda. E a mulher que usou o vaso para carregar água. E a criança que um dia o deixou cair e quebrar. A história para mim nunca foi uma coisa morta. Sempre a senti viva e pulsante nesses objetos que você vê nas caixas de vidro do museu. Está no meu sangue, é uma coisa que nasceu comigo, porque... — sua voz foi sumindo, quando percebeu que havia adentrado um território perigoso. *Não fale sobre o passado.*

Não fale sobre mamãe.

Para alívio de Josephine, o detetive Frost não percebeu sua cautela súbita. Sua pergunta seguinte não teve nada a ver com ela:

— Eu sei que você não trabalha aqui há muito tempo — disse ele. — Mas já teve a sensação de que as coisas não estão muito certas por aqui?

— Como assim?

— Você disse que sente como se estivesse trabalhando numa casa dos horrores.

— Isso é apenas um modo de dizer. Você entende, não? Depois do que acabou de encontrar atrás da parede no porão? Depois que descobrimos o que Madame X é? — A temperatura em sua sala parecia estar caindo. Josephine virou-se para pegar o suéter pendurado no encosto da cadeira. — Pelo menos, o meu trabalho não deve ser tão aterrorizante quanto o seu. Você se admira de eu ter escolhido trabalhar com cerâmicas e ossos velhos. E eu me admiro que alguém como você tenha escolhido trabalhar com... Bem, horrores recentes.

Ela levantou a cabeça e viu um sinal de incômodo nos olhos dele, porque dessa vez ele foi o alvo da pergunta. Para um homem acostumado a interrogar os outros, ele não parecia ansioso em fornecer detalhes pessoais sobre si mesmo.

— Desculpe — disse ela. — Acho que eu não tenho direito de fazer perguntas. Só de responder.

— Não, eu só estou pensando no que você quis dizer.

— Quis dizer?

— Quando você disse *alguém como você*.

— Ah. — Ela deu um sorriso envergonhado. — É só porque você parece ser legal, gentil.

— E a maioria dos policiais não é?

— A emenda foi pior que o soneto, não? — disse constrangida. — Minha intenção foi elogiar. Porque eu admito que a maioria dos policiais me assusta um pouco — disse, olhando para baixo, para a mesa. — Eu não acho que seja a única a se sentir assim.

— Acho que você está certa. Mesmo que eu me considere a pessoa menos assustadora deste mundo — disse ele suspirando.

Mas eu tenho medo de você do mesmo jeito, pensou ela. Porque sei o que poderia me causar se soubesse do meu segredo.

— Detetive Frost? — Nicholas Robinson apareceu na porta. — Sua colega está chamando você lá embaixo.

— Ah, certo — disse Frost sorrindo para Josephine. — Nós conversamos mais tarde, Dra. Pulcillo. E vá comer alguma coisa, está bem?

Nicholas esperou que Frost saísse da sala e depois disse a ela:

— O que foi isso?

— A gente só estava conversando, Nick.

— Ele é detetive. Não acho que eles *apenas conversem*.

— Ele não estava me interrogando nem nada.

— Tem alguma coisa chateando você, Josie? Algo que eu deva saber?

A pergunta a deixou em alerta, mas ela conseguiu dizer calmamente:

— Por que você acha isso?

— Você está diferente. E não é por causa do que aconteceu hoje. Ontem, quando apareci atrás de você no corredor, você só faltou dar um pulo.

Ela ficou sentada com os braços apoiados no colo, agradecida por ele não poder ver as mãos dela comprimidas como dois nós. No curto tempo em que haviam trabalhado juntos, estranhamente ele tornara-se perito em adivinhar os humores de Josephine, em saber quando ela estava precisando dar uma boa gargalhada e quando necessitava ficar só. Ele devia saber com certeza que aquele era um desses momentos em que ela não desejava companhia, mas mesmo assim não ia embora. Não era o Nicholas que conhecia, um homem que respeitava a todo custo a privacidade dela.

— Josie? — perguntou. — Você quer conversar?

Ela deu um sorriso triste.

— Acho que estou envergonhada de ter me enganado tanto sobre Madame X, de não ter percebido que estávamos lidando com uma fraude.

— Aquela análise de carbono 14 nos deu uma rasteira. Eu estive tão errado quanto você.

— Mas sua formação não é em egiptologia. Foi por isso que você me contratou, e eu dei essa mancada — disse inclinando-se para a frente, massageando as têmporas. — Se você tivesse contratado alguém mais experiente, isso não teria acontecido.

— Você não deu mancada nenhuma. Foi você que insistiu na tomografia computadorizada, lembra? Porque você não tinha certeza total sobre ela. Foi você quem nos levou à verdade. Então pare de se atormentar por causa disso.

— Eu deixei o museu numa má situação. Deixei *você* numa má situação por ter me contratado.

Por um momento, ele não respondeu. Tirou os óculos e limpou-os com o lenço. Carregar sempre um lenço de linho era um desses pequenos hábitos anacrônicos que a faziam achá-lo tão encantador. Às vezes, Nicholas parecia um solteirão de uma época anterior, mais inocente, de um tempo em que os homens levantavam-se quando uma mulher entrava na sala.

— Talvez a gente deva olhar para o lado bom disso tudo — disse ele. — Pense na publicidade que conseguimos. Agora o mundo todo sabe que o Museu Crispin existe.

— Mas pelas razões erradas. Ficamos conhecidos como o museu com vítimas assassinadas no porão — declarou sentindo uma nova rajada de ar frio sair pelo duto e estremeceu, apesar de estar usando um suéter. — Eu fico pensando no que mais vamos encontrar neste prédio. Se existe outra cabeça encolhida nesse sótão aí em cima, ou outra Madame X emparedada aqui atrás. Como isso pôde acontecer sem que o curador soubesse? — Ela olhou para Robinson. — Tem que ser ele, não? O Dr. Scott-Kerr. Ele foi o responsável durante todos esses anos, então só pode ser ele.

— Eu o conheci. É muito difícil acreditar nisso.

— Mas você *realmente* o conheceu?

Ele pensou na pergunta.

— Então eu tenho que considerar o quanto qualquer um de *nós* conhecia William, no quanto a gente conhece qualquer pessoa. Ele parecia um homem calmo e absolutamente comum. Não era alguém notável em particular.

— Não é assim que se descreve, em geral, o psicopata com mais de vinte corpos enterrados no porão? *Ele era tão calmo e comum.*

— É, parece que essa é a descrição, geralmente. Mas então ela pode se aplicar a quase todo mundo, não?

Nicholas balançou a cabeça com ironia.

— Inclusive a mim.

Josephine olhava pela janela do ônibus enquanto ia para casa. Não se dizia que a vida era cheia de coincidências? Já tinha ouvido falar de histórias surpreendentes de veranistas no exterior que encontravam vizinhos de porta nas ruas de Paris? Coincidências estranhas aconteciam o tempo todo, e essa poderia ser simplesmente mais uma.

Mas não era a primeira, que fora o nome na cártula: Medea. De-pois o Indio Daily News.

Em seu ponto, ela saltou do ônibus para um calor pegajoso e úmi-do. Nuvens negras pairavam ameaçadoras e, enquanto andava na dire-ção do prédio, ela ouvia o ronco do trovão. Sentia os pelos eriçarem-se no braço, como se afetados pela estática do ar carregado de eletricida-de. Sentiu pingos de chuva sobre a cabeça e, quando alcançou sua por-taria, uma tempestade tropical desabou. Ela subiu correndo os degraus até o hall, onde, encharcada, abriu a caixa do correio.

Josephine acabara de retirar um maço de envelopes quando a porta do apartamento 1A abriu-se e o Sr. Goodwin disse:

— Bem que eu achei que tinha visto a senhora correndo para dentro. Está chovendo um bocado lá fora, não?

— Está uma loucura — respondeu fechando a caixa. — Ainda bem que vou ficar em casa esta noite.

— Ele entregou outra hoje. Achei que a senhora ia querer ficar com ela.

— Outra o quê?

— Outra carta endereçada para Josephine Sommer. O carteiro perguntou o que a senhora tinha dito sobre a última e eu o informei que ficou com ela.

Ela olhou para a correspondência que acabara de pegar e percebeu o envelope. Era a mesma letra. Esse também ostentava o carimbo postal de Boston.

— É um pouco complicado para o correio, sabia? — disse o Sr. Goodwin. — Talvez fosse melhor a senhora dizer ao remetente que atualize seu nome.

— Certo, obrigada — respondeu e começou a subir a escada.

— A senhora já encontrou o chaveiro antigo? — berrou ele.

Sem responder, ela entrou rapidamente em casa e fechou a porta. Deixando o restante da correspondência cair sobre o sofá, ela abriu ansiosa o envelope endereçado a Josephine Sommer e tirou uma folha de papel dobrada. Ao ver as palavras RESERVA BLUE HILL, perguntou-se por que alguém lhe enviaria a fotocópia de um mapa das trilhas de caminhada das redondezas. Depois, virou a folha e viu o que fora escrito à mão, com tinta, do outro lado:

ENCONTRE-ME.

Embaixo, liam-se os números:

42 13 06.39

71 04 06.48

Ela afundou no sofá com o papel aberto no colo, as duas palavras encarando-a. Lá fora, a chuva torrencial. Os trovões pareciam mais próximos, e um relâmpago iluminou a janela.

ENCONTRE-ME

Não havia nenhuma implicação de ameaça na carta, nada que sugerisse que o remetente pretendesse causar-lhe algum mal.

Ela pensou no bilhete anterior, que recebera alguns dias antes: *A polícia não é sua amiga*. Novamente, não era uma ameaça, mas um conselho sensato. A polícia *não* era sua amiga; ela já sabia disso, desde que tinha 14 anos.

Josephine concentrou-se nos dois números e levou apenas alguns segundos para decifrar o significado.

Com os relâmpagos se intensificando, não era uma boa hora para ligar o computador, mas ela o fez mesmo assim. Entrou na página do Google Earth e usou os dois números como latitude e longitude. Como num passe de mágica, a tela mostrou uma panorâmica do estado de Massachusetts e depois fez um *zoom* sobre uma área de floresta perto de Boston.

Era a Reserva Blue Hill.

Ela tinha adivinhado; os dois números eram coordenadas e indicavam um local preciso dentro do parque, ao qual alguém desejava que ela fosse, mas por que razão? Não havia horário nem data para o encontro. Estava claro que ninguém ficaria pacientemente esperando em um parque horas e dias, até ela aparecer. Não, existia algo específico a ser encontrado, não uma pessoa, mas uma coisa.

Ela fez uma busca rápida na internet sobre a Reserva Blue Hills e descobriu que se tratava de um parque com 28 mil quilômetros quadrados ao sul de Milton. Possuía mais de 200 quilômetros de trilhas que atravessavam florestas, pântanos, pradarias e brejos, abrigando uma diversidade de flora e fauna, inclusive a cascavel-da-madeira. Essa sim era uma atração para recomendar o local, a chance de encontrar uma cascavel. Ela pegou na estante um mapa da área de Boston e o pôs sobre a mesa de centro. Vendo a grande extensão em verde que representava o parque, ela perguntou-se se teria de abrir caminho em meio a florestas e pântanos em busca de... Do quê? Seria uma coisa maior ou menor que um saco de pão?

E como é que eu vou saber que encontrei?

Era hora de fazer uma visita ao homem dos artefatos.

Ela desceu a escada e bateu na porta do 1A. O Sr. Goodwin apareceu, com os óculos de aumento suspensos no alto da cabeça, como um segundo par de olhos.

— Eu poderia lhe pedir um favor? — perguntou ela.

— Eu estou bem no meio de uma coisa. É rápido?

Ela olhou para a sala abarrotada de pequenos aparelhos e eletrônicos, à espera de conserto:

— Estou pensando em comprar um GPS para o meu carro. O senhor tem um, não? É fácil entender como funciona?

No mesmo instante, o rosto dele iluminou-se. Conversar sobre engenhocas, qualquer uma delas, era fazê-lo um homem feliz.

— Ah, sim! Claro! Eu não sei o que faria sem o meu. Eu tenho três. Levei um para Frankfurt no ano passado quando fui visitar minha filha e, num passe de mágica, eu conhecia as ruas como um nativo. Não precisava pedir informações, só colocava o endereço e lá ia eu. Você tinha que ver os olhares de inveja. Tinha gente que me parava na rua só para poder vê-lo mais de perto.

— É complicado?

— Quer que eu te mostre? Entre, entre! — insistiu para que ela entrasse na sala, tendo esquecido a tarefa que o ocupava antes. De uma gaveta, tirou um aparelho pequeno e reluzente, pouco maior que um baralho. — Aqui está, eu vou ligar e você pode dar uma experimentada. Nem vai precisar da minha ajuda. Só precisa de intuição, é uma questão de navegar pelo menu. Se você sabe o endereço, ele vai te levar até a porta. Você pode encontrar restaurantes, hotéis. Pode até fazer com que fale em francês.

— Eu gosto de fazer trilha. E se eu estiver no meio de uma floresta e quebrar a perna? Como eu sei onde estou?

— Para pedir ajuda? É fácil. Você liga para 911 no seu telefone e dá as suas coordenadas — disse, tirando o aparelho da mão dela e tocando na tela algumas vezes. — Está vendo? Esta é a nossa localização. Latitude e longitude. Se eu fosse montanhista, nunca iria para lugares desertos sem ele. É tão necessário quanto um kit de primeiros socorros.

— Uau! — Ela lhe deu um sorriso impressionado. — Só não sei se estou pronta para desembolsar dinheiro por uma coisa dessas.

— Por que você não leva emprestado por um dia e brinca com ele? Assim verá como é fácil.

— Tem certeza? Seria ótimo.

— Como eu disse, tenho mais dois. Depois me dê sua opinião.

— Vou tomar bastante cuidado, prometo.

— Quer que eu vá com você e te dê umas dicas de funcionamento?

— Não, eu dou meu jeito — respondeu ela se despedindo e saiu do apartamento. — Eu vou levá-lo para uma pequena caminhada amanhã.

10

Josephine parou no estacionamento que ficava no início da trilha e desligou o motor. Permaneceu sentada por um momento, analisando a entrada, que era apenas uma passagem estreita, aberta na sombra da floresta densa. Segundo o Google Earth, esse seria o ponto mais próximo que ela podia alcançar, de carro, das coordenadas no mapa. Era hora de saltar e caminhar.

Embora as chuvas mais fortes tivessem terminado na noite passada, nuvens cinzentas ainda pairavam baixas no céu daquela manhã, e o próprio ar parecia gotejar umidade. Ela parou na borda da entrada do bosque e olhou para um caminho estreito, que desaparecia de vista nas sombras profundas. Sentiu um arrepio, como um sopro gelado no pescoço. De repente, quis voltar para o carro e trancar as portas. Ir para casa e esquecer que recebera aquele mapa. Apesar de estar apreensiva quanto a aventurar-se pela floresta, tinha muito mais medo das consequências, caso ignorasse o bilhete. Quem o enviou podia ser, afinal, seu melhor amigo.

Ou pior inimigo.

Ela levantou a cabeça e olhou para os galhos da árvore acima, de onde pingavam gotas geladas. Colocando o capuz do casaco, Josephine adentrou a trilha.

O caminho enlameado estava pontilhado de fungos coloridos e brilhantes, seus chapéus cintilando com a água da chuva. Não havia dúvida de que aqueles cogumelos eram venenosos; os bonitos sempre eram. Como dizia o ditado: *Existem catadores de cogumelos destemidos e catadores de cogumelos velhos, mas não existem catadores de cogumelos destemidos e velhos.* As coordenadas do GPS manual começaram a mudar; os números reajustavam-se à medida que ela se embrenhava na mata. O aparelho não conseguiria fornecer-lhe precisão total. O máximo que podia esperar era ser conduzida até algumas dezenas de metros do que imaginava encontrar. Se o objeto que procurava era pequeno, como o acharia entre essas árvores tão densas?

Um trovão ribombava a distância; outra tempestade chegava. *Nada com o que se preocupar ainda,* pensou. Se os relâmpagos chegassem mais perto, seria preciso ficar longe das árvores altas e se abaixar em alguma vala. Ao menos, essa era a teoria. Os pingos de chuva vindos das folhas tornaram-se mais constantes, e as gotas estrepitavam sobre seu casaco. O capuz de náilon abafava os ruídos, ampliando o som de sua respiração e das batidas de seu coração. Aos poucos, as coordenadas do GPS iam, em pequenas frações de graus, aproximando-se do destino desejado.

Embora ainda fosse de manhã, a floresta parecia escurecer rapidamente. Ou talvez fossem as nuvens de chuva que se acumulavam, ameaçando transformar aquele chuvisco lento e constante em um aguaceiro. Ela apressou o passo, deslocando-se a uma velocidade maior agora; as botas pisoteando a lama e as folhas molhadas. De repente, ela estacou, franzindo o cenho para o GPS.

Havia passado do local e precisava voltar.

Voltando pelo mesmo caminho, ela chegou a uma curva e olhou por entre as árvores. O GPS indicava-lhe que deixasse a trilha. Atrás de um emaranhado de galhos, a floresta parecia abrir-se, revelando uma convidativa clareira.

Ela abandonou a trilha e seguiu naquela direção, com gravetos estalando sob os pés; caminhando de forma barulhenta e desajeitada como um elefante. Galhos atingiam-lhe o rosto em açoites molhados. Ela subiu em um tronco caído e já estava para descer do outro lado, quando seu olhar congelou em uma grande marca de sola de sapato impressa na terra. A chuva dissolvera as bordas, derretendo os sulcos. Alguém subira naquela tora e andara sobre aquela vegetação rasteira, mas viera por outro caminho, em direção à trilha, e não se afastando dela. A pegada não parecia fresca. Mesmo assim, Josephine parou para observar em volta. Via apenas galhos despencados e caules de árvore recobertos de líquen. Quem, em sã consciência, ficaria ali, noite e dia na floresta, esperando para emboscar uma mulher, que talvez nem aparecesse? Que talvez nem sequer reconhecesse que aqueles números no mapa eram coordenadas?

Tranquilizada pela própria lógica, ela pulou do tronco e continuou a andar, atenta ao GPS, observando os números alterarem-se vagarosamente. Mais perto, pensou, *quase lá*.

As árvores diminuíram de súbito e ela saiu do bosque para um prado. Por um momento, ficou parada, piscando diante da extensão de grama alta e vegetação silvestre, com flores inclinadas pelo peso da umidade. Para onde agora? Segundo o GPS, aquele era o seu destino, mas ela não via nenhuma marca, nenhum sinal que chamasse atenção. Apenas a campina e, no centro, uma macieira solitária, com galhos retorcidos pela idade.

Ela caminhou para a clareira, seu jeans roçando na grama molhada, a umidade penetrando-lhe nas pernas. Exceto pelas gotas de chuva, o dia estava estranhamente silencioso, ouvindo-se apenas o latido de um cão a distância. Josephine andou até o centro do prado e virou-se devagar, concentrando-se na copa das árvores, mas não viu qualquer movimento, nem o voo de um pássaro.

O que você quer que eu encontre?

O estrondo de um trovão pareceu fender o ar, e Josephine olhou para cima, encarando o céu que escurecia. Hora de sair dessa clareira. Seria o auge da imprudência ficar ao lado de uma árvore solitária durante uma tempestade de raios.

Apenas naquele instante, ela focalizou a macieira e o objeto pendurado em um prego, enfiado no tronco. Estava acima de seu campo de visão, oculto em parte por um galho, e Josephine não o tinha visto até então. Ela levantou a cabeça para ver o que balançava preso ao prego.

Meu chaveiro perdido.

Ela o retirou e deu meia-volta, vasculhando freneticamente o prado, em busca de quem poderia tê-lo pendurado na árvore. Um trovão ribombou. Como um tiro de largada, ele a fez disparar. Entretanto, não era a tempestade que a fazia correr com tanto ímpeto em direção às árvores, rasgando a vegetação rasteira, e de volta à trilha, sem se importar com os galhos que lhe açoitavam o rosto. Era a imagem daquele tronco com o chaveiro, que ela segurava com força, mesmo parecendo-lhe estranho agora, contaminado.

Ela estava ofegante quando saiu da trilha. Seu carro não era mais o único veículo no estacionamento; um Volvo estava parado ao lado. Com as mãos frias e dormentes, ela puxou o trinco. Sentando-se no banco do motorista, travou as portas.

Segura.

Durante um momento, ficou sentada, respirando com dificuldade, embaçando o para-brisa. Depois, olhou para as chaves que havia acabado de pegar na macieira solitária. Pareciam exatamente as mesmas, cinco chaves penduradas em um arco em forma de ankh, o símbolo egípcio da vida eterna. Estavam lá as duas chaves de seu apartamento, as chaves do carro e a da caixa de correio. Alguém as retivera por uma semana. *Enquanto eu dormia*, pensou ela, *alguém pode ter entrado no meu apartamento. Ou roubado minha correspondência. Ou mexido no...*

Meu carro.

Arfando de pânico, Josephine virou-se, esperando encontrar um monstro no banco de trás, pronto para dar um bote. Porém, tudo que viu foram pastas soltas do museu e uma garrafa de água vazia. Nenhum monstro, nenhum assassino com um machado. Ela reclinou novamente as costas contra o assento do carro e soltou uma gargalhada que tinha uma leve nota de histeria.

Alguém está tentando me deixar louca. Da mesma forma que deixaram minha mãe louca.

Josephine enfiou a chave na ignição e já ia ligar o motor quando seu olhar fixou-se na chave do bagageiro, que tilintava contra as outras. *Na noite passada*, pensou ela, *meu carro ficou estacionado na rua, perto do meu prédio. Exposto e desprotegido.*

Ela olhou para o estacionamento. Através dos vidros embaçados, viu os donos do Volvo surgirem. Era um casal jovem, com um menino e uma menina de uns 10 anos. O garoto levava um labrador preto na coleira, ou melhor, o cão parecia levar o menino, puxando-o.

Tranquilizada por não estar sozinha, Josephine pegou as chaves e saltou do carro. Gotas de chuva caíam-lhe sobre a cabeça, mas ela mal notava a água descendo pelo pescoço e escorrendo para dentro do colarinho da camisa. Ela deu a volta até a traseira do carro e olhou para o bagageiro, tentando lembrar-se de quando o abrira pela última vez. Fora no dia de sua ida semanal ao supermercado. Ainda podia ver as sacolas de plástico cheias, que carregou todas de uma vez para o apartamento em uma única viagem. Não devia ter nada no bagageiro, então.

O cachorro começou a latir furiosamente e o garoto que o segurava pela coleira gritou:

— Sam, o que é isso? Qual é o problema?

Josephine se virou e viu o menino se esforçando para levar o cachorro para o carro da família, mas o animal continuava a latir para ela.

— Desculpe — disse a mãe do garoto. — Eu não sei o que deu nele.

A moça segurou a coleira, mas o cachorro continuava a latir enquanto o arrastavam para o Volvo.

Josephine destrancou o bagageiro e a tampa abriu imediatamente.

Quando viu o que estava dentro, ela recuou, oscilante. A chuva pingava sem parar sobre seu rosto, ensopando-lhe os cabelos e acariciando-a como o toque de dedos gelados. O cachorro soltou-se e veio correndo em sua direção, latindo freneticamente. Ela ouviu uma das crianças começar a berrar.

— Ai, meu Deus. Ai, meu *Deus*! — gritou a mãe.

Enquanto o pai discava o número da polícia, Josephine cambaleou até uma árvore e deixou-se cair, em estado de choque, contra o musgo molhado.

11

Não importava a hora nem o tempo, Maura Isles estava sempre alinhada. Jane encontrava-se tremendo de frio, com as calças úmidas, os cabelos ensopados de chuva, e sentiu uma ponta de inveja quando viu a patologista saltar do Lexus preto. Os cabelos de Maura estavam lisos e perfeitos, impecáveis, e até uma capa de chuva ficava elegante na médica. Contudo, não tinha passado a última hora como Jane, de pé em um estacionamento, com a chuva escorrendo pelos cabelos.

Enquanto Maura atravessava a fileira de policiais, estes se afastavam respeitosamente para deixá-la passar, como se estivessem diante da realeza. E como tal, ela caminhava com um distanciamento obstinado, dirigindo-se diretamente para o Honda estacionado, onde Jane a aguardava.

— Milton não é um pouquinho fora da sua jurisdição? — perguntou Maura.

— Quando vir o que temos aqui, vai entender por que nos chamaram.

— Este é o carro?

Jane fez que sim.

— Pertence a Josephine Pulcillo. Ela disse que na semana passada perdeu as chaves e achou que as tivesse deixado em algum lugar.

O provável é que tenham sido roubadas, e o ladrão teve acesso ao carro, o que explica como essa coisa veio parar no bagageiro. — Jane voltou-se para o Honda. — Espero que você esteja preparada, porque isso aqui é de fazer qualquer um ter pesadelos.

— Já ouvi você dizer isso antes.

— É, mas dessa vez é sério.

Usando luvas, Jane levantou a tampa do bagageiro, de onde escapou um cheiro que parecia de couro podre. Ela já experimentara antes os odores fétidos de um corpo em decomposição, mas aquilo era diferente: não cheirava à putrefação. Não era nem um cheiro humano. Sem sombra de dúvida, ela jamais vira um cadáver parecido com aquele que jazia enroscado no bagageiro do Honda.

Por um instante, Maura não conseguiu emitir qualquer som, só olhava em silêncio para aquela massa de cabelos negros embaraçados, aquele rosto escurecido, cor de piche. Cada pedaço de pele, cada linha do corpo nu encontrava-se perfeitamente preservada, como se moldadas em bronze, da mesma forma que a expressão da mulher no instante da morte, o rosto retorcido e a boca aberta em um grito eterno.

— A princípio, achei que não fosse real — disse Jane. — Pensei que fosse alguma bobagem de borracha para o Halloween, dessas que você pendura para assustar as crianças. Não achei que pudesse ser de carne, mas algum zumbi de brinquedo. Como é que se consegue transformar uma mulher numa *coisa* dessas? — Jane fez uma pausa para respirar. — *Aí eu vi os dentes.*

Maura olhou para a boca aberta e disse em voz baixa:

— Ela tem uma obturação.

Jane virou-se e olhou para um furgão de notícias da TV, que acabara de estacionar do outro lado da fileira de policiais.

— Então, me diga como uma mulher consegue ficar desse jeito, doutora — falou Jane. — Como se transforma um corpo em monstro de Halloween?

— Eu não sei.

Aquela resposta surpreendeu Jane. Ela via Maura Isles como uma autoridade em todos os tipos de morte, mesmo as mais obscuras.

— Não dá para se fazer uma coisa dessas em uma semana, certo? — perguntou Jane. — Talvez nem em um mês. Deve levar tempo para transformar uma mulher nessa coisa.

Ou numa múmia.

Maura olhou para ela.

— Onde está a Dra. Pulcillo? O que ela diz sobre isso?

Jane apontou para a rua, onde a fila de carros estacionados aumentava cada vez mais.

— Está ali, sentada no carro com Frost. Ela diz que não tem a menor ideia de como o corpo foi parar no seu bagageiro. A última vez que usou o veículo foi há alguns dias, quando fez compras no supermercado. Se o corpo estivesse no bagageiro há mais de um dia ou dois, o fedor seria pior. Ela teria notado de dentro do carro.

— As chaves dela desapareceram uma semana atrás?

— Ela não faz ideia de quando as perdeu. Só lembra de chegar em casa do trabalho um dia e não as encontrar dentro da bolsa.

— O que ela estava fazendo aqui?

— Veio fazer uma trilha.

— Num dia desses?

Gotas de chuva mais pesadas começaram a cair sobre suas capas e Maura fechou o bagageiro, tirando de vista a coisa monstruosa que jazia ali dentro.

— Tem alguma coisa errada aí.

— Acha mesmo? — zombou Jane.

— Estou falando do tempo.

— Bem, eu também não estou feliz com esse tempo, mas o que se pode fazer?

— Josephine Pulcillo veio aqui sozinha, num dia como esse, para fazer uma trilha?

Jane balançou a cabeça.

—Também fiquei intrigada e a questionei.

— O que ela disse?

— Que precisava de ar puro e que gosta de caminhar sozinha.

— E aparentemente durante temporais. — Maura virou-se para olhar o carro, onde Josephine estava sentada. — Ela é muito atraente, você não acha?

— Atraente? Ela é linda. Vou ter que pôr Frost na coleira se ele continuar babando por ela.

Maura ainda estava olhando na direção de Josephine, seu cenho franzindo-se cada vez mais.

— Houve muita publicidade em torno de Madame X. Aquela matéria enorme no *Globe*, em março. Mais uma série de reportagens nessas últimas semanas, com fotos.

— Fotos de Josephine, você quer dizer.

Maura concordou:

— Talvez ela tenha encontrado um admirador.

Um admirador muito peculiar, pensou Jane, *alguém que sabia o tempo todo o que estava escondido no porão do museu*. A publicidade em torno de Madame X teria certamente atraído sua atenção. Ele leria todos os artigos, examinaria cada foto e veria o rosto de Josephine.

Ela dirigiu um olhar ao bagageiro, aliviada porque com a tampa fechada, não precisava mais ver sua pobre ocupante, com o corpo retorcido na agonia da morte.

— Acho que nosso colecionador acaba de nos mandar um recado. Ele está nos dizendo que ainda está vivo. E em busca de espécimes novos.

— Também está nos dizendo que está aqui em Boston — observou Maura, mais uma vez olhando na direção de Josephine. — Você disse que ela perdeu as chaves. Que chaves?

— Do carro e do apartamento.

Maura ergueu o queixo desanimada.

— Isso não é bom.

— Enquanto a gente está aqui, as fechaduras dela já estão sendo trocadas. Já falamos com o síndico do prédio, e vamos deixá-la em casa, em segurança.

O celular de Maura tocou, e ela verificou o número.

— Com licença — disse, afastando-se para atender a chamada.

Jane observou a inclinação furtiva da cabeça da médica, o modo como os ombros arquearam-se para a frente, como se evitando que alguém ouvisse a conversa.

— Que tal sábado à noite, você pode? Faz tanto tempo...

Os sussurros a delataram. Ela estava falando com Daniel Brophy, mas Jane não percebeu nenhuma alegria na conversa murmurada. *O que é que se pode esperar, a não ser frustração, quando você se apaixona por um homem inatingível?*

Maura terminou a conversa falando baixo:

— Eu ligo para você mais tarde.

Ela virou-se para o lado de Jane, mas não a encarou. Preferiu concentrar a atenção no Honda. Um cadáver era um assunto mais seguro. Ao contrário de um amante, um corpo não partiria seu coração, nem a desapontaria ou a deixaria só à noite.

— Eu imagino que o pessoal da perícia queira examinar o bagageiro? — disse Maura em um tom profissional, assumindo mais uma vez o papel da patologista fria e lógica.

— Estamos apreendendo o veículo. Quando você vai fazer a necropsia?

— Eu gostaria de fazer alguns exames preliminares antes, de raios X, amostras de tecido. Preciso entender exatamente o processo de preservação com que eu estou lidando, antes de abri-la.

— Então não vai fazer a necropsia hoje?

— Só depois do fim de semana. Pela aparência do corpo, ela está morta há muito tempo. Uns dias a mais não vão alterar os resultados *post mortem*. E a Dra. Pulcillo? — perguntou olhando para Josephine.

— Vamos conversar mais com ela. Depois que a levarmos para casa e ela colocar uma roupa seca, talvez ela se lembre de alguns detalhes a mais.

Josephine Pulcillo é um tipo estranho, pensou Jane, enquanto ela e Frost encontravam-se no apartamento da moça, aguardando-a sair do quarto. A sala era mobiliada ao estilo *estudante universitário que passa fome*. O forro do sofá-cama estava esfarrapado, como se vítima das unhas de um gato fantasma, e a mesa de centro tinha marcas de copos. Livros didáticos e periódicos técnicos enchiam as estantes, mas Jane não viu qualquer fotografia, nenhuma recordação pessoal, nada que fornecesse pistas sobre a personalidade da moradora. No computador, um protetor de tela exibia imagens de templos egípcios, que se alternavam de forma contínua.

Quando Josephine reapareceu por fim, seus cabelos molhados estavam presos em um rabo de cavalo. Embora vestisse jeans e pulôver de algodão secos, ainda parecia enregelada, com o rosto rígido feito uma escultura em pedra. A estátua de uma rainha egípcia, talvez, ou de uma beldade mitológica; Frost encarava-a abertamente, como se estivesse na presença de uma deusa. Se a mulher, Alice, estivesse ali, iria provavelmente dar-lhe um rápido e muito necessário chute na canela. *Talvez eu deva fazer isso em nome de Alice.*

— Está se sentindo melhor, Dra. Pulcillo? — perguntou ele. — Precisa de mais tempo antes de conversarmos?

— Estou preparada.

— Talvez uma xícara de café antes de começar?

— Vou fazer um pouco para vocês — disse Josephine dirigindo-se para a cozinha.

— Não, eu estava pensando em *você*, se precisava de alguma coisa.

— Frost — rosnou Jane. — Ela acabou de dizer que está preparada para conversar. Por que não nos sentamos todos e começamos?

— Só queria ter certeza de que ela estava bem. Só isso.

Frost e Jane sentaram-se no combalido sofá. Jane sentiu uma mola quebrada espetá-la por baixo do estofamento. Deslizou então para a extremidade, deixando um grande espaço entre ela e Frost. Eles acabaram sentados cada um em um canto do sofá, como um casal brigado em uma sessão de aconselhamento.

Josephine deixou-se cair sobre uma cadeira, com o rosto impenetrável como ônix. Ela podia ter apenas 26 anos, mas era estranhamente reservada; qualquer emoção que tivesse, guardava-a trancada à chave. *Tem alguma coisa errada aí,* pensava Jane. *Seria ela a única a sentir isso?* Frost parecia ter perdido qualquer vestígio de objetividade.

— Vamos falar novamente sobre as chaves, Dra. Pulcillo — começou Jane —, você disse que elas sumiram há mais de uma semana?

— Quando cheguei em casa, na quarta-feira passada, não encontrei meu chaveiro na bolsa. Achei que o tivesse deixado no trabalho, mas não o encontrei lá também. Você pode perguntar ao Sr. Goodwin sobre isso. Ele me cobrou 45 dólares para trocar a fechadura da caixa de correio.

— E você nunca mais encontrou o chaveiro desaparecido?

Josephine olhou para baixo. Ficou apenas alguns instantes em silêncio, mas foi o suficiente para chamar a atenção de Jane. Por que uma pergunta tão direta necessitaria de tanta reflexão?

— Não — disse Josephine. — Nunca mais vi as chaves.

— Quando você está no trabalho, onde deixa a bolsa? — perguntou Frost.

— Na minha mesa. — Josephine relaxou visivelmente, como se aquela fosse uma pergunta que não lhe desse trabalho responder.

— A sua mesa tem tranca? — perguntou o detetive inclinando-se para a frente, como se receasse perder uma única palavra.

— Não. Eu entro e saio da minha sala o dia todo, então não me preocupo em trancar nada.

— Eu imagino que o museu tenha câmeras? Algum registro do que possa ter acontecido na sua sala?

— Teoricamente.

— Como assim?

— Nosso sistema de câmeras de segurança pifou há três semanas e ainda não foi consertado — respondeu, dando de ombros. — É um problema de orçamento. O dinheiro é sempre curto e a gente achou que as câmeras em si já deteriam qualquer ladrão.

— Então qualquer visitante do museu poderia ter subido até a sua sala e pegado as chaves?

— E depois de toda essa publicidade em torno de Madame X, tem havido uma invasão de visitantes. O público finalmente descobriu o Museu Crispin.

— Por que um ladrão pegaria só o seu chaveiro e deixaria a bolsa? Mais alguma coisa desapareceu da sua sala? — perguntou Jane.

— Não. Pelo menos não notei mais nada. Foi por isso que não dei muita importância. Pensei ter largado as chaves em algum outro lugar. Nunca imaginei que alguém as usaria para entrar no meu carro e colocar aquela... Coisa no bagageiro.

— O seu prédio não tem garagem — observou Frost.

Josephine balançou a cabeça.

— É cada um por si. Eu estaciono na rua como todos os outros moradores. É por isso que não deixo nada de valor no carro, eles são sempre arrombados. Mas, em geral, é para tirar coisas. — Ela estremeceu. — E não para colocar coisas *dentro*.

— Como é a segurança do prédio? — perguntou Frost.

— Vamos tratar desse assunto daqui a pouco — disse Jane.

— Alguém está com o chaveiro dela. Acho que essa é a preocupação maior, o fato de que essa pessoa tem acesso ao carro e ao apartamento, e que está concentrada em Josephine — comentou Frost olhando para a garota. — Você faz alguma ideia do por quê?

— Não — respondeu Josephine desviando o olhar.

— Poderia ser alguém que você conhece? Alguém que conheceu há pouco tempo?

— Estou em Boston há apenas cinco meses.

— Onde você morava antes? — perguntou Jane.

— Eu estava procurando trabalho na Califórnia. Vim para Boston depois que o museu me contratou.

— Você tem algum inimigo, Dra. Pulcillo? Algum ex-namorado com quem não se dê bem?

— Não.

— Algum amigo arqueólogo que saiba transformar uma mulher em múmia ou numa cabeça encolhida?

— Esse conhecimento está disponível para muitas pessoas. Ninguém precisa ser arqueólogo para fazer isso.

— Mas seus amigos são arqueólogos.

Josephine deu de ombros.

— Eu não tenho tantos amigos assim.

— Por que não?

— Como eu lhe disse, sou nova em Boston. Vim para cá em março.

— Então você não consegue pensar em ninguém que possa estar te seguindo? Que tenha roubado suas chaves? Que esteja tentando aterrorizar você, colocando um cadáver no seu bagageiro?

Pela primeira vez, Josephine se descontrolou, revelando a alma assustada por sob a máscara. Ela murmurou:

— Não! Não sei quem está fazendo isso. Nem por que *me* escolheu.

Jane estudava a moça, admirando com inveja sua pele perfeita e os olhos negros como carvão. Como seria ser tão bela? Entrar em um ambiente e sentir o olhar de todos os homens sobre si? Inclusive aqueles olhares que não são bem-vindos.

— Eu espero que você entenda que, de agora em diante, vai ter que ser bem mais cuidadosa — disse Frost.

Josephine engoliu em seco.

— Eu sei.

— Você tem outro lugar para ficar? Onde você queira que a gente te leve? — perguntou ele.

— Eu acho... Acho que vou sair da cidade por um tempo. — Josephine endireitou-se, como se animada por dispor de um plano de ação. — Eu tenho uma tia em Vermont. Vou ficar com ela.

— Onde em Vermont? Nós precisamos ter acesso a você, se precisarmos.

— Burlington. O nome dela é Connie Pulcillo. Mas vocês podem me encontrar sempre pelo celular.

— Bom — disse Frost. — E eu imagino que você não vá fazer nada temerário como sair para caminhar sozinha de novo.

Josephine conseguiu dar um leve sorriso.

— Não vou fazer isso tão cedo.

— Tem uma coisa que eu gostaria de perguntar — disse Jane — sobre essa pequena caminhada que você fez hoje.

O sorriso de Josephine murchou, percebendo que Jane não se deixava fascinar facilmente.

— Não foi uma ideia brilhante, eu sei — admitiu ela.

— Um dia de chuva. Trilhas enlameadas. O que você foi fazer lá, pelo amor de Deus?

— Eu não era a única no parque. Tinha aquela família lá, também.

— Eles não são da cidade e precisavam levar o cachorro para passear.

— Eu também.

— Julgando-se pela lama nas suas botas, você deu bem mais que um passeio.

— Rizzoli — disse Frost. — Onde está tentando chegar?

Jane ignorou-o e manteve os olhos em Josephine.

— Dra. Pulcillo, tem alguma coisa a mais que você queira nos contar sobre o que estava fazendo na Reserva Blue Hills? Numa quinta-feira de manhã, quando, imagino eu, deveria estar trabalhando?

— Meu expediente começa às 13 horas.

— A chuva não te desanimou?

O rosto de Josephine assumiu a expressão de um animal caçado. *Ela está com medo de mim*, pensou Jane. O que será que eu não estou percebendo?

— Foi uma semana muito pesada — disse Josephine. — Eu precisava tomar um pouco de ar puro, só para pensar um pouco. Soube que o parque era um lugar bonito para se caminhar, então fui até lá — disse se endireitando, com a voz mais segura, firme. — Foi só por isso, detetive. Uma caminhada. Tem algo de ilegal nisso?

Os olhares das duas mulheres encontraram-se por um instante, o que confundiu Jane, porque ela não entendia o que estava acontecendo de fato.

— Não, não tem nada de ilegal nisso — disse Frost. — E eu acho que nós já te pressionamos muito por hoje.

Jane viu a moça desviar os olhos de forma abrupta e pensou: *Mas ainda não foi o bastante.*

12

— Quem nomeou você o policial bonzinho? — perguntou Jane, quando os dois entraram em seu Subaru.

— Como assim?

— Você estava tão ocupado babando na Pulcillo que me obrigou a fazer o papel da policial má.

— Sei lá do que você está falando.

— Quer que eu faça um café para você? — bufou Jane. — Você é detetive ou mordomo?

— Qual é seu problema? A coitada da garota estava apavorada. Roubaram as chaves dela, colocaram um cadáver no bagageiro e nós apreendemos seu carro. É alguém que precisa de um pouco de solidariedade, não é? Você a estava tratando como suspeita.

— Solidariedade? Era só isso que você estava oferecendo? Eu pensei que fosse convidá-la para sair.

Desde que trabalhavam juntos, Jane nunca vira Frost tão irritado. Portanto, testemunhar a fúria que, de repente, chamejou nos olhos dele foi algo mais que preocupante, quase assustador.

— Vai se foder, Rizzoli.

— Ei!

— Você tem problemas, sabia? Por que ela te incomoda tanto? Por ser bonita?

— Tem alguma coisa nela que não é consistente. Que não se encaixa.

— Ela está assustada. A vida dela virou de cabeça para baixo. Isso enlouquece qualquer um.

— E você quer entrar em cena e dar uma de salvador.

— Eu estou tentando ser decente, humano.

— Será que você estaria agindo assim se ela fosse uma baranga?

— A aparência dela não tem nada a ver com isso. Por que você está sugerindo que eu tenho outros motivos?

Jane suspirou.

— Olha aqui, eu só estou querendo que você fique longe de problemas, certo? Eu sou a Mamãe Ganso, cumprindo com meu dever e te protegendo — disse enfiando a chave na ignição e ligando o motor.

— E então, quando Alice volta? Ela já não está há tempo suficiente visitando os pais?

— Por que você está perguntando sobre Alice? — indagou, desconfiado.

— Ela já está fora há semanas. Não seria hora de voltar para casa?

A observação o fez bufar.

— Jane Rizzoli, conselheira matrimonial. Eu não gosto disso, sabia?

— Do quê?

— Que você fique achando que eu vou sair da linha.

Jane saiu da vaga e se juntou aos outros carros.

— Eu só achei que devia dizer alguma coisa. Faço tudo que eu posso para evitar problemas.

— É, parece que essa estratégia funcionou muito bem com seu pai. Você tem falado com ele esses dias ou já o mandou ir à merda de vez?

À menção do pai, Jane segurou o volante com mais força. Após 31 anos de aparente felicidade conjugal, Frank Rizzoli desenvolvera de súbito uma predileção por louras vulgares. Sete meses antes, ele abandonara a mãe de Jane.

— Eu só disse a ele o que achava sobre aquela vagabunda.

— É, e depois tentou bater nela — comentou Frost rindo.

— Eu não bati nela. Nós conversamos.

— Tentou prendê-la.

— Devia ter prendido *ele* por se portar como um imbecil de meia-idade. É tão embaraçoso — disse olhando para a rua com pesar. — Agora é minha mãe quem está fazendo um excelente trabalho para me envergonhar.

— Porque ela arrumou um namorado. — Frost balançou a cabeça. — Está vendo? Você é tão crítica que vai deixar sua mãe puta também.

— Ela está agindo como uma adolescente.

— Seu pai deu um pé na bunda dela, e agora ela está namorando, o que isso tem de mais? Korsak é um cara legal, então deixe sua mãe se divertir um pouco.

— Nós não estávamos falando sobre meus pais, e sim sobre Josephine.

— *Você* é que estava falando sobre ela.

— Tem alguma coisa nela que me incomoda. Você já reparou que ela mal encara a gente? Eu acho que ela não via a hora de sairmos de lá.

— Ela respondeu todas as nossas perguntas. O que mais você queria?

— Ela não abriu o jogo totalmente. Está escondendo alguma coisa.

— O quê?

— Não sei. — Jane olhava para a frente. — Mas não vai fazer mal nenhum descobrir um pouquinho mais sobre a Dra. Pulcillo.

* * *

Da janela, Josephine viu os dois detetives entrarem no carro e irem embora. Só depois abriu a bolsa e tirou o chaveiro com o símbolo ankh, que encontrara pendurado na macieira. Não havia dito nada à polícia sobre a devolução das chaves. Se tivesse mencionado o fato, precisaria contar também sobre o bilhete que a levou até lá, endereçado a Josephine Sommer, nome que eles jamais deveriam conhecer.

Ela juntou os bilhetes e envelopes endereçados a Josephine Sommer e rasgou-os, desejando, ao mesmo tempo, eliminar uma fase de sua vida que tentou, durante todos esses anos, esquecer. De alguma forma, aquilo a encontrou e, por mais que quisesse deixá-la para trás, seria sempre uma parte sua. Ela levou os pedaços de papel até o banheiro, jogou-os no vaso e deu descarga.

Precisava deixar Boston.

Agora era o momento perfeito para deixar a cidade. A polícia sabia que ela estava assustada com os acontecimentos do dia, de forma que sua partida não despertaria suspeita. Talvez mais tarde pudessem fazer perguntas, consultar registros, mas no momento não tinham razões para examinar seu passado. Imaginariam que ela fosse quem dizia ser: Josephine Pulcillo, que vivia tranquila e modestamente, que trabalhara como garçonete do bar Blue Star enquanto terminava a escola e fazia faculdade. Tudo isso era verdade e podia ser confirmado. Desde que não fuçassem mais a fundo o seu passado, e que ela não lhes fornecesse razões para tal, não despertaria suspeitas. Podia escapar de Boston sem que ninguém soubesse.

Mas eu não quero ir embora de Boston.

Ela olhou pela janela para a vizinhança, à qual se afeiçoara. As nuvens de chuva sumiram, deixando o sol brilhar, e as calçadas reluziam, frescas e limpas. Quando chegara para assumir o emprego em março, ela era estranha àquelas ruas. Caminhava em meio ao vento gelado, achando que não duraria muito ali e que, como a mãe, era uma criatura de climas quentes, criada para o calor do deserto, e não para o inverno da Nova Inglaterra. Porém, em um dia de abril, após a neve ter derretido, ela caminhara pelo parque público Boston Com-mon, passando por árvores em botão e pelo rubor dourado dos nar-cisos, e percebeu de repente que ali era seu lugar. Que naquela cidade, onde cada tijolo e pedra refletiam a história, sentia-se em casa. Cami-nhando pelos paralelepípedos de Beacon Hill, quase conseguia ouvir o estrépito do casco dos cavalos e das rodas de carruagens. Ia até o píer de Long Wharf e imaginava o chamado dos peixeiros, as garga-lhadas dos marinheiros. Como a mãe, sempre se interessara mais pelo passado do que pelo presente e, naquela cidade, a história respirava.

Agora vou ter que ir embora. E deixar para trás esse nome, tam-bém.

O toque da campainha no apartamento sobressaltou-a. Ela foi até o interfone, fazendo uma pausa a fim de acalmar a voz, antes de apertar o botão para falar:

— Sim?

— Josie, é Nicholas. Posso subir?

Ela não conseguiu pensar em uma forma elegante de despachar a visita, então abriu o portão do edifício. Em questão de segundos, ele já estava diante de sua porta, os cabelos reluzindo com as gotas de chuva, os olhos cinzentos apertados de preocupação por detrás dos óculos embaçados.

— Está tudo bem com você? Soubemos do que aconteceu.

— Como vocês descobriram?

— Estávamos esperando você chegar no trabalho. Aí o detetive Crowe nos contou que tinha havido um problema. Que alguém ar-rombou seu carro.

— É muito pior que isso — disse ela, afundando no sofá, desani-mada.

Ele ficou de pé olhando para Josephine e, pela primeira vez, não se sentiu à vontade; Robinson a observava muito de perto. De repen-te, sentiu-se tão exposta quanto Madame X, com as faixas protetoras arrancadas para revelar a triste realidade do interior.

— Alguém pegou as minhas chaves, Nick.

— Aquelas que você perdeu?

— Elas não foram perdidas. Foram roubadas.

— Você quer dizer... De propósito?

— Os roubos em geral são.

Ela viu a expressão de perplexidade dele e pensou; *pobre Nick*. Passa tempo demais trancado com suas antiguidades mofadas, e não faz ideia de como o mundo é cruel.

— Provavelmente aconteceu enquanto eu estava no trabalho.

— Oh, meu Deus!

— As chaves do museu não estavam no chaveiro. Não precisa se preocupar com o prédio. O acervo está seguro.

— Eu não estou preocupado com o acervo, e sim com *você* — revelou, respirando bem fundo, como o nadador que está prestes a mergulhar nas profundezas. — Se você não se sente segura aqui, Josephine, você pode...

De repente, ele empertigou-se e anunciou com ousadia:

— Eu tenho um quarto sobrando em casa. Será bem-vinda se quiser ficar comigo.

— Obrigada, mas vou sair da cidade por uns dias — respondeu sorrindo. — Não vou aparecer para trabalhar durante algumas semanas. Desculpa te deixar na mão, especialmente agora.

— Para onde você vai?

— Acho que é uma boa hora para visitar minha tia. Faz um ano que eu não a vejo — respondeu indo até a janela, e olhou para a vista da qual sentiria falta. — Obrigada por tudo, Nicholas — disse ela. Obrigada por ter sido o único amigo que já tive nos últimos anos.

— O que está acontecendo realmente? — perguntou ele.

Ele ficou atrás dela, perto o bastante para tocá-la, mas não o fez. Apenas ficou ali, uma presença calma pairando tranquilamente atrás dela, como sempre fizera.

— Você sabe que pode confiar em mim. Para qualquer coisa.

De repente, ela quis contar a verdade a ele, tudo sobre seu passado. Entretanto, não desejava ver sua reação. Ele acreditara na insossa ficção chamada Josephine Pulcillo. Ele sempre fora generoso com ela, e a melhor forma que tinha de retribuir àquela bondade era manter a farsa e não decepcioná-lo.

— Josephine, o que aconteceu hoje? — perguntou ele.

— Você provavelmente vai ver no telejornal da noite — disse ela.

— Alguém usou minha chave para entrar no carro e deixar uma coisa no bagageiro.

— O que deixaram?

Virou de frente encarando Robinson.

— Outra Madame X.

13

Josephine acordou com a claridade do sol de final da tarde em seus olhos. Espiando pela janela do ônibus Greyhound, viu pastagens verdejantes sob a aura dourada do pôr do sol. À noite passada mal dormira, e só depois de tomar o ônibus, naquela manhã, foi que pegou no sono, exausta. Agora não fazia a menor ideia de onde estava, mas, pela hora, deveria estar próxima da fronteira entre os estados de Massachusetts e Nova York. Se tivesse vindo de carro, a viagem lhe tomaria apenas seis horas. De ônibus, com baldeações em Albany, Syracuse e Binghamton, levaria o dia todo.

Quando parou finalmente no último ponto, em Binghamton, já estava escuro. Mais uma vez, arrastou-se para fora do ônibus e dirigiu-se até uma cabine. Chamadas de celular podiam ser rastreadas, e ela deixara o seu desligado desde que saíra de Boston. Josephine enfiou a mão no bolso em busca de moedas e as depositou no telefone público. Foi saudada pela mesma mensagem de secretária eletrônica, gravada por uma voz feminina e dinâmica.

— Provavelmente, estou fora, em uma escavação. Deixe seu número e eu retorno a ligação.

Josephine desligou sem dizer nada. Depois arrastou as duas malas para o ônibus seguinte e juntou-se à pequena fila de passageiros aguardando o embarque. Ninguém falava; pareciam todos tão exauridos quanto ela e resignados com o próximo estágio da viagem.

Às 11 da noite, o ônibus parou na cidadezinha de Waverly.

Ela foi a única passageira a saltar e viu-se sozinha em frente a uma loja de conveniência escura. Mesmo uma cidade tão pequena quanto aquela tinha que ter um serviço de táxi. Ela dirigiu-se até uma cabine telefônica e já ia introduzir as moedas, quando viu o aviso de COM DEFEITO colado em cima da abertura. Foi o golpe de misericórdia no final de um dia exaustivo. Olhando para o telefone inútil, de repente gargalhou: um som desesperado que ecoou pelo estacionamento vazio. Se não conseguisse encontrar um táxi, teria de enfrentar uma caminhada de 8 quilômetros, arrastando duas malas.

Ela avaliou os riscos de ligar o celular. Se o usasse uma vez que fosse, poderia ser encontrada ali. *Mas eu estou tão cansada*, pensou ela, *e não sei mais o que fazer ou para onde ir. Estou ilhada em uma cidade pequena, e a única pessoa que conheço aqui parece inalcançável.*

Na estrada, surgiram luzes de faróis.

O automóvel se aproximava, um carro de patrulha com luzes azuis no teto. Ela gelou, insegura quanto a mergulhar na sombra ou manter bravamente seu papel de passageira solitária.

Era tarde demais para fugir agora; o veículo da polícia já estava entrando no estacionamento da lojinha. O vidro desceu, e um patrulheiro jovem olhou para fora da janela:

— Olá, moça. Tem alguém vindo para pegá-la?

Ela limpou a garganta.

— Eu ia tomar um táxi.

— Este telefone não está funcionando.

— Acabo de perceber.

— Não funciona há seis meses. As companhias telefônicas não se preocupam mais em consertá-los, agora que todo mundo tem celular.

— Eu também tenho. Vou usá-lo.

Ele a examinou por um momento, certamente perguntando-se por que alguém com celular procuraria um telefone público.

— Eu precisei usar o catálogo — explicou ela, abrindo o guia telefônico pendurado na cabine.

— OK, vou ficar aqui até o táxi chegar — disse ele.

Enquanto esperavam juntos, ele contou sobre um incidente desagradável no mês anterior, com uma moça naquele mesmo estacionamento.

— Ela saltou do ônibus das 11 da noite, que vem de Binghamton, exatamente como você — disse o policial.

Desde então, ele fazia questão de passar por ali de carro para garantir que nenhuma outra moça fosse abordada. Proteger e servir, esse era seu trabalho, e se ela soubesse das coisas terríveis que às vezes aconteciam, mesmo em uma cidadezinha como Waverly, de 4.600 habitantes, nunca mais ficaria sozinha em frente a uma loja de conveniência às escuras.

Quando o táxi finalmente chegou, o policial amigável já havia lhe contado tantas coisas que Josephine teve medo de que ele a seguisse, só para continuar a conversa. No entanto, seu carro foi na direção oposta, e ela recostou-se no assento com um suspiro, já pensando nos próximos movimentos. A prioridade máxima era uma boa noite de sono, em uma casa onde se sentisse segura e não precisasse esconder quem realmente era. Ela alternava verdade e ficção havia tanto tempo que às vezes esquecia quais detalhes de sua vida eram reais e quais eram invenções. Um drinque a mais, um momento de descuido, e ela poderia revelar a verdade, o que derrubaria todo o castelo de cartas. No dormitório da universidade, de alunas festeiras, ela era sempre a sóbria, especialista em conversas superficiais, que não revelavam absolutamente nada sobre si.

Estou cansada dessa vida, pensou Josephine. Cansada de ter que pensar nas consequências de cada palavra antes de pronunciá-la. Essa noite, pelo menos, vou poder ser eu mesma.

O táxi parou em frente a uma grande casa de fazenda e o motorista disse:

— É aqui, moça. Quer que eu leve as malas até a porta?

— Não, eu me viro.

Ela pagou-o e tomou o caminho, arrastando as malas atrás de si, até os degraus da porta, onde parou, como se procurasse as chaves, esperando o táxi afastar-se. No momento em que este desapareceu, Josephine deu meia-volta, retornando à estrada.

Uma caminhada de cinco minutos levou-a até uma longa trilha, coberta de cascalho, que cortava um bosque denso. A lua aparecera, e ela enxergava o suficiente para não tropeçar. O som das rodas sob as malas, deslizando pelas pedrinhas, parecia assustadoramente alto. Por entre as árvores, os grilos haviam silenciado, cientes de que um invasor adentrara seu reino.

Ela galgou os degraus que levavam à velha casa. Algumas batidas na porta e alguns toques de campainha revelaram-lhe o que já suspeitava. Não havia ninguém.

Não tem problema.

Ela encontrou a chave, onde sempre ficava escondida, enfiada sob uma pilha de lenha no pórtico, e entrou. Acendendo a luz, encontrou a sala exatamente como se recordava da última visita há dois anos. A mesma bagunça que se espalhava por prateleiras e nichos, as mesmas fotos em molduras mexicanas de metal penduradas nas paredes. Viu rostos bronzeados pelo sol sorrindo sob chapéus de abas largas; um homem apoiado em uma pá, defronte a um muro caindo aos pedaços; uma mulher ruiva estreitando os olhos por causa do sol, dentro de uma vala, onde se encontrava ajoelhada com uma espátula na mão. Não reconheceu a maioria dos rostos nas fotos; eles pertenciam às lembranças de outra pessoa, de outra vida.

Josephine deixou as malas na sala e foi para a cozinha. A mesma confusão reinava por lá, panelas escurecidas e frigideiras penduradas em ganchos presos ao teto; o peitoril das janelas, um depósito de tudo, de vidros do mar a fragmentos de cerâmica. Ela encheu uma chaleira e a pôs sobre o fogão. Enquanto aguardava que fervesse, ficou em frente à geladeira, examinando as fotos coladas na porta. No meio daquela colagem desordenada, havia um rosto familiar. Era Josephine, com cerca de 3 anos, sentada no colo de uma mulher de cabelos negros como um corvo. Ela aproximou-se e acariciou suavemente o rosto, lembrando a maciez daquela pele, o perfume das madeixas. A chaleira apitou, mas Josephine permanecia paralisada diante da foto, daqueles olhos escuros e hipnóticos que a contemplavam.

O chiado foi interrompido de modo abrupto, e uma voz disse:

— Faz anos que ninguém me pergunta sobre ela, sabia?

Josephine virou-se e viu a mulher magra, de meia-idade, que acabara de desligar o fogo.

— Gemma — murmurou ela. — Então você estava em casa.

Sorrindo, a mulher deu um passo à frente e abraçou-a com força. O físico de Gemma Hamerton era mais masculino do que feminino, esbelto e musculoso; os cabelos grisalhos presos em um coque prático. Os braços eram marcados por feias cicatrizes de queimaduras, mas ela ostentava-as ousadamente para o mundo, vestindo uma blusa sem mangas.

— Eu reconheci as suas malas velhas na sala — disse Gemma, dando um passo para trás, a fim de examinar Josephine. — Meu Deus, a cada ano você fica mais parecida com ela — falou, balançando a cabeça e sorrindo. — Você herdou um DNA formidável, menina.

— Tentei ligar para você, mas não quis deixar mensagem na sua secretária.

— Viajei o dia todo. — Gemma enfiou a mão na bolsa e tirou um recorte de jornal do *International Herald Tribune*. — Eu vi este artigo antes de sair de Lima. Isso tem alguma coisa a ver com o motivo de você estar aqui?

Josephine leu a manchete: TOMOGRAFIA COMPUTADORI-ZADA DE MÚMIA SURPREENDE AUTORIDADES.

— Então você sabe sobre Madame X.

— As notícias se espalham, mesmo no Peru. O mundo ficou pequeno, Josie.

— Talvez até pequeno demais — disse Josephine, em voz baixa. — Fico sem lugar para me esconder.

— Depois desses anos todos? Será que você ainda precisa?

— Alguém me achou, Gemma. Estou com medo.

Gemma olhou para ela. Vagarosamente, sentou-se em frente a Josephine.

— Conte. O que aconteceu?

Josephine apontou para o recorte do *Herald Tribune*.

— Tudo começou com ela, Madame X.

— E depois?

A princípio, as palavras vieram entrecortadas; fazia muito tempo que Josephine não falava livremente, e estava acostumada a censurar-se, a avaliar os perigos de cada revelação. Todavia, com Gemma, todos os segredos estavam seguros e, enquanto desabafava, as palavras saíam mais rápidas, em uma torrente impossível de ser contida. Três xícaras de chá depois, ela ficou finalmente em silêncio e deixou-se cair no encosto da cadeira, exausta. E aliviada, embora sua situação pouco tivesse mudado. A única diferença era que agora não se sentia mais sozinha.

A história deixou Gemma atônita e arrepiada.

— Um corpo aparece no seu carro? E você não menciona o detalhe dos bilhetes que recebeu pelo correio? Você não contou à polícia?

— Como? Se eles ficassem sabendo sobre os bilhetes, iam descobrir tudo.

— Talvez seja hora, Josie — disse Gemma calmamente. — Hora de parar de se esconder e contar a verdade.

— Não posso fazer isso com a minha mãe. Não posso arrastá-la para isso. Fico feliz de ela não estar mais aqui.

— Ela gostaria de estar. Foi *você* quem ela sempre tentou proteger.

— Bom, ela não tem como me proteger agora. E nem deveria.

— Josephine levantou-se e levou a xícara para a pia. — Isso não tem nada a ver com ela.

— Não?

— Ela nunca esteve em Boston. Nunca teve nada a ver com o Museu Crispin — comentou Josephine virando-se para Gemma. — Teve?

Gemma balançou a cabeça:

— Não consigo pensar em nenhuma razão que a vincule ao museu. A cártula, o jornal.

— Coincidência, talvez.

— Coincidência *demais* — declarou Gemma envolvendo com as mãos a xícara de chá, como se para espantar algum arrepio súbito. — E o corpo no seu carro? O que a polícia está fazendo em relação a isso?

— O que se imagina que faça num caso de homicídio. Vai investigar. Já me fizeram todas as perguntas de praxe. Quem poderia estar me seguindo? Se eu tenho algum admirador doentio? Se existe alguém do passado de quem eu tenha medo? Se eles continuarem fazendo perguntas, é só uma questão de tempo para que descubram quem Josephine Pulcillo realmente é.

— Talvez não se deem ao trabalho de desenterrar isso. Eles têm outros homicídios para resolver, e não é em você que estão interessados.

— Eu não podia correr esse risco. Foi por isso que fugi. Fiz as malas, deixei um trabalho e uma cidade que adorava. Eu era feliz lá, Gemma. É um museu pequeno e peculiar, mas eu gostava de trabalhar lá.

— E as pessoas? Há alguma chance de que uma delas esteja envolvida?

— Não vejo como.

— Às vezes, a gente não consegue ver como.

— Eles são totalmente inofensivos. O curador, o diretor... Os dois são pessoas tão boas — admitiu dando um sorriso triste. — O que será que eles vão pensar de mim agora? Quando descobrirem quem contrataram de fato.

— Eles contrataram uma arqueóloga jovem e brilhante. Uma mulher que merece uma vida melhor.

— Bom, essa é a vida que eu tenho.

Ela abriu a torneira para lavar a xícara. A cozinha estava organizada exatamente como sempre fora, e ela encontrou os panos de prato no mesmo armário; as colheres na mesma gaveta. Como qualquer boa escavação arqueológica, a cozinha de Gemma mantinha-se preservada em um estado de eternidade doméstica. *Que luxo era fincar raízes*, pensou Josephine, enquanto colocava a xícara limpa de volta na prateleira. *Como seria ter uma casa, construir uma vida para jamais abandoná-la?*

— O que você vai fazer agora? — perguntou Gemma.

— Não sei.

— Você podia voltar para o México. Ela gostaria disso.

— Tenho que começar tudo de novo — declarou, mas a perspectiva fez com que Josephine se apoiasse subitamente na bancada. — Meu Deus, eu perdi 12 anos da minha vida.

— Talvez não. Talvez a polícia dê um passo em falso.

— Não posso ficar contando com isso.

— Observe e espere. Veja o que acontece. Essa casa vai ficar vazia a maior parte do verão. Eu tenho que voltar ao Peru daqui a duas semanas para supervisionar a escavação. Você pode ficar aqui o tempo que precisar.

— Eu não quero te causar problemas.

— Problemas? — Gemma balançou a cabeça. — Você não faz ideia do tipo de problemas que a sua mãe *me* protegeu. De qualquer jeito, eu não acho que a polícia seja tão inteligente quanto você imagina. Ou tão precisa. Pense em todos os casos que ficam sem solução, nos erros que ficamos sabendo pelos jornais.

— Você não conhece essa detetive.

— O que tem ela?

— O modo como olha para mim, as perguntas que me faz...

— Uma mulher.... — exclamou Gemma arqueando as sobrancelhas. — Isso é péssimo.

— Por quê?

— Os homens são facilmente enganados por um rostinho bonito.

— Se a detetive Rizzoli continuar fuçando, ela vai acabar chegando aqui. Conversando com você.

— Que venham. O que vão descobrir? — Gemma apontou para a cozinha. — Olhe em volta! Eles vão entrar, dar uma olhada em todos os meus chás de ervas e achar que eu sou apenas uma hippie velha inofensiva, sem nada útil a revelar. Quando se tem 50 anos, ninguém mais se dá ao trabalho de te olhar, e muito menos de valorizar sua opinião. É um golpe para o ego. Mas até que fica mais fácil lidar com muita coisa.

Josephine riu.

— Então eu só tenho que esperar fazer 50 e vou estar livre?

— Você já pode estar livre, no que diz respeito à polícia.

Josephine disse em voz baixa:

— Não é só a polícia que me assusta. Depois desses bilhetes e do que foi colocado no meu carro...

— É — concordou Gemma. — Têm coisas piores para se temer. — Ela fez uma pausa e depois olhou para Josephine, do outro lado da mesa. — Então por que você ainda estaria viva?

A pergunta espantou Josephine.

— Você acha que eu devia estar morta?

— Por que um desvairado ia perder tempo assustando você com bilhetinhos sinistros? Colocando presentes grotescos no seu carro? Não seria mais simples te matar logo?

— Talvez porque a polícia esteja envolvida. Desde o escaneamento de Madame X, eles estão rondando o museu.

— Tem uma coisa que me intriga. Colocar um corpo no seu carro parece proposital para chamar atenção sobre você. A polícia está de olho em você agora. É uma manobra estranha, se tem alguém realmente querendo te matar.

Era uma fala típica de Gemma: objetiva e brutalmente franca. *Alguém realmente querendo te matar. Mas eu já estou morta*, pensou ela. Há 12 anos, a garota que eu costumava ser foi varrida da face da terra. E assim nasceu Josephine Pulcillo.

— Ela não gostaria que você lidasse com isso completamente sozinha, Josie. Vamos dar aquele telefonema.

— Não. É mais seguro para todos se a gente não der. Se eles estão de olho em mim, é exatamente isso que estão esperando. — Ela respirou. — Eu tenho me virado desde a universidade e posso lidar com isso também. Só preciso de um tempo para me recuperar. Jogar um dardo no mapa e resolver para onde ir agora. — declarou e ficou em silêncio por um instante. — Eu acho que vou precisar de algum dinheiro.

— Ainda tem cerca de 25 mil dólares na conta. Eles estão lá para você. Para uma emergência.

— Acho que é a hora — disse Josephine levantando-se para sair da cozinha.

Na porta, parou e olhou para trás.

— Obrigada por tudo que você tem feito por mim e pela minha mãe.

— Eu devo isso a ela, Josie. — Gemma olhou para as cicatrizes de queimadura nos braços. — Eu só estou viva por causa de Medea.

14

No sábado à noite, Daniel veio finalmente vê-la.

Pouco antes de ele chegar, Maura correu até o mercado mais perto, onde comprou azeitonas kalamata, queijos franceses e uma garrafa de vinho extravagantemente cara. *É assim que eu seduzo um amante*, pensou ela quando entregou o cartão de crédito. Com sorrisos, beijos e copos de Pinot Noir. Vou conquistá-lo com noites perfeitas, que jamais vai esquecer e parar de desejar. E um dia, talvez, ele faça sua escolha e decida-se por mim.

Ao chegar em casa, ele já estava esperando por ela.

Quando a porta da garagem se abriu, Maura reconheceu o carro dele estacionado lá dentro, onde os vizinhos não o veriam, onde não provocaria nenhum arquear de sobrancelhas ou fuxico libidinoso. Ela parou ao lado e fechou rapidamente a porta, evitando que alguém percebesse que não estava só àquela noite. Guardar segredos com tanta facilidade é algo que se torna automático, e era natural para ela então fechar a porta da garagem, puxar as cortinas e evitar perguntas inocentes de colegas e vizinhos. *Você tem namorado? Você gostaria de sair para jantar? Você gostaria de conhecer um cara legal?* Ao longo dos meses, ela declinara tantos desses convites que poucos apareciam agora. Teriam todos desistido dela ou adivinhado a razão de seu desinteresse, sua falta de sociabilidade?

Essa razão estava parada na porta, esperando por ela.

Maura entrou em casa e se jogou nos braços de Daniel Brophy. Fazia dez dias que não se encontravam, dez dias de desejo reprimido, tão pungente agora que ela mal podia esperar para satisfazer. As compras ainda estavam no carro, e ela ainda precisava fazer o jantar, mas comida era a última coisa em que pensava quando seus lábios se encontraram. Daniel era tudo que desejava devorar, e ela banqueteou-se com ele enquanto beijavam-se a caminho do quarto. Beijos culpados, mais deliciosos ainda por serem ilícitos. Quantos pecados mais cometeremos essa noite, perguntava-se Maura vendo-o desabotoar a camisa. Àquela noite, ele não usava o colarinho de clérigo; viera até ela como amante, e não como homem de Deus.

Meses antes, Daniel havia rompido os votos que o ligavam a sua igreja. Ela havia sido a responsável por isso; ela causara-lhe a perda de prestígio, perda que, mais uma vez, trouxe-o para a cama e para os braços de Maura; destino tão familiar para Daniel agora que ele sabia exatamente o que ela queria, o que a fazia agarrar-se a ele ou gritar.

Quando ela caiu por fim com um estremecimento de satisfação, os dois ficaram deitados juntos, como sempre faziam, braços e pernas entrelaçados; dois amantes que conheciam bem o corpo um do outro.

— Parece uma eternidade desde a última vez — sussurrou ela.

— Planejava vir na quinta, mas o tal seminário não acabava.

— Que seminário?

— De aconselhamento para casais — respondeu ele, dando um riso triste, irônico. — Como se eu pudesse dizer a eles como consertar seus casamentos. É tanto ódio e sofrimento, Maura. Foi uma tortura ficar sentado na mesma sala com aquela gente. Eu queria dizer a eles, *Não adianta, vocês nunca serão felizes um com o outro. Vocês se casaram com a pessoa errada!*

— Talvez esse fosse o melhor conselho que você poderia dar a eles.

— Seria um gesto de misericórdia. — disse, afastando com delicadeza os cabelos no rosto dela. — Teria sido muito mais generoso permitir que eles fossem embora. Para encontrar alguém que os fizesse felizes. Do jeito que você me deixa feliz.

— E *você* me deixa faminta — respondeu sorrindo.

Ela sentou-se na cama e os lençóis amassados exalaram o cheiro do amor recém-feito. O odor animal de corpos quentes e desejo.

— Eu prometi um jantar a você — disse Maura.

— Eu me sinto culpado por você estar sempre me alimentando. — Ele também se sentou e procurou as roupas. — Como eu posso ajudar?

— Eu deixei o vinho no carro. Por que você não pega a garrafa e abre? Eu vou pôr o frango no forno.

Eles ficaram na cozinha, bebendo vinho enquanto o frango assava, ela fatiava as batatas e ele fazia a salada. Como qualquer casal, eles cozinhavam, tocavam-se e beijavam-se. *Mas nós não somos casados*, pensava ela, olhando de soslaio para o belo perfil e para as têmporas grisalhas dele. Cada momento juntos era roubado, furtivo e, embora sorrissem juntos, ela ouvia às vezes uma nota de desespero naquelas risadas, como se estivessem tentando convencer-se de que eram felizes. Droga! Eles eram, apesar da culpa, das desilusões e das inúmeras noites separados. Entretanto, ela começava a perceber o custo emocional refletido no rosto dele. Nos últimos meses, os cabelos de Daniel tornaram-se visivelmente mais grisalhos. *Quando estiver todo branco*, pensou ela, *será que ainda estaremos nos encontrando com as cortinas fechadas?*

E que mudanças ele vê em meu rosto?

Já passava da meia-noite quando ele partiu. Ela adormecera em seus braços e não o ouviu levantar-se da cama. Quando despertou, estava sozinha, e o lençol a seu lado já havia esfriado.

Naquela manhã, tomou café e cozinhou panquecas sozinha. As melhores recordações de seu breve e desastroso casamento com

Victor eram as manhãs de domingo juntos, levantando tarde da cama para ficar no sofá, onde passavam a metade do dia lendo jornais. Ela nunca teria um domingo assim com Daniel. Enquanto cochilava de roupão com as páginas do *Boston Globe* espalhadas ao redor, o padre Daniel Brophy estaria com seu rebanho na igreja de Nossa Senhora da Divina Luz, rebanho cujo próprio pastor extraviara terrivelmente.

O som da campainha a fez despertar com um sobressalto. Ainda tonta da soneca, sentou-se no sofá e viu que já eram 2 horas da tarde. *Poderia ser Daniel na porta.*

Os jornais espalhados crepitaram sob seus pés descalços, enquanto ela corria pela sala. Ao abrir a porta e ver quem estava parado no pórtico, arrependeu-se de súbito de não ter penteado os cabelos ou tirado o roupão.

— Perdão, eu estou um pouco atrasado — disse Anthony Sansone. — Espero não estar incomodando.

— Atrasado? Desculpe, mas eu não estava esperando você.

— Você não recebeu meu recado? Eu deixei na sua secretária ontem à tarde. Sobre vir hoje para te ver.

— Nossa, acho que esqueci de ouvir os recados ontem à noite. *Eu estava ocupada.* Ela deu um passo para trás.

— Entra.

Ele foi até a sala e parou, olhando para os jornais espalhados e para a xícara de café vazia. Fazia meses que não o via, e ela ficou mais uma vez impressionada com a calma dele, o jeito com que parecia perscrutar o ambiente, procurando algum detalhe que tivesse escapado. Ao contrário de Daniel, de fácil alcance até para estranhos, Anthony Sansone era um homem cercado por muros, que mesmo em uma sala cheia parecia friamente distante e contido. Ela perguntou-se o que ele estaria pensando enquanto observava a bagunça do domingo desperdiçado de Maura. *Nem todos nós temos mordomos*, pensou ela, *nem vivemos como você, em uma mansão em Beacon Hill.*

— Desculpe por vir te incomodar em casa — disse ele. — Mas não queria que essa fosse uma visita oficial à patologista — comunicou virando-se para olhá-la. — E eu queria saber como vai você, Maura. Não te vejo já há algum tempo.

— Eu vou bem, muito ocupada.

— O Clube Mefisto retomou os jantares na minha casa. Suas ideias seriam bem-vindas, e adoraríamos que você se juntasse a nós de novo uma noite dessas.

— Para conversar sobre crimes? Eu já lido com esse assunto o bastante no trabalho, obrigada.

— Não da forma que abordamos. Você só vê o efeito final; nós nos preocupamos com a razão da sua existência.

Ela começou a catar os jornais e a empilhá-los.

— Eu não me encaixo no seu grupo, não aceito as suas teorias — comentou Maura.

— Mesmo depois do que vivenciamos? Aqueles assassinatos devem ter feito você pensar. Devem ter aberto uma possibilidade na sua mente.

— A de que existe nos manuscritos do Mar Morto uma teoria unificada sobre o mal? — declarou com ceticismo. — Eu sou uma cientista. Leio os textos religiosos em busca de percepções históricas, e não de verdades literais. Não para explicar o inexplicável.

— Você ficou presa conosco na montanha àquela noite. Você *viu* a prova.

Na noite em questão, em janeiro, eles quase morreram. Acerca disso, podiam convir, porque as evidências foram tão reais quanto o sangue na cena do crime. Porém, havia tanta coisa sobre aquela noite que eles jamais iriam concordar, e a mais fundamental delas era acerca da natureza do monstro que os prendera naquela montanha.

— O que eu vi foi um assassino em série, como tantos outros neste mundo — disse ela. — Eu não preciso de nenhuma teoria bíblica para explicá-lo. Converse comigo sobre *ciência*, e não sobre velhas linhagens de sangue demoníacas — declarou, colocando a pilha de jornais sobre a mesa de centro. — O mal simplesmente *existe*. As pessoas podem ser brutais, e algumas delas matam. Nós todos gostaríamos de uma explicação para isso.

— A ciência explica por que um assassino mumificaria o corpo de uma mulher? Por que encolheria a cabeça de uma e depositaria outra no bagageiro de um carro?

Surpresa, ela olhou para ele.

— Você já sabe sobre esses casos?

Claro que ele sabia. As ligações de Anthony Sansone com a lei chegavam ao nível mais alto, dentro da sala do próprio chefe de polícia. Um caso tão incomum quanto o de Madame X certamente chamaria atenção dele, e despertaria o interesse do reservado Clube Mefisto, que tinha próprias teorias bizarras sobre o crime e como combatê-lo.

— Existem detalhes que talvez nem você saiba — disse ele. — Detalhes com os quais, na minha opinião, você deveria se familiarizar.

— Antes de a gente continuar a falar sobre isso — interpôs ela —, vou me vestir. Se você me permite.

Ela foi até o quarto, onde vestiu jeans e uma camisa de botões, traje casual, perfeitamente apropriado para uma tarde de domingo, mas mesmo assim não se sentia à altura daquele visitante distinto. Não se deu ao trabalho de maquiar-se. Apenas lavou o rosto e escovou os cabelos. Olhando-se no espelho, viu bolsas sob os olhos e novos fios brancos, que não havia reparado antes. *Bom, esta sou eu*, pensou ela. Uma mulher que já passou dos 40. Não posso esconder a idade e não vou tentar.

Quando saiu do quarto, o cheiro de café recém-passado tomava conta da casa. Ela seguiu o aroma até a cozinha, onde Sansone já havia tirado duas canecas do armário.

— Espero que você não se importe de eu ter tomado a liberdade de fazer um café fresco.

Ela observou-o pegar o bule e servir, suas costas largas voltadas para ela. Ele parecia perfeitamente à vontade em sua cozinha, e a facilidade com que invadira a casa de Maura incomodava-a. Sansone tinha o dom de entrar em qualquer ambiente e, apenas com sua presença, apossar-se do território.

Ele deu-lhe uma xícara e, para surpresa de Maura, colocou a quantidade certa de açúcar e creme, exatamente como ela gostava. Era um detalhe do qual não esperava que se recordasse.

— É hora de falar sobre Madame X — disse ele. — E com o que você pode estar lidando de fato.

— O que você sabe sobre isso?

— Sei que você tem três mortes conectadas.

— Nós não sabemos se estão conectadas.

— Três vítimas, todas preservadas da mesma maneira grotesca. É uma assinatura bem singular.

— Eu ainda não fiz a necropsia da terceira vítima e não posso dizer nada sobre ela. Nem sequer como foi preservada.

— Soube que não foi uma mumificação clássica.

— Se *clássica* quer dizer salgada, seca e enfaixada, não, não foi.

— As feições estão relativamente intactas?

— Estão. Incrivelmente intactas. Mas os tecidos ainda têm umidade. Nunca fiz uma necropsia num corpo assim. Nem sei como mantê-la preservada no seu estado atual.

— E a dona do carro? É uma arqueóloga, não? Ela tem alguma ideia de como o corpo foi preservado?

— Eu não falei com ela. Pelo que Jane me contou, a moça ficou muito abalada.

Ele pousou a xícara de café, e seu olhar foi tão direto que quase pareceu um ataque.

— O que você sabe sobre a Dra. Pulcillo?

— Por que você está perguntando sobre ela?

— Porque ela trabalha para eles, Maura.

— Eles?

— O Museu Crispin.

— Você fala como se fosse uma instituição malévola.

— Você concordou em assistir à tomografia computadorizada. Fez parte daquele circo da mídia organizado em torno da Madame X. Você deveria saber onde estava se metendo.

— O curador me convidou para assistir. Ele não me avisou sobre os repórteres. Ele só achou que me interessaria observar o escaneamento, e é claro que me interessava.

— E você não sabia nada sobre o museu quando concordou em participar?

— Eu visitei o Crispin há alguns anos. O acervo é esquisito, mas vale a pena olhar. Não é tão diferente assim de uma série de outros museus particulares que já visitei, fundados por famílias ricas, que querem exibir suas coleções.

— Os Crispin são uma família bem especial.

— O que os torna especiais?

Sansone sentou na cadeira em frente a ela, e seus olhos ficaram no mesmo nível:

— O fato de que ninguém sabe ao certo a origem deles.

— Isso é importante?

— É meio curioso, você não acha? O primeiro Crispin de que se tem registro foi Cornelius, que surgiu em Boston em 1850. Dizia ser um nobre inglês.

— Está insinuando que não era verdade.

— Não existe nenhum registro dele na Inglaterra, nem em qualquer outro lugar, na verdade. Ele simplesmente se materializou um dia. Dizem que era um homem bonito, muito fascinante. Casou bem e começou a fazer fortuna. Ele e os descendentes eram colecionadores e viajantes incansáveis, e trouxeram para casa curiosidades de todos os continentes. Os itens habituais: esculturas, objetos de sepultamento e espécimes animais. Mas Cornelius e a família pareciam ter uma paixão especial por armas. Qualquer tipo de arma usada por exércitos do mundo todo. Era um interesse compreensível, considerando-se como a fortuna deles foi feita.

— Como?

— Guerra, Maura. Desde o tempo de Cornelius, eles eram especuladores. Ele ficou rico na época da Guerra Civil, vendendo armas para o sul. As gerações seguintes continuaram a tradição, lucrando com conflitos no mundo todo, da África à Ásia, até o Oriente Médio. Eles fizeram um pacto secreto com Hitler a fim de fornecer armas para as tropas alemãs, ao mesmo tempo em que armavam os Aliados. Na China, eles abasteciam os exércitos dos nacionalistas e dos comunistas. As mercadorias deles acabaram na Argélia, no Líbano e no Congo Belga. Não interessava quem estava lutando contra quem. Eles não tomavam partido, só desejavam o dinheiro. Enquanto o sangue fosse derramado em algum lugar, eles estavam lá para lucrar.

— Qual é a relevância disso para a investigação?

— Eu só quero que você conheça os antecedentes dessa instituição e que tipo de legado ela carrega. O Museu Crispin foi financiado com sangue. Quando se anda pelo prédio, cada moeda de ouro que se vê, cada pedaço de cerâmica, foi pago por uma guerra em algum lugar. É um local asqueroso, Maura, construído por uma família que escondia seu passado, e nós nunca vamos ficar sabendo sobre suas raízes.

— Eu sei aonde você quer chegar com isso. Você vai me dizer que os Crispin têm uma linhagem demoníaca, que descendem dos nefilins — declarou rindo. — Por favor, chega de Manuscritos do Mar Morto.

— Por que você acha que Madame X foi parar naquele museu?

— Aposto que você tem uma resposta.

— Tenho uma teoria. Acho que ela foi uma espécie de tributo. Da mesma forma que a cabeça encolhida. Elas foram doadas por um admirador que entende exatamente o que a família Crispin representa.

— A terceira vítima não foi encontrada no museu. O corpo foi colocado no carro da Dra. Pulcillo.

— Ela trabalha no museu.

— E está aterrorizada agora. As chaves dela foram roubadas, e alguém lhe enviou um presente para lá de horripilante.

— Porque ela era uma intermediária óbvia para o verdadeiro destinatário, Simon Crispin.

— Não, eu acho que a Dra. Pulcillo é o verdadeiro destinatário. Ela é uma mulher extraordinariamente bela e atraiu a atenção de algum assassino. É o que Jane acredita também. — Maura fez uma pausa. — Por que você não conversa com ela sobre isso? Ela é a investigadora. Por que vir até mim?

— A detetive Rizzoli não tem a mente aberta para teorias alternativas.

— Você quer dizer que ela tem os dois pés no chão. — Maura levantou-se. — Eu também.

— Antes de você descartar isso de vez, talvez devesse saber mais uma coisa sobre o acervo Crispin. A parte dele que ninguém nunca viu, mantida em segredo.

— Por quê?

— Porque era tão grotesca, tão desconcertante, que a família não podia permitir que o público soubesse sobre ela.

— Como é que você sabe disso?

— Durante anos, circularam rumores no mercado de antiguidades. Há uns seis anos, Simon Crispin a colocou em leilão particular. Parece que ele é um grande esbanjador e detonou o que tinha sobrado da fortuna da família. Precisava de dinheiro. E precisava também se livrar de alguns itens embaraçosos e possivelmente ilegais. A parte mais inquietante da história é que ele encontrou de fato um comprador, cujo nome permanece desconhecido.

— O que Crispin vendeu?

— Troféus de guerra. Não estou falando de medalhas militares nem de baionetas enferrujadas. Estou falando de chocalhos feitos com dentes humanos provenientes da África, e orelhas cortadas de soldados japoneses. Um colar de dedos e um vaso com mulheres... — Ele calou-se. — Era uma coleção apavorante. A questão é, eu não sou o único que sabia sobre o interesse da família Crispin por suvenires grotescos. Talvez esse assassino arqueólogo também soubesse. E achou que devia contribuir para o acervo.

— Você acha que essas coisas são presentes?

— Sinais de admiração de algum colecionador que doou algumas de suas recordações para o museu. Onde elas têm estado, esquecidas.

— Até agora.

Sansone fez que sim.

— Eu acho que esse doador misterioso resolveu reaparecer. Ele quer que o mundo saiba que ainda está vivo. — Sansone acrescentou, em voz baixa: — Podem aparecer mais desses presentes, Maura.

O telefone da cozinha tocou, quebrando o silêncio. Assustada, ela sentiu o pulso acelerar-se quando levantou da cadeira. Com que facilidade Sansone conseguia abalar sua crença em um mundo lógico. Com que rapidez lançava uma sombra sobre um belo dia de verão. Sua paranoia era contagiosa, e ela sentiu um mau presságio naquele toque de telefone, um aviso de que a chamada traria más notícias.

Contudo, a voz que a saudou do outro lado da linha era familiar e agradável:

— Dra. Isles, é Carter, do laboratório. Eu tenho alguns resultados interessantes de cromatografia gasosa e espectrometria de massa.

— Do quê?

— Daquelas amostras de tecido que a senhora nos mandou na quinta.

— Do corpo no bagageiro? Vocês já fizeram a cromatografia gasosa?

— Ligaram me dizendo para ir até o laboratório acelerar os exames no fim de semana. Eu achei que a senhora tinha mandado.

— Não, não mandei — respondeu, olhando por cima do ombro para Sansone, que a observava tão de perto que Maura se virou constrangida. — Continue — disse ela, ao telefone.

— Eu fiz uma pirólise rápida na amostra de tecido, e encontrei a presença grande de proteínas colágenas e não colágenas, quando as examinamos com a cromatografia gasosa e a espectrografia de massa. Qualquer que seja a idade, o tecido está realmente bem preservado.

— Também pedi um rastreamento dos agentes de curtimento. Você encontrou algum?

— Não há presença de benzenediol. Isso elimina a maioria das substâncias de curtimento. Mas o rastreamento detectou um agente químico chamado 4-isopropilfenol.

— Não faço a menor ideia do que seja isso.

— Eu mesmo tive que pesquisar. Esse agente nada mais é que um produto característico da pirólise do musgo *sphagnum*.

— *Musgo?*

— É. Isso ajuda a senhora?

— Ajuda — disse ela em voz baixa. — Acho que ajuda. *Revela exatamente o que eu precisava saber.*

Ela desligou e ficou olhando para o telefone, pasma com os resultados do laboratório. Isso agora estava além da sua esfera de conhecimentos, de qualquer coisa com que já tivesse lidado antes na sala de necropsia, e ela não desejava prosseguir sem orientação técnica.

— Maura?

Ela voltou-se para Sansone.

— A gente pode discutir isso uma outra hora? Eu preciso fazer umas ligações.

— Posso dar uma sugestão antes de ir embora? Conheço alguém que pode ajudar. É o Dr. Pieter Vandenbrink. Posso passar o contato dele.

— Por que você está me falando dele?

— Você vai encontrar boas referências sobre ele na internet. Dê uma olhada no currículo e vai entender por quê.

15

Os furgões da mídia estavam de volta e, dessa vez, em número ainda maior. Quando um assassino recebe um apelido, torna-se de domínio público, e todas as emissoras de TV queriam uma novidade acerca da investigação sobre o Arqueólogo Assassino.

Jane sentia os olhos onipresentes das câmeras seguindo-a, enquanto ela e Frost caminhavam do estacionamento para o prédio do setor de Medicina Legal. Quando se tornou detetive, sentira um arrepio ao ver-se pela primeira vez no telejornal da noite. A emoção desaparecera havia muito e, atualmente, os repórteres a irritavam. Em vez de posar para as câmeras, caminhava de cabeça baixa e ombros projetados para a frente; no noticiário das 6 da tarde daquele dia, ela provavelmente pareceria um duende corcunda, vestindo um blazer azul.

Foi um alívio entrar no prédio e escapar daquelas lentes invasivas, mas o pior ainda estava por vir. Enquanto ela e Frost seguiam para a sala de necropsias, sentiu a tensão nos músculos, o aperto no estômago em antecipação ao que teriam de encarar sobre a mesa.

Na antessala, Frost estava estranhamente silencioso, enquanto os dois colocavam jalecos e protetores de sapato. Arriscando um olhar pelo vidro da janela, sentiu-se aliviada ao ver o corpo ainda coberto por um lençol, em um breve adiamento do horror. Experimentando um amargo sentimento do dever, ela adentrou a sala de necropsias.

Maura acabara de prender os raios X na caixa de luz do necrotério, e a radiografia da arcada dental de Jane Doe Número Três brilhava contra a claridade. Ela olhou para os dois detetives.

— Então, o que vocês acham disso? — perguntou.

— Parecem dentes muito bons — disse Jane.

Maura concordou.

— Têm duas obturações de amálgama aqui, mais uma coroa de ouro no molar esquerdo inferior. Não vejo cáries, e não há perda óssea alveolar que indique doença periodontal. Finalmente, tem esse detalhe aqui. — Maura bateu com o dedo no raio X. — Ela não tem os dois pré-molares.

— Você acha que foram arrancados?

— Mas não tem nenhum espaço entre os dentes. E as raízes desses incisivos foram reduzidas e limadas.

— E isso quer dizer?

— Que ela fez tratamento ortodôntico. Usou aparelho.

— Estamos falando de uma vítima abastada, então?

— De classe média, no mínimo.

— Ei, eu nunca usei aparelho. — Jane mostrou os dentes, revelando uma fileira inferior irregular. — Estes, doutora, são dentes de classe média — disse apontando para o raio X. — Meu pai não teria como pagar por uma coisa dessas.

— Madame X também tinha bons dentes — disse Frost.

Maura concordou:

— As duas mulheres tiveram o que eu chamaria de infâncias privilegiadas, o bastante para poderem pagar tratamentos dentais e ortodônticos bons.

Ela retirou as radiografias da arcada dentária e pegou outra série, que vibrou enquanto a prendia nos clipes. Os ossos das extremidades inferiores brilharam então no negatoscópio.

— E aqui está o que as duas vítimas tinham a mais em comum.

Espantados, Jane e Frost prenderam a respiração ao mesmo tempo. Eles não precisavam de nenhum radiologista para interpretar o dano mostrado pelos raios X.

— Aconteceu o mesmo na tíbia das duas — disse Maura. — Com algum tipo de instrumento sem fio. Um martelo talvez, ou uma chave em L. Não estamos falando de simples golpes aleatórios na canela das duas. Esses foram brutais e deliberados, com intenção de esmagar o osso. As duas tíbias apresentam fraturas diafisárias transversas, que espalharam fragmentos incrustados no tecido mole. A dor deve ter sido excruciante. Ela certamente não conseguiu andar mais. Imagino o que não deve ter sofrido nos dias seguintes. Deve ter surgido uma infecção, que se propagou da ferida aberta para os tecidos moles. As bactérias provavelmente se infiltraram nos ossos e, por fim, no sangue.

— Você está me dizendo *dias*? — perguntou Jane olhando para Maura.

— Essas fraturas não seriam letais. Não imediatamente.

— Talvez ela tenha sido morta primeiro. Podem ser mutilações *post mortem*.

Por favor, me diz que foram post mortem *e não o que eu estou imaginando.*

— Eu lamento dizer que ela sobreviveu — disse Maura. — Pelo menos, algumas semanas — informou apontando para uma linha irregular, como uma pequena nuvem de fumaça branca em torno do osso fraturado. — Isso é uma formação de calo ósseo. É o osso cicatrizando, e não acontece da noite para o dia, ou em alguns dias. Leva semanas.

Semanas de sofrimento para aquela mulher, quando devia ter parecido muito melhor morrer. Jane pensou em uma série anterior de raios X, que havia visto pendurada naquela mesma caixa de luz. A perna esfacelada de outra mulher, as linhas da fratura borradas por uma neblina de osso cicatrizando.

— Igual a Madame X — disse ela.

Maura concordou.

— Nenhuma dessas vítimas foi morta imediatamente. As duas sofreram lesões incapacitantes nas extremidades inferiores e viveram mais um tempo. O que significa terem recebido comida e água. Alguém as manteve vivas tempo suficiente para os primeiros sinais de cicatrização aparecerem nessas radiografias.

— É o mesmo assassino.

— O padrão é muito parecido. Faz parte da assinatura dele. Primeiro, ele as mutila, talvez para garantir que não fujam. Depois, os dias vão passando, e ele as mantém alimentadas. E vivas.

— Que diabo ele fica fazendo durante esse tempo? Desfrutando a companhia delas?

— Não sei.

Jane olhou para o osso esfacelado e sentiu uma pontada na própria perna, apenas uma sombra da agonia suportada por aquela vítima.

— Sabe de uma coisa — disse ela, em voz baixa —, quando você me ligou naquela noite para falar da Madame X, eu achei que ia ser um caso de homicídio antigo, não solucionado, com o assassino já morto há muito tempo. Mas se foi ele quem pôs esse corpo no carro da Dra. Pulcillo...

— Ele ainda está vivo, Jane. Bem aqui em Boston.

A porta que dava para a antessala abriu-se e um senhor de cabelos grisalhos entrou, amarrando o jaleco cirúrgico.

— Dr. Vandenbrink? — disse Maura. — Eu sou a Dra. Isles. Fico feliz que tenha vindo.

— Espero que ainda não tenha começado.

— Estávamos esperando o senhor.

O homem veio apertar sua mão. Estava na casa dos 60 anos, era cadavericamente magro, mas seu rosto muito bronzeado e os passos rápidos revelavam a esbelteza da saúde, e não um aspecto doentio.

Enquanto Maura fazia as apresentações, o convidado mal olhou para Jane e Frost, tinha a atenção completamente direcionada para a mesa na qual jazia a vítima, sua forma retorcida compassivamente coberta por um lençol. Decerto, eram os mortos, e não os vivos, que o interessavam mais.

— O Dr. Vandenbrink é do Museu Drents, em Assen — disse Maura. — Ele pegou um voo a noite passada na Holanda só para assistir a essa necropsia.

— Essa é ela? — perguntou ele, com o olhar ainda fixo no corpo encoberto. — Vamos dar uma olhada, então.

Maura entregou a Vandenbrink luvas de látex, e cada um colocou o seu par. Maura pegou no lençol, e Jane retesou-se para suportar a visão, enquanto o cadáver era descoberto.

Nu sobre o aço inoxidável, exposto por luzes brilhantes, o corpo contorcido parecia um galho calcinado e torto. No entanto, aquele rosto iria perseguir Jane para sempre, os traços brilhosos como carbono negro, congelados em um grito mortal.

Longe de ficar horrorizado, o Dr. Vandenbrink inclinou-se mais para perto com um olhar de fascínio.

— Ela é linda — murmurou ele. — Sim, eu estou feliz de você ter me chamado. Isso valeu com certeza a viagem.

— Acha isso lindo?

— Eu me refiro ao estado de preservação — disse ele. — No momento, é quase perfeito. Mas eu receio que a carne comece a apodrecer agora que está exposta ao ar. Esse é o exemplo moderno mais impressionante que eu já encontrei. É raro achar um espécime humano recente que tenha passado por esse processo.

— Então o senhor sabe como ela ficou assim?

— Claro. Se parece muito com as outras.

— Outras?

Ele olhou para Jane com olhos tão encovados que ela teve a impressão perturbadora de que um crânio a observava.

— Você já ouviu falar da Menina de Yde, detetive?

— Não. Quem é ela?

— Yde é um lugar. Um vilarejo no norte da Holanda. Em 1897, dois homens estavam cortando turfa, uma coisa que tradicionalmente se secava e queimava como combustível. E no pântano, eles encontraram algo que os aterrorizou. Era uma mulher de cabelos louros e compridos, que tinha claramente sido estrangulada. Uma faixa longa de tecido ainda dava três voltas em torno do pescoço dela. A princípio, as pessoas de Yde não entenderam com o que estavam lidando. Ela era tão pequena e encolhida que eles pensaram que fosse uma velha. Ou talvez um demônio. Com o tempo, depois que os cientistas vieram examiná-la, foi possível saber mais sobre o cadáver. E eles descobriram que ela não era velha quando morreu, e sim uma garota de uns 16 anos, que sofria de um desvio na coluna e foi assassinada. Ela foi esfaqueada abaixo da clavícula, e amarraram uma faixa no pescoço para estrangulá-la. Depois, foi colocada no pântano com a parte frontal do corpo virada para baixo, onde ficou por séculos. Até esses dois cortadores de turfa a encontrarem, revelando-a para o mundo.

— Séculos?

Vandenbrink confirmou:

— A datação por carbono 14 nos diz que ela tem 2 mil anos. Quando Jesus andou por esse mundo, a pobre garota devia estar morta.

— Mesmo depois de dois séculos, ainda dá para saber como ela morreu? — perguntou Frost.

— Ela estava muito bem preservada, desde os cabelos até o pano em volta do pescoço. Houve danos, mas infligidos muito mais recentemente, quando ela foi dragada com a turfa. Mas a maior parte do corpo ficou intacto para se fazer um retrato de quem ela foi. E como deve ter sofrido. Esse é o milagre dos pântanos, detetive. Eles nos fornecem uma janela para o passado. Centenas desses corpos já foram encontrados na Holanda, Dinamarca, Irlanda e Inglaterra. Cada um deles é um viajante no tempo, uma espécie de embaixador infeliz, que nos é enviado por pessoas que não deixaram registros escritos. Exceto pelas crueldades que imprimiram em suas vítimas.

— Mas essa mulher — disse Jane apontando com a cabeça para o corpo sobre a mesa. — Ela não tem 2 mil anos, obviamente.

— No entanto, o estado de preservação dela é primoroso. Olha, você ainda consegue ver as linhas na sola do pé e nos dedos. E vê como a pele dela é escura, como se fosse couro? Mas as feições nos dizem claramente que ela é caucasiana — explicou olhando para Maura. — Eu concordo plenamente com a sua opinião, Dra. Isles.

— Você está nos dizendo então que esse corpo foi preservado da mesma forma que essa garota na Holanda? — perguntou Frost.

Vandenbrink fez que sim:

— O que nós temos aqui é um moderno corpo de pântano.

— Foi por isso que eu chamei o Dr. Vandenbrink — disse Maura. — Ele estuda corpos de pântano há décadas.

— Ao contrário das técnicas egípcias de mumificação — disse Vandenbrink —, não existem registros escritos de como se fazer um corpo de pântano. É um processo completamente natural e acidental, que não entendemos totalmente.

— Como o assassino soube fazer, então? — perguntou Jane.

— Na comunidade dos corpos de pântano, tem havido um bocado de discussão sobre esse tópico.

— Vocês têm uma comunidade? — comentou Jane surpresa, achando graça.

— Claro. Fazemos nossas reuniões, nossos coquetéis. Uma grande parte do que discutimos é pura especulação, mas temos alguns princípios científicos para apoiar essas teorias. Sabemos, por exemplo, que existem várias características nos pântanos que contribuem para a preservação dos cadáveres. Eles são muito ácidos, quase não têm oxigênio e contêm grandes camadas de musgo *sphagnum*. Esses fatores ajudam a impedir a decomposição e a preservar os tecidos moles. Eles escurecem a pele, deixando essa cor que vocês estão vendo aqui. Quando mergulhados por séculos, os ossos desses corpos acabam se dissolvendo, deixando só a carne preservada, como um couro flexível.

— É o musgo que faz isso? — perguntou Frost.

— Ele é uma parte vital do processo. Acontece uma reação química entre as bactérias e os polissacarídeos encontrados no musgo *sphagnum*, que se liga às células bacterianas, e elas não conseguem degradar a matéria orgânica. Se as bactérias ficam presas, contidas, a decomposição é evitada. Todo esse processo ocorre numa sopa ácida que contém musgo morto, taninos e holocelulose. Em outras palavras, água de pântano.

— E é só isso? Só colocar o corpo no pântano e está feito?

— É preciso um pouquinho mais que isso. Já se fizeram experiências usando-se corpos de leitões na Irlanda e no Reino Unido. Eles foram enterrados em vários pântanos de turfa e depois exumados, meses depois, para estudo. Como os porcos são bioquimicamente semelhantes a nós, pode se supor que os resultados seriam os mesmos com humanos.

— E eles viraram porcos de pântano?

— Quando as condições eram ideais. Primeiro, tinham que ficar completamente submersos ou entravam em decomposição. Segundo, tinham que ser colocados no pântano imediatamente após a morte. Se o cadáver ficasse exposto, por algumas horas que fosse, antes de ser submerso, a decomposição ocorria.

Frost e Jane entreolharam-se.

— Então, o nosso assassino não podia perder tempo depois de tê-la matado — disse Jane.

Vandenbrink concordou.

— Ela teve que ser submergida logo depois da morte. No caso dos corpos encontrados na Europa, as vítimas deviam ser levadas até o pântano ainda vivas. E só depois, na beira da água, eram mortas.

Jane virou-se e olhou para as tíbias brutalmente esfaceladas nas radiografias.

— Essa vítima não podia ir a lugar nenhum com as duas pernas quebradas. Deve ter sido carregada. Se você fosse o assassino, não ia querer fazer isso à noite, andando em um pântano.

— Então ele fez isso em plena luz do dia? — perguntou Frost.

— Puxou-a do carro e arrastou-a até a água? Ele deve ter escolhido o local bem antes. Um lugar onde soubesse que não seria visto, e perto o bastante de uma estrada para não carregá-la durante uma grande distância.

— Existem outras condições também necessárias — disse Vandenbrink.

— Que condições? — perguntou Jane.

— A água tem que ser profunda e fria o suficiente. A temperatura interfere. E num lugar suficientemente remoto para o corpo não ser encontrado até ele estar pronto para ser retirado.

— É uma lista longa de condições — disse Jane. — Não seria mais fácil encher uma banheira com água e turfa?

— Como você vai ter certeza de que reproduziu adequadamente as condições? Um pântano é um ecossistema complexo, que ainda não compreendemos bem; uma sopa química de matéria orgânica, que cozinha durante séculos. Mesmo que se conseguisse fazer essa sopa numa banheira, seria preciso primeiro gelá-la até 4 graus Celsius e deixar lá pelo menos algumas semanas. Depois, o corpo teria que ficar submerso meses, talvez anos. Como escondê-lo por tanto tempo? Haveria odores, vizinhos desconfiados — disse, balançando a cabeça. — O lugar ideal ainda é um pântano *de verdade*.

Todavia, as pernas quebradas ainda permaneciam um problema. A vítima viva ou morta ainda precisaria ser carregada ou arrastada até a beira da água, ao longo de um terreno provavelmente enlameado.

— Que tamanho você acha que ela tinha? — perguntou Jane.

— Com base nas tabelas do sistema esquelético — disse Maura —, eu estimo a altura dela em 1,70m. E vocês podem ver que ela é relativamente magra.

— Uns 45 ou 50 quilos.

— Aproximadamente.

Entretanto, mesmo uma mulher magra cansaria um homem depois de uma distância curta. E se já estivesse morta, o tempo seria da maior importância. Um atraso que fosse, e o corpo iniciaria seu inevitável processo de decomposição. Se ainda estivesse viva, haveria outras dificuldades para superar. Uma vítima debatendo-se e gritando. A chance de ser ouvido ao arrastá-la do carro. *Onde você encontrou esse local perfeito para matar?*

O interfone tocou, e a secretária de Maura disse pelo alto-falante:

— Dra. Isles, tem uma chamada na linha um. É um tal de Scott Thurlow, do Centro Nacional de Informação Criminal.

— Eu vou atender — disse Maura tirando as luvas enquanto se dirigia ao telefone. — Aqui é a Dra. Isles. — Ela fez uma pausa, escutando, depois se empertigou de repente e lançou um olhar para Jane, que pensou, *É alguma coisa importante.* — Obrigada por me avisar. Vou dar uma olhada nisso agora. Espere um momento.

Ela foi até o computador do laboratório.

— O que é? — perguntou Jane.

Maura abriu um e-mail e clicou no anexo. Uma série de radiografias dentais apareceu na tela. Ao contrário das panorâmicas do necrotério, que mostravam todos os dentes juntos, esses eram raios X individuais de algum consultório odontológico.

— Sim, estou olhando para eles agora — disse Maura, ainda ao telefone. — Estou vendo um amálgama oclusal no número trinta. É absolutamente compatível.

— Compatível com o quê? — perguntou Jane.

Maura levantou a mão, pedindo silêncio, toda a atenção concentrada na conversa telefônica.

— Estou abrindo o segundo anexo — disse ela.

Outra imagem tomou conta da tela. Era uma jovem de cabelos negros e longos, os olhos apertados contra a luz do sol. Vestia uma camisa de algodão sobre uma camiseta preta sem manga. O rosto muito bronzeado, sem maquiagem, sugeria uma mulher que passava a vida ao ar livre, que gostava de ar puro e roupas práticas.

— Vou olhar esses arquivos — disse Maura. — Eu torno a ligar — disse, desligando o telefone.

— Quem é essa mulher? — perguntou Jane.

— O nome dela é Lorraine Edgerton. Foi vista pela última vez perto de Gallup, no Novo México, há 25 anos.

Jane franziu o cenho para o rosto sorridente que olhava para ela na tela do computador.

— E eu deveria lembrar esse nome?

— Você vai lembrar daqui em diante. Você está olhando para o rosto de Madame X.

16

O psicólogo forense Dr. Lawrence Zucker tinha um olhar tão penetrante que Jane geralmente evitava sentar-se em frente a ele, mas chegara atrasada à reunião e havia sido forçada a pegar o último assento vago, bem diante dele. Ele examinava com calma as fotos espalhadas sobre a mesa. Eram imagens da jovem e vibrante Lorraine Edgerton. Em algumas, ela vestia short e camiseta; em outras, jeans e botas de caminhadas. O bronzeado comprovava claramente o gosto pela vida ao ar livre. Depois, ele concentrou-se no que ela era agora: dura e seca como um feixe de lenha; o rosto, uma máscara de couro, esticada sobre os ossos. Ao levantar a cabeça, seus olhos claros e estranhos pousaram em Jane, e ela teve a sensação incômoda de que ele enxergava os recantos mais obscuros do cérebro dela, lugares que ninguém tinha permissão de ver. Dos quatro outros detetives na sala, ela era a única mulher; talvez fosse essa a razão de Zucker concentrar-se nela. Jane recusou-se a ficar intimidada e o encarou de volta.

— Há quanto tempo você disse que a senhora Edgerton desapareceu?

— Há 25 anos — disse Jane.

— E esse período de tempo tem relação com a condição atual do corpo?

— Nós sabemos que essa é Lorraine Edgerton, com base na arcada dentária.

— E sabemos também que não leva um século para mumificar um corpo — acrescentou Frost.

— Sim, mas ela poderia ter sido morta em menos tempo do que 25 anos? — perguntou Zucker. — Vocês disseram que foi mantida viva por tempo suficiente para o ferimento à bala começar a cicatrizar. E se tiver sido mantida presa por muito mais tempo? É possível transformar um corpo em múmia em, digamos, cinco anos?

— Você acha que esse assassino pode tê-la mantido em cativeiro por *décadas*?

— Só estou especulando, detetive Frost. Tentando entender o que o nosso criminoso desconhecido ganha com isso. O que o leva a executar esses rituais *post mortem* grotescos. Com cada uma das três vítimas, ele enfrentou um bocado de problemas para que não se decompusessem.

— Ele queria que elas durassem — disse o tenente Marquette, chefe da Unidade de Homicídios. — Queria mantê-las.

— Uma companhia eterna. — concordou Zucker. — É uma interpretação. Não queria deixá-las escapar e as transformar em relíquias que vão durar para sempre.

— Então por que matar todas? — perguntou o detetive Crowe. — Por que não mantê-las só como prisioneiras? Sabemos que ele deixou duas delas vivas tempo bastante para que suas fraturas começassem a cicatrizar.

— Talvez elas tenham morrido de causas naturais, decorrentes dos ferimentos. Pelo que eu li nos relatórios da necropsia, não há respostas definitivas quanto à causa da morte.

— A Dra. Isles não conseguiu determinar isso, mas nós sabemos que a Mulher do Pântano .... — Jane fez uma pausa.

Mulher do Pântano era o apelido da nova vítima, mas nenhum detetive diria isso em público. Ninguém queria vê-lo estampado nos jornais.

— Sabemos que a vítima encontrada no bagageiro sofreu fraturas nas duas pernas, e elas podem ter infeccionado. Isso causaria a morte — concluiu Jane.

— E a preservação seria a única forma de mantê-la por perto — disse Marquette. — De forma permanente.

Zucker olhou para baixo, mais uma vez, observando a foto.

— Fale mais sobre essa vítima, Lorraine Edgerton.

— É o que sabemos sobre ela até agora — disse Jane, empurrando uma pasta na direção do psicólogo. Era uma estudante de pós-graduação, e trabalhava no Novo México quando desapareceu.

— O que ela estudava?

— Arqueologia.

A sobrancelha de Zucker arqueou-se.

— Tem uma conexão aqui?

— É difícil não perceber. Naquele verão, Lorraine estava trabalhando com um grupo de alunos numa escavação arqueológica em Chaco Canyon. No dia em que desapareceu, ela disse aos colegas que iria até a cidade. Foi de motocicleta, no final da tarde, e nunca mais voltou. Semanas depois, a moto foi encontrada a quilômetros de distância, perto de uma reserva Navajo. Pelo que eu sei da região, a população é muito pequena. O local é formado na maior parte por desertos vazios e estradas empoeiradas.

— Então não há testemunhas.

— Nenhuma. Faz 25 anos e o detetive que investigou o desaparecimento dela morreu. Tudo que temos é o relatório dele. E é por isso que Frost e eu estamos pegando um avião até o Novo México, para conversar com o arqueólogo responsável pela escavação. Ele foi um dos últimos a vê-la com vida.

— Ela parecia ser uma moça atlética — observou Zucker olhando as fotos.

— E era. Gostava de fazer trilha, acampar. Uma mulher que passava grande parte do tempo com uma pá. Não era o tipo de garota que se entregaria sem uma luta.

— Mas tomou um tiro na panturrilha.

— Que pode ter sido a única forma desse assassino controlar suas vítimas. A única forma de derrubar Lorraine Edgerton.

— As duas pernas da Mulher do Pântano estavam quebradas — observou Frost.

— O que certamente prova que o mesmo indivíduo matou as duas mulheres — concordou Zucker. — E a vítima do pântano? A que foi encontrada no bagageiro.

— Ainda não temos a identidade — disse Jane empurrando na direção do psicólogo a pasta da Mulher do Pântano. — Então não sabemos se está ligada de alguma forma a Lorraine Edgerton. O Departamento Nacional de Informação Criminal está pesquisando sobre ela em sua base de dados, e esperamos que alguém, em algum lugar, tenha dado queixa do seu desaparecimento.

Zucker examinou o relatório da necropsia:

— Mulher adulta, entre 18 e 35 anos. Excelente dentição, trabalho ortodôntico — comentou, levantando os olhos. — Eu ficaria surpreso se o desaparecimento não fosse informado. O método de preservação deve dizer em que parte do país ela foi morta. Quantos estados têm pântanos de turfa?

— Na verdade — disse Frost —, muitos. Então isso não reduz muito as possibilidades.

— Preparem-se — advertiu Jane com uma risada. — O detetive Frost é agora a autoridade oficial em pântanos do Departamento de Polícia.

— Eu falei com a Dra. Judith Welsh, bióloga da Universidade de Massachusetts — disse Frost pegando um bloco de anotações e abrindo na página em questão: — Vejam o que ela me disse. Podem se encontrar terrenos pantanosos com musgo *sphagnum* na Nova Inglaterra, no Canadá, nos Grandes Lagos e no Alasca. Em qualquer lugar de clima temperado e úmido. Têm pântanos de turfa até na Flórida — acrescentou erguendo os olhos. — Já acharam até corpos de pântano não muito distante da Disney.

— Sério? — perguntou o detetive Crowe rindo.

— Mais de cem, e eles têm provavelmente 8 mil anos de idade. O nome dessa área de sepultamento é Windover. Mas os cadáveres não estavam preservados. São só esqueletos, na verdade, nada que se pareça com a nossa Mulher do Pântano. É quente lá, e eles se decompuseram, mesmo estando submersos na turfa.

— Isso quer dizer que podemos eliminar os pântanos do sul? — perguntou Zucker.

— Nossa vítima está muito bem preservada — concordou Frost. — Na hora da imersão, a água tinha que estar fria, 4 graus Celsius ou menos. Seria a única forma de ela sair de lá com essa aparência tão boa.

— Estamos falando então dos estados do norte. Ou do Canadá.

— O Canadá apresentaria um problema para o nosso assassino — observou Jane. — Passar pela fronteira com um cadáver.

— Acho que a gente pode eliminar o Alasca também — disse Frost. — Tem fronteira para cruzar do mesmo jeito. Sem falar da longa viagem de carro.

— Sobra ainda um bocado de territórios — falou Zucker. — Muitos estados com pântanos, onde ele pode ter mantido o corpo dela.

— Na verdade — disse Frost —, podemos eliminar todos os pântanos que não são ombrófilos.

Todos na sala olharam para ele.

— O quê? — rebateu o detetive Tripp.

— Os pântanos são muito legais — disse Frost, apresentando com entusiasmo o assunto. — Quanto mais descubro coisas sobre eles, mais interessantes se tornam. Tudo começa com matéria vegetal mergulhada em água estagnada. Ela é tão fria e pobre em oxigênio que o musgo fica lá sem se decompor, acumulando-se a cada ano até atingir no mínimo meio metro. Se a água é estagnada, então o pântano é ombrófilo.

Crowe olhou para Tripp e disse com secura:

— Pouco conhecimento é uma coisa perigosa.

— Isso tem alguma importância? — perguntou Tripp.

— Tem. E se vocês ouvirem, talvez aprendam alguma coisa — reclamou Frost irritado.

Jane olhou surpresa para o parceiro. Frost raramente mostrava irritação, e ela não esperava que se zangasse por causa do musgo *sphagnum*.

— Continue, por favor, detetive Frost — disse Zucker. — Eu gostaria de saber exatamente o que torna um pântano ombrófilo.

Frost respirou fundo e endireitou-se na cadeira.

— Isso tem a ver com a origem da água. *Ombrófilo* quer dizer que não recebe água de nenhum riacho ou corrente subterrânea. Isso significa que não há entrada de oxigênio ou nutrientes. Ele é totalmente abastecido pela chuva e fica estagnado, e isso o torna extremamente ácido. Todas as características que o transformam em um verdadeiro pântano.

— Não é qualquer lugar alagado que serve, então?

— Não. Tem que ser alimentado só pela água da chuva. Se não, recebe o nome de brejo ou charco.

— E qual é a importância disso?

— Só os pântanos de verdade têm as condições necessárias para preservar um corpo. Estamos falando de um tipo específico de terreno alagado.

— E isso limita onde esse corpo possa ter sido preservado?

Frost confirmou:

— O nordeste tem milhares de hectares de terrenos alagados, mas só uma fração muito pequena deles é formada por pântanos de verdade. Eles são encontrados nos Adirondacks, em Vermont, e no norte e na costa do Maine.

O detetive Tripp balançou a cabeça.

— Eu fui caçar uma vez no norte do Maine. Lá só tem árvores e veados. Se o nosso garoto tem um esconderijozinho por lá, boa sorte para quem quiser encontrar.

— A bióloga, Dra. Welsh, pode eliminar uma série de locais se tiver mais informações — informou Frost. — Então, enviamos a ela pedacinhos de plantas que a Dra. Isles retirou dos cabelos da vítima.

— Tudo isso ajuda — disse Zucker. — Fornece mais um dado sobre o perfil geográfico do nosso assassino. Vocês conhecem o ditado usado entre os analistas de perfil de criminosos: *Você vai aonde conhece, e conhece aonde vai.* As pessoas tendem a se manter naquelas áreas onde se sentem confortáveis, lugares que são familiares. Talvez o nosso criminoso tenha ido para algum acampamento de verão nos Adirondacks. Ou talvez seja caçador como você, detetive Tripp, e conheça as estradas secundárias, os acampamentos ocultos do Maine. O que ele fez com a vítima do pântano requer planejamento antecipado. Como ele se familiarizou com a área? Será que tem uma casa por lá? Será que o local é acessível na época certa do ano, enquanto a água está fria, mas não congelou ainda, de maneira que ela pudesse ser depositada no pântano rapidamente?

— Tem uma outra coisa que a gente sabe sobre ele — disse Jane.

— O quê?

— Ele sabia *exatamente* como preservá-la, as condições ideais, a temperatura certa da água. Esse é um conhecimento especializado, não é o tipo de informação que qualquer um tem.

— A não ser que você seja arqueólogo — disse Zucker.

— Voltamos à mesma conexão, não é?

Zucker recostou-se na parte de trás da cadeira, apertando os olhos enquanto pensava.

— Um assassino familiarizado com antigas práticas funerárias cuja vítima no Novo México era uma moça que trabalhava numa escavação. Agora ele parece obcecado por outra moça, que trabalha num museu. Como ele encontra essas mulheres? Como as conhece? — perguntou fitando Jane. — Você tem uma lista dos amigos e colegas da Dra. Pulcillo?

— É uma lista bem pequena. Os funcionários do museu e os vizinhos do prédio onde ela mora.

— Nenhum amigo do sexo masculino? Você disse que ela é uma moça muito atraente.

— Ela diz que não tem namorado desde que se mudou para Boston há cinco meses. — Jane fez uma pausa. — Na verdade, ela é uma mulher estranha.

— Como assim?

Jane hesitou e olhou para Frost, determinado a evitar o olhar dela:

— Tem alguma coisa... De errado com ela. Não sei explicar.

— Você teve a mesma impressão, detetive Frost?

— Não — disse Frost, com os lábios comprimidos. — Eu acho que Josephine está assustada, só isso.

Zucker olhou para cada um dos parceiros e levantou as sobrancelhas.

— Uma diferença de opinião.

— Rizzoli está botando chifre em cabeça de porco — disse Frost.

— Eu detecto sinais muito estranhos nela, só isso. Como se tivesse mais medo de nós do que do assassino — declarou Jane.

— Medo de você, talvez — retrucou Frost.

— Quem não tem? — comentou o detetive Crowe rindo.

Zucker ficou em silêncio por um instante e Jane não gostou do modo como ele olhava para ela e para Frost, como se sondando o nível de desentendimento entre a dupla.

— É uma mulher solitária, é tudo que eu quero dizer — revelou Jane. — Ela vai do trabalho para casa. Sua vida toda parece estar dentro daquele museu.

— E os colegas?

— O curador é um cara chamado Nicholas Robinson. Quarenta anos, solteiro, sem ficha criminal.

— Solteiro?

— Sim, também fiquei de orelha em pé, mas não vejo nada demais. Além disso, foi ele quem encontrou Madame X no porão. Os outros funcionários são voluntários, com idade média de 100 anos. Não dá para imaginar um daqueles fósseis arrastando um corpo para fora de um pântano.

— Então você está sem um suspeito plausível.

— E três vítimas que provavelmente nem sequer foram mortas no estado de Massachusetts, muito menos na nossa jurisdição — disse Crowe.

— Bom, agora elas estão todas na nossa jurisdição — observou Frost. — Inspecionamos todos os caixotes no porão do museu e não encontramos mais nenhuma vítima. Mas nunca se sabe, pode haver espaços ocultos atrás de outras paredes — disse abaixando a cabeça para ver o celular, que tocava, e levantou-se rápido. — Com licença, preciso atender essa ligação.

Quando Frost saiu da sala, o olhar de Zucker voltou-se para Jane.

— Eu fiquei curioso com uma coisa que você disse há pouco sobre a Dra. Pulcillo.

— O quê?

— Você a descreveu como uma mulher estranha, mas o detetive Frost não achou nada disso.

— É, temos uma diferença de opinião.

— Muito significativa?

Será que deveria contar a ele o que realmente achava? Que a capacidade de julgamento de Frost estava um pouco prejudicada, porque a mulher viajou, ele sentia-se só e Josephine Pulcillo possuía enormes olhos castanhos?

— Existe alguma coisa que provoque a sua reação contra ela?

— O quê? — riu Jane, como se não estivesse acreditando. — Você acha que *sou eu* quem...

— Por que ela deixa você preocupada?

— Na verdade, não deixa. É só um excesso de cautela que vejo nela. Como se tentasse sempre manter uma distância.

— De você? Ou do assassino? Pelo que eu vejo, a moça tem todo direito de estar com medo. Deixaram um corpo no carro dela. Parece quase um presente do assassino... Uma oferenda, se você preferir. Para a próxima companheira.

Próxima companheira. A frase fez com que os pelos nos braços de Jane se eriçassem.

— Imagino que ela esteja em um local seguro? — disse Zucker.

Quando ninguém lhe respondeu de imediato, ele olhou em torno da mesa.

— Tenho certeza de que nós todos concordamos que ela corre perigo. Onde ela está?

— Esse é um assunto que estamos tentando esclarecer exatamente agora — admitiu Jane.

— Vocês não sabem onde ela está?

— Ela disse que ia ficar com uma tia chamada Connie Pulcillo, em Vermont, mas não encontramos registro do nome. Deixamos mensagens no celular de Josephine, mas ela não respondeu.

Zucker balançou a cabeça.

— Essas notícias não são boas. Vocês verificaram a casa dela aqui em Boston?

— Ela não está lá. Um vizinho do prédio a viu saindo na sexta-feira de manhã com duas malas.

— Mesmo que tenha deixado Boston, pode não estar segura — disse Zucker. — Esse criminoso age com tranquilidade em diferentes estados. Ele parece não ter limites geográficos. Pode tê-la seguido.

— Isso se ele souber onde ela está. Nem nós conseguimos encontrá-la.

— Mas ela é o único foco dele. E já deve ser há algum tempo. Se ele a estiver espreitando, seguindo, pode saber exatamente onde ela está — declarou Zucker recostando-se de novo, claramente perturbado. — Por que ela não atendeu o telefone? Será que é porque não pode?

Antes que Jane pudesse responder, a porta abriu-se e Frost entrou novamente na sala. Ela olhou para o rosto dele e soube de imediato que havia algo de errado.

— O que foi?

— Josephine Pulcillo morreu — disse ele.

Aquele anúncio a seco disparou um raio pela sala, com a força da voltagem de uma arma paralisante.

— *Morreu?* — Jane deu um pulo da cadeira. — Como? O que foi que aconteceu?

— Num acidente de carro, mas...

— Então não foi o assassino.

— Não, certamente não foi o nosso homem — disse Frost.

Jane sentiu uma ponta de raiva na voz dele, e também nos lábios comprimidos, nos olhos apertados.

— Ela morreu em San Diego — disse Frost. — Há 24 anos.

17

Eles já dirigiam há meia hora quando Jane tocou por fim no assunto doloroso, evitado durante todo o voo de Boston para Albuquerque.

— Você tinha uma queda por ela, não é? — perguntou a detetive.

Frost não olhou para ela, permaneceu concentrado na direção, os olhos na estrada, onde o asfalto tremulava, quente como uma frigideira, ao sol do Novo México. Durante aquele tempo todo de parceria, ela nunca havia sentido uma barreira assim entre eles, tão impenetrável que não fazia ideia de como ultrapassá-la. Aquele não era o bem-humorado Barry Frost que conhecia; era seu gêmeo mau e, a qualquer minuto, poderia começar a falar em línguas estranhas, e a cabeça faria um giro demoníaco de 360 graus.

— A gente tem que falar sobre isso, você sabe — insistiu ela.

— Dá um tempo, é possível?

— Você não pode ficar se torturando por causa disso. Ela *é* uma garota bonita, e você se encantou por ela. Podia acontecer com qualquer cara.

— Não *comigo* — desabafou e a olhou por fim, com tanta raiva que a silenciou. — Eu não consigo acreditar que não previ isso — disse ele, e concentrou-se de novo na estrada.

Um pouco depois, os únicos ruídos eram o do ar-condicionado e o som do carro rompendo o ar quente.

Ela nunca tinha viajado para o Novo México antes, ou sequer visto o deserto. Porém, mal notava a paisagem que se descortinava pela janela; o que lhe importava agora era eliminar a desavença entre eles, e a única forma de fazê-lo era conversar sobre o assunto, quisesse Frost ou não.

— Você não é o único a ficar surpreso — disse Jane. — O Dr. Robinson não fazia ideia. Você tinha que ver a cara dele quando eu contei que ela é uma fraude. Se mentiu sobre uma coisa tão básica quanto o próprio nome, que outras mentiras não terá contado? Ela enganou um monte de gente, inclusive os professores da universidade.

— Mas não você, que percebeu tudo.

— Eu senti algo estranho nela, só isso.

— Instinto de policial.

— É, imagino.

— Mas o que aconteceu *comigo* então?

Jane deu uma gargalhada.

— Um instinto diferente estava em ação. Ela é bonita, estava com medo e pronto! O garoto escoteiro quis salvá-la.

— Seja ela quem for.

Eles ainda não tinham a resposta; tudo que sabiam era que não se tratava da verdadeira Josephine Pulcillo, morta 24 anos antes, quando tinha apenas 2 anos. Contudo, essa garota conseguiu se formar e fazer pós-graduação, abrir conta em banco, tirar carteira de motorista e conseguir um emprego em um obscuro museu de Boston. A criança fora ressuscitada como uma mulher diferente, cujas origens verdadeiras permaneciam um mistério.

— Eu não acredito que fui tão idiota — disse ele.

— Quer um conselho?

— Não em especial.

— Ligue para Alice. Diga a ela que volte para casa. Isso foi parte do problema, você sabe. Sua mulher viajou e você ficou só, vulnerável. Uma garota bonita entra em cena e, de repente, você começa a pensar com um cérebro diferente.

— Não dá para simplesmente mandá-la voltar para casa.

— Ela é sua mulher, não é?

Ele bufou.

— Eu gostaria de ver Gabriel tentando dizer para você o que fazer. Não ia ser nada bom.

— Eu posso ser ponderada, e Alice também. Ela está visitando os pais há tempo demais, e você está precisando dela. Dá um telefonema.

— Não é tão simples assim — suspirou Frost.

— Você está querendo dizer o quê?

— Alice e eu... Bom, a gente vem tendo problemas. Desde que ela começou a cursar a faculdade de direito, não consigo mais conversar com ela. É como seu eu não tivesse nada para dizer que valesse a pena. Ela passa o dia inteiro com aqueles professores convencidos, e quando chega em casa, sobre o que vamos falar?

— Sobre o que você fez no trabalho, por exemplo.

— É, eu conto sobre a última prisão que fizemos e ela me pergunta se houve brutalidade policial.

— Ih, cara. Ela passou para o lado negro da força?

— Ela acha que nós somos o lado negro — disse olhando para Jane. — Você tem sorte, sabia? Gabriel é um dos nossos. Entende o que a gente faz.

Sim, ela tinha sorte; era casada com um homem que compreendia os desafios da aplicação da lei. No entanto, sabia com que rapidez até os melhores casamentos podiam ir por água abaixo. No último Natal, vira a união dos pais se acabar durante a ceia; a família se desmantelar por causa de uma vagabunda loura. E ela soube que Barry Frost estava então à beira do desastre matrimonial.

— O churrasco anual dos vizinhos da minha mãe está quase chegando. Vince Korsak vai estar lá e vai ser uma espécie de reunião da equipe. Por que você não aparece? — propôs Jane.

— É um convite de compaixão?

— Não, eu estava mesmo planejando te chamar. Já convidei outras vezes, mas você nunca aceitou.

— Era por causa da Alice — confessou suspirando.

— O quê?

— Ela detesta festa de policiais.

— Você vai às festas da faculdade de direito?

— Vou.

— Então, qual é o problema?

Frost deu de ombros.

— Era só para deixá-la feliz.

— Eu detesto o que eu vou dizer.

— Então não diga, OK?

— Alice é meio megera, não é?

— Meu Deus! Por que você tinha que dizer isso?

— Sinto muito, mas ela é.

Ele balançou a cabeça.

— Tem alguém que esteja do meu lado?

— Eu *estou* do seu lado. Eu cuido de você. Foi por isso que te disse para ficar a quilômetros de distância dessa Josephine. Estou muito feliz por você ter finalmente entendido por que eu falei isso.

As mãos dele apertaram o volante com mais força.

— Eu queria saber quem ela realmente é. E o que está escondendo.

— Vamos saber o resultado das digitais dela amanhã.

— Talvez ela esteja fugindo de um ex-marido. Pode ser só isso.

— Se estivesse fugindo de algum maluco, nos contaria, você não acha? Nós somos os mocinhos. Por que ela ia fugir da polícia se não fosse culpada de nada?

Ele olhava para a estrada. A saída para Chaco Canyon estava ainda a uns 50 quilômetros de distância.

— Mal posso esperar para saber — disse ele.

Após dez minutos de pé no calor do Novo México, Jane jurou que nunca mais se queixaria do verão em Boston. Segundos depois de ela e Frost terem saído do carro alugado, com ar-condicionado, o suor começou a descer pelo seu rosto, e a areia parecia quente o bastante para tostar a sola de seu sapato de couro. A claridade do sol do deserto era tal que ela tinha que apertar os olhos, mesmo usando os óculos escuros novos, que comprara em um posto de gasolina no caminho. Frost também se armara com um par semelhante e, de terno e gravata, poderia passar por um agente do serviço secreto ou até por um dos agentes dos Homens de Preto, não fosse pelo alarmante tom avermelhado de seu rosto. Parecia que, a qualquer momento, ele cairia duro, vitimado por um infarto.

Como é que esse velho consegue?

Alan Quigley, professor emérito, tinha 78 anos e, no entanto, encontrava-se agachado no fundo de uma vala, pacientemente cavando o solo pedregoso com sua espátula. O chapéu de explorador, surrado e sujo, parecia tão velho quanto ele. Embora estivesse trabalhando sob a sombra de uma lona, aquele calor teria derrubado um homem muito mais jovem. Na verdade, os estudantes universitários de sua equipe já haviam encerrado o trabalho da tarde e cochilavam em uma sombra próxima, enquanto o professor, muito mais velho, continuava escavando a pedra e recolhendo a terra que se soltava em um balde.

— A gente entra em um ritmo — disse Quigley. — Eu chamo de o zen da escavação. Esses garotos vão com tudo, toda essa energia nervosa. Eles acham que é uma caça ao tesouro e tem pressa de encontrar o ouro antes dos outros. Ou antes do semestre terminar, conforme o caso. Eles se esgotam ou, se só encontram terra e pedra, perdem o interesse. A maioria é assim. Mas os que são sérios, os poucos que não desistem, entendem que uma vida humana é um piscar de olhos. Em uma única temporada, não dá para cavar o que levou séculos para se acumular.

Frost tirou os óculos escuros e enxugou o suor da testa.

— Então, ah, o que o senhor está cavando aí embaixo, professor?

— Lixo.

— Hein?

— Isso se chama muladar. É uma área onde se descartava o lixo. Procuramos cerâmicas quebradas, ossos de animais. É possível aprender muito sobre uma comunidade, examinando o que jogavam fora. E essa comunidade aqui era muito interessante. — Quigley ficou de pé, gemendo por causa do esforço, e passou a manga da camisa pela testa marcada pelo sol. — Esses joelhos velhos já estão na hora de ser substituídos. É o que estraga primeiro nessa profissão, o maldito joelho — reclamou subindo a escada e saindo do buraco. — Este lugar é magnífico, não é? — perguntou o professor, olhando em volta do vale, onde ruínas antigas pontuavam a paisagem. — Esse cânion já foi um local de cerimônias, de rituais sagrados. Vocês já andaram pelo parque?

— Não — disse Jane. — Nós chegamos em Albuquerque hoje, de avião.

— Vocês vieram lá de Boston e não vão dar uma olhada no Chaco Canyon? Um dos sítios arqueológicos mais belos do país?

— Nosso tempo é limitado, professor. Nós viemos ver o senhor. Ele bufou.

— Então deem uma olhada em volta, porque esse sítio é a minha vida. Já passei quarenta temporadas neste cânion, sempre que não estava dando aula. Agora que estou aposentado da universidade, posso me dedicar totalmente à escavação.

— De lixo? — perguntou Jane.

Quigley riu.

— É. Pode se ver por esse prisma.

— Esse é o mesmo sítio em que Lorraine Edgerton trabalhava?

— Não, nós estávamos ali, do outro lado do cânion — disse, apontando para uma pilha de pedras em ruínas à distância. — Eu tinha uma equipe de alunos trabalhando comigo, da graduação e da pós. A mistura normal. Alguns se interessavam mesmo por arqueologia, outros só estavam aqui pelos créditos. Ou para se divertir e trepar.

Aquela não era uma palavra que ela esperaria ouvir da boca de um senhor de 78 anos, mas aquele era um homem que tinha vivido e trabalhado, durante a maior parte de sua carreira, com estudantes universitários devassos.

— O senhor se lembra de Lorraine Edgerton? — perguntou Frost.

— Ah, sim. Depois do que aconteceu, claro que lembro. Ela era minha aluna de pós-graduação. Totalmente dedicada e durona que nem pedra. Por mais que queiram me culpar pelo que ocorreu com Lorraine, ela era perfeitamente capaz de cuidar de si.

— Quem quis culpar o senhor?

— Os pais. Ela era filha única, e eles ficaram arrasados. Como era eu quem supervisionava a escavação, eles acharam que eu deveria ser responsabilizado. Processaram a universidade, mas isso não trouxe a filha de volta. No fim, foi isso que deve ter causado o ataque cardíaco no pai. A mãe morreu alguns anos depois — informou com ar pesaroso. — Foi uma coisa muito estranha, como se o deserto simplesmente tivesse engolido aquela garota. Ela deu tchau uma tarde, saiu na moto e desapareceu — disse ele, olhando para Jane. — E agora o corpo dela apareceu em Boston?

— Mas acreditamos que ela foi morta aqui, no Novo México.

— Tantos anos depois. E agora sabemos finalmente a verdade.

— Nem toda ela. É por isso que estamos aqui.

— Veio um detetive na época nos fazer perguntas. Acho que o nome dele era McDonald ou algo assim. Vocês já falaram com ele?

— Era McDowell. Ele morreu faz dois anos, mas nós temos as anotações dele.

— Ah, meu Deus! E ele era mais novo que eu. Eram todos mais jovens que eu e morreram. Lorraine. Os pais — desabafou fitando Jane com seus olhos azul-claros. — E aqui estou eu, cheio de força e saúde. Nunca se sabe, não é mesmo?

— Professor, eu sei que já faz muito tempo, mas nós gostaríamos que o senhor tentasse se lembrar daquele verão. Nos conte alguma coisa sobre o dia em que ela desapareceu. E sobre os estudantes que estavam trabalhando com o senhor.

— O detetive McDowell interrogou todo mundo que estava aqui na época. Vocês devem ter lido nas anotações dele.

— Mas o senhor conhecia os estudantes. Talvez tenha guardado algumas anotações de campo. Um registro por escrito da escavação.

O professor Quigley lançou um olhar de preocupação para Frost, cujo rosto assumira um tom ainda mais forte de vermelho.

— Meu jovem, estou vendo que você não vai aguentar mais muito tempo neste calor. Por que a gente não conversa no meu escritório, no prédio da administração do parque? Lá tem ar-condicionado.

Lorraine Edgerton estava na última fila na fotografia, ombro a ombro com os homens. Os cabelos negros presos em um rabo de cavalo enfatizava a mandíbula quadrada e as maçãs do rosto salientes de um rosto muito bronzeado.

— Nós a chamávamos de a Amazona — disse o professor Quigley. — Não porque fosse particularmente forte, mas por ser destemida. Não só no sentido físico. Lorraine sempre dizia o que pensava, mesmo que isso lhe causasse problemas.

— E isso lhe causou problemas? — perguntou Frost.

Quigley sorria ao olhar para o rosto dos ex-alunos, que deviam agora ser todos de meia-idade. Se ainda estivessem vivos.

— Não comigo, detetive. Eu achava a honestidade dela inspiradora.

— Os outros também?

— Sabe como é em todos os grupos. Existem conflitos e alianças. E eles eram jovens de 20 anos. É preciso levar em conta os hormônios. Uma questão da qual eu procuro sempre me afastar.

Jane examinou a fotografia, tirada no meio da temporada de escavações. Havia duas fileiras de estudantes; a da frente, agachada. Todos tinham ótima aparência, bronzeados e saudáveis, com suas camisetas e shorts. De pé, ao lado do grupo, estava o professor Quigley, de rosto mais cheio, costeletas mais longas, mas já o homem esguio que era hoje.

— Tem muito mais mulher que homem neste grupo — observou Frost.

— É sempre assim — concordou Quigley. — As mulheres parecem se interessar mais por arqueologia que os homens, e têm mais boa vontade para fazer o trabalho tedioso, de limpar e peneirar.

— E esses três homens na foto — falou Jane. — O que o senhor se lembra sobre eles?

— Você está achando que algum deles poderia tê-la matado.

— Uma resposta curta seria "sim".

— O detetive McDowell interrogou todos eles e não encontrou nada que implicasse nenhum dos meus alunos.

— Mesmo assim, eu gostaria de saber o que o senhor lembra sobre eles.

Quigley pensou por um instante. Depois, apontou para o asiático ao lado de Lorraine.

— Jeff Chu, estudante de medicina. Muito inteligente, mas o tipo de rapaz impaciente. Acho que ele ficava entediado aqui. Ele é médico agora em Los Angeles. E esse aqui é Carl não-sei-das-quantas. Relaxado como só ele. As garotas sempre arrumavam a bagunça dele. E este terceiro aqui, Adam Stancioff, era estudante de música.

Nenhum talento para a arqueologia, mas lembro que tocava violão muito bem. As garotas gostavam.

— Lorraine também? — perguntou Jane.

— Todos gostavam de Adam.

— Digo em termos românticos. Lorraine se envolveu com algum deles?

— Lorraine não se interessava por romance. Ela só pensava na carreira. Era isso o que eu admirava nela e o que eu gostaria de ver mais nos alunos. Em vez disso, eles vêm para as minhas turmas com aquela imagem idealizada de *Tomb Raider*, mas sem nenhuma vontade de cavar a terra. — Ele fez uma pausa, lendo o rosto de Jane. — Você está decepcionada.

— Até agora, não descobrimos nada além do que já tinha visto nas anotações de McDowell.

— Não sei se vou acrescentar alguma coisa de útil. Minhas lembranças não são tão confiáveis, depois de todos esses anos.

— O senhor contou a McDowell que não acreditava que um de seus alunos pudesse estar envolvido no desaparecimento dela. O senhor ainda acredita nisso?

— Nada me fez mudar de opinião. Veja, detetive, todos eram bons garotos. Alguns, preguiçosos. E inclinados a beber um pouco demais quando iam até a cidade.

— E com que frequência isso acontecia?

— Uma vez ou outra. Não que haja muito que fazer em Gallup. Mas olhe para esse cânion. Não tem nada aqui além do prédio da administração do parque, das ruínas e alguns locais de acampamento. Durante o dia, aparecem turistas, o que já é alguma distração, porque eles ficam por aí nos fazendo perguntas. Além disso, a única diversão é ir até a cidade.

— O senhor mencionou turistas — disse Frost.

— O detetive McDowell investigou isso. Não, não lembro de nenhum assassino psicopata entre eles. Nem eu o reconheceria se o tivesse visto. Não me lembraria do rosto, depois de um quarto de século.

E essa era a raiz do problema, pensou Jane. Após 25 anos, as lembranças se desvanecem ou, pior ainda, refazem-se. Fantasias tornam-se verdades. Ela olhou pela janela para a estrada que levava para fora do cânion. Não passava de uma trilha miserável, com a poeira quente rodopiando. Para Lorraine Edgerton, fora o caminho para o esquecimento. *O que aconteceu a você nesse deserto?*, perguntou-se a detetive. Montou na sua motocicleta, saiu desse cânion e deslizou por algum buraco no tempo, para ressurgir 25 anos depois, dentro de um caixote em Boston. E o deserto apagara havia muito qualquer traço dessa jornada.

— Podemos ficar com essa foto, professor? — pediu Frost.

— Se me devolverem.

— Vai estar segura.

— É a única foto que tenho do grupo daquela temporada. Seria um problema me lembrar deles todos sem essas fotos. Quando se tem dez alunos por ano, os nomes começam a ficar em excesso. Especialmente quando se faz isso há tanto tempo como eu.

— O senhor tem dez alunos por ano? — perguntou Jane virando-se de repente.

— Sim, limito a dez por questões logísticas, porque o número de candidatos é maior do que é possível aceitar.

Aqui só tem nove estudantes — disse apontando para a foto.

Ele franziu o cenho para o objeto.

— Ah, certo. Havia um décimo, mas ele foi embora no início do verão. Não estava mais aqui quando Lorraine desapareceu.

Isso explicava por que o arquivo de McDowell sobre o caso continha interrogatórios de apenas oito dos colegas de Lorraine.

— Quem era esse aluno? O que foi embora? — perguntou ela.

— Era um estudante de graduação. Tinha acabado de completar o segundo ano de faculdade. Um rapaz bastante inteligente, mas muito calado e um pouco estranho. Ele realmente não se enquadrava com os outros. Eu só o aceitei por causa do pai, mas ele não estava satisfeito aqui. Então, depois de umas semanas, ele fez as malas e deixou a escavação. Foi fazer estágio em outro lugar.

— O senhor se lembra do nome desse rapaz?

— Me lembro do sobrenome, com certeza. Porque o pai dele era Kimball Rose.

— É algum nome conhecido?

— No campo da arqueologia, sim. Ele seria uma versão moderna de lorde Carnarvon.

— E o que isso quer dizer?

— Que ele tem dinheiro — disse Frost.

Quigley concordou.

— Exatamente. O Sr. Rose tem um bocado, vindo de petróleo e gás. Ele não tem formação acadêmica em arqueologia, mas é um amador muito talentoso e entusiasmado. Financia escavações no mundo todo. Estamos falando de dezenas de milhões de dólares. Se não fossem pessoas como ele, não haveria verbas e nenhum dinheiro para mover uma única pedra que fosse.

— Dezenas de milhões? E que retorno ele tem em troca desse dinheiro todo? — perguntou Jane.

— Retorno? A emoção, claro! Você não gostaria de ser a primeira a pisar numa tumba recém-aberta? A ver o conteúdo de um sarcófago lacrado? Ele precisa de nós e nós precisamos dele. É assim que sempre se fez arqueologia. Uma união entre os que têm dinheiro e os que têm o conhecimento profissional.

— O senhor se lembra do nome do filho dele?

— Eu tenho escrito aqui em algum lugar.

Ele abriu um livro de anotações de campo e começou a folhear as páginas. Várias fotos caíram sobre a mesa, e ele apontou para uma.

— Aqui, esse é ele. Lembrei do nome agora. Bradley. Ele é o rapaz do meio.

Bradley Rose estava sentado diante de uma mesa, com fragmentos de cerâmica espalhados à frente. Os outros dois estudantes da foto encontravam-se ocupados, mas Bradley olhava diretamente para a máquina, como se estudasse alguma criatura nova, interessante e desconhecida. Parecia comum em quase todos os aspectos: estatura mediana, rosto nada memorável e uma aparência anônima, que desapareceria com facilidade em uma multidão. Todavia, os olhos impressionavam. Lembravam Jane do dia em que visitou um zoológico e olhou pela cerca para um lobo cinzento, cujos olhos pálidos observaram-na com um interesse inquietante.

— A polícia chegou a interrogá-lo?

— Ele foi embora duas semanas antes de ela desaparecer. Não havia razão para isso.

— Mas ele a conhecia. Tinham trabalhado juntos na escavação.

— É verdade.

— Isso não seria suficiente para se ter uma conversa com ele?

— Não havia por quê. Os pais disseram que ele estava em casa com eles, no Texas, na época. Um álibi totalmente irrefutável, eu diria.

— O senhor se lembra por que ele deixou a escavação? — perguntou Frost. — Aconteceu alguma coisa? Ele não se deu bem com os outros alunos?

— Não foi por isso. Acho que ele se entediava aqui. Por isso conseguiu o estágio em Boston. Isso me chateou, porque eu teria pegado outro aluno se soubesse que Bradley não ia durar aqui.

— Boston? — interrompeu Jane.

— Sim.

— Onde foi esse estágio?

— Num museu particular. Tenho certeza de que o pai mexeu os pauzinhos para colocá-lo lá.

— Foi no Museu Crispin?

O professor Quigley pensou um pouco e depois balançou a cabeça.

— Talvez tenha sido esse.

18

Jane já tinha ouvido falar que o Texas era grande, mas como uma garota da Nova Inglaterra, não fazia uma ideia do significado da palavra *grande*. Nem nunca imaginara como o sol brilhava lá, ou como o ar era quente, feito um bafo de dragão. O percurso de três horas, desde o aeroporto, levou-os por quilômetros de vegetação rasteira, através de uma paisagem com sol escaldante onde o próprio gado parecia diferente — delgado e acanhado, ao contrário da plácida raça Guernsey que via nas fazendas verdes e agradáveis de Massachusetts. Esse era um território estrangeiro, sedento, e ela imaginava que a propriedade dos Rose se parecesse com os ranchos áridos, pelos quais haviam passado ao longo do caminho, baixos e espalhados, com cercas de curral brancas, cercando terras secas e pardas.

Assim, ficou surpresa quando avistou a mansão.

Estava erguida sobre uma elevação exuberantemente ajardinada, que parecia de um verde chocante, acima da extensão sem fim de vegetação rasteira. Um gramado inclinava-se a partir da casa como uma saia de veludo. Em um pasto delimitado por uma cerca branca, meia dúzia de cavalos pastava, seus pelos brilhantes. Entretanto, foi a casa o que prendeu o olhar de Jane. Ela esperava um rancho, e não aquele castelo de pedras, ostentando torres com ameias.

Eles pararam diante do imponente portão de ferro e levantaram os olhos, maravilhados.

— Quanto você acha? — perguntou ela.

— Uns 30 milhões, imagino — disse Frost.

— Só? Deve ter mais de 20 mil hectares.

— Sim, mas estamos no Texas. A terra é mais barata aqui.

Quando 30 milhões de dólares parecem pouco, pensou Jane, *você sabe que entrou em um universo paralelo.*

Uma voz vinda do interfone junto ao portão perguntou:

— Pois não?

— Detetives Rizzoli e Frost. Somos do Departamento de Polícia de Boston. Queremos falar com o Sr. e a Sra. Rose.

— O Sr. Rose está esperando vocês?

— Liguei para ele hoje de manhã. Ele disse que falaria com a gente.

Após um longo silêncio, o portão se abriu.

— Podem passar, por favor.

O caminho curvo levou-os até o topo da elevação, passando por colunatas de cipreste e estátuas romanas. Um círculo de pilares de mármore partidos erguia-se sobre um terraço de pedra, como um templo antigo, parcialmente destruído pelo tempo.

— Onde eles conseguem água aqui para toda essa vegetação? — perguntou-se Frost.

Os olhos do detetive saltaram, de repente, quando o carro passou diante da cabeça, de um colosso em mármore em um gramado, cujo olho remanescente os observava.

— Ei, você acha que isso é verdadeiro?

— Gente rica assim não precisa de imitações. Pode apostar que esse tal de lorde Carnívoro...

— Carnarvon, você quer dizer?

— Pode apostar que ele decorou a mansão com bugigangas autênticas.

— Agora existem regras contra isso. Você não pode mais ficar tirando coisas de outro país e trazendo para casa.

— As regras são para mim e para você, Frost. Não para pessoas como *eles*.

— É, pode ser. Mas pessoas como Rose não vão gostar muito quando descobrirem a razão do nosso interrogatório. Não dou nem cinco minutos para nos enxotarem.

— Então esse vai ser o melhor lugar de onde já nos botaram para fora...

Eles pararam sob um pórtico de pedra, onde um homem já os aguardava. *Esse não é nenhum empregado*, pensou Jane; *deve ser o próprio Kimball Rose*. Embora aparentasse uns 70 e poucos anos, ainda era alto e aprumado, ostentando uma bela cabeleira branca. Estava vestido de modo casual: calça caqui e camisa polo. Porém, Jane duvidava que aquela cor bronzeada fosse fruto de uma aposentadoria nos campos de golfe. A vasta coleção de estátuas e colunas de mármore, ao longo da subida, dizia-lhe que aquele sujeito tinha passatempos bem mais tentadores que ficar batendo em bolas com um taco.

Ela saltou do carro e o ar era tão seco que piscou os olhos no vento árido. Kimball não parecia nem um pouco afetado pelo calor e apertou a mão dela com frieza e rapidez.

— Obrigada por nos receber com tão pouca antecedência — agradeceu Jane.

— Eu só concordei porque é a melhor forma de acabar logo com essas perguntas idiotas. Não tem nada aqui para a senhora descobrir, detetive.

— Então, não vai demorar muito. Só temos umas coisinhas para checar com o senhor e a sua esposa.

— Minha esposa não pode recebê-los. Ela está doente e eu não quero que a incomodem.

— É sobre seu filho.

— Ela não tem condições de responder a *nenhuma* pergunta sobre Bradley. Está lutando contra uma leucemia linfática há mais de dez anos e o menor incômodo pode desestabilizá-la completamente.

— Falar sobre Bradley a incomoda tanto assim?

— É o nosso único filho e ela é muito apegada a ele. A última coisa que ela precisa saber é que ele está sendo tratado como suspeito pela polícia.

— Nós nunca dissemos que ele era suspeito, senhor.

— Não? — Kimball encarou-a com um olhar ao mesmo tempo direto e desafiador. — Então o que vocês estão fazendo aqui?

— Bradley conhecia Lorraine Edgerton. Nós só estamos explorando todas as possibilidades.

— Vocês vieram de muito longe só para explorar essa possibilidade — declarou se dirigindo à porta da frente. — Entrem, vamos resolver logo isso. Mas eu lhes digo que estão perdendo tempo.

Depois do calor lá fora, Jane apreciou a chance de se refrescar em uma casa com ar condicionado, mas a residência dos Rose era espantosamente fria e parecia menos acolhedora ainda por causa do piso de mármore e do hall cavernoso. Jane levantou a cabeça e olhou para as enormes vigas que suportavam o teto abobadado. Embora uma janela com vitral deixasse entrar retângulos multicoloridos de luz, os painéis de madeira que forravam as paredes e as tapeçarias penduradas pareciam absorver toda a claridade, deixando a casa imersa em sombras. *Isso não é um lar*, pensou ela; *é um museu, que tem o propósito de exibir as aquisições de um homem viciado em colecionar tesouros.* No hall, um conjunto de armaduras que lembravam soldados em alerta. Pendurados nas paredes, viam-se machados de guerra e espadas; e por cima de tudo, pendia um pavilhão decorado — a insígnia da família Rose, sem dúvida. Sonhariam todos os homens em ser nobres? Ela ficou imaginando que símbolos constariam no brasão da família Rizzoli. Uma lata de cerveja e uma TV, talvez.

Kimball conduziu-os para fora do grande salão e, quando entraram no aposento seguinte, foi como se tivessem passado de um milênio a outro. Uma fonte jorrava em um pátio, azulejado com mosaicos brilhantes. A luz do dia penetrava por uma imensa claraboia, esparramando-se por estátuas de mármore de ninfas e sátiros, que brincavam próximas à fonte. Jane queria demorar-se, dar uma olhada mais de perto nos mosaicos, mas Kimball já estava em movimento, adentrando outro recinto.

Era a biblioteca e, quando entraram, Jane e Frost olharam para cima, maravilhados. Havia livros por toda parte. Milhares deles, guardados em três andares de galerias abertas. Dentro dos nichos, máscaras funerárias egípcias com olhos enormes os contemplavam das sombras. No céu de abóbada, havia uma pintura do céu à noite, com suas constelações, e cruzando as alturas, avistava-se uma procissão real: uma embarcação egípcia à vela, seguida por carruagens, cortesãos e mulheres, carregando pratos com comida. Em uma lareira de pedra, um fogo de verdade crepitava, um desperdício extravagante de energia naquele dia de verão. Por isso, a temperatura da casa era tão fria, para o fogo parecer mais acolhedor.

Eles sentaram-se em umas poltronas gigantescas de couro perto da lareira. Apesar do calor de julho lá fora, naquele estúdio sombrio poderia ser um dia de inverno em dezembro, com neve caindo e apenas as chamas da lareira para afastar o frio.

— Bradley é a pessoa com quem nós realmente gostaríamos de falar, Sr. Rose — disse Jane. — Mas não conseguimos localizá-lo.

— Esse rapaz nunca fica muito tempo no mesmo lugar — disse Kimball. — Eu não saberia dizer a vocês onde ele está neste exato momento.

— Quando foi a última vez que o senhor o viu?

— Já faz um tempo. Não me lembro.

— Tanto tempo assim?

— Nós mantemos contato por e-mail. De vez em quando, uma carta. Vocês sabem como são as coisas nos dias de hoje, com as famílias muito ocupadas. A última vez que soubemos dele, estava em Londres.

— O senhor sabe exatamente onde em Londres?

— Não. Isso já tem uns meses — informou Kimball se mexendo na cadeira. — Vamos direto ao ponto, detetive. A razão de vocês estarem aqui. É sobre a tal garota de Chaco Canyon.

— Lorraine Edgerton.

— Seja lá qual for o nome dela. Bradley não teve nada a ver com isso.

— O senhor parece muito certo disso.

— Porque ele estava aqui conosco quando isso aconteceu. A polícia nem se deu ao trabalho de falar com ele. Mostra a falta de interesse deles no meu filho. O professor Quigley deve ter lhes contado isso.

— Sim, contou.

— Então por que nos incomodar com isso agora? Já faz 25 anos.

— O senhor parece se recordar bem dos detalhes.

— Porque me dei ao trabalho de me informar sobre a senhora, detetive Rizzoli. Sobre essa garota desaparecida, e por que o Departamento de Polícia de Boston está metido num caso que ocorreu no Novo México.

— Então o senhor sabe que o corpo de Lorraine Edgerton apareceu recentemente.

— Em Boston, eu soube.

— O senhor sabe onde em Boston?

— No Museu Crispin. Eu li a notícia.

— Seu filho trabalhou no museu naquele verão.

— Sim. Eu consegui isso para ele.

— Foi o senhor que arranjou o emprego?

— O Museu Crispin está sempre precisando de dinheiro. Simon é um péssimo empresário e afundou aquele lugar. Eu fiz uma doação, e ele deu um emprego para Bradley. Acho que foi uma sorte eles contarem com ele.

— Por que ele foi embora de Chaco Canyon?

— Ele estava infeliz, ilhado lá com aquele bando de amadores. Bradley é muito sério em relação à arqueologia. Ele estava sendo desperdiçado lá, trabalhando como um operário comum. Dias e dias escavando a terra.

— Eu pensava que arqueologia fosse isso.

— Isso é o que pago as pessoas para fazerem. Vocês acham que eu passo meu tempo cavando? Eu faço os cheques e proponho uma ideia. Guio o projeto e escolho onde cavar. Bradley não precisava fazer trabalho braçal em Chaco, ele sabe muito bem como manejar uma espátula. Passou muito tempo comigo no Egito, em um empreendimento com centenas de empregados. Ele tinha o dom de olhar para um terreno e saber onde cavar. Eu não estou dizendo isso só porque ele é meu filho.

— Então ele já esteve no Egito — disse Jane, pensando no que fora gravado na cártula relíquia: *Eu visitei as pirâmides, Cairo, Egito.*

— Ele adora aquilo lá — disse Kimball. — E eu espero que um dia desses volte e descubra o que eu não consegui.

— O que seria?

— O exército perdido de Cambises.

Jane olhou para Frost e, a julgar-se pelo semblante inexpressivo, ele também não fazia a menor ideia sobre o que Kimball estava falando.

— Acho que vou ter que dar uma explicação sobre isso para vocês — disse Kimball dando um desagradável sorriso de superioridade. — Há 2.500 anos, esse rei persa chamado Cambises enviou um exército para o deserto ocidental do Egito, com o propósito de tomar o oráculo do Oásis de Siuá. Cinquenta mil homens marcharam para lá e nunca mais foram vistos. A areia simplesmente os engoliu, e ninguém sabe o que aconteceu a eles.

— Cinquenta mil soldados? — perguntou Jane.

Kimball confirmou:

— É um dos grandes mistérios da arqueologia. Passei duas temporadas atrás dos restos desse exército. Só consegui alguns pedaços de metal e ossos, foi tudo. Tão pouco, na verdade, que o governo egípcio nem sequer se preocupou em reivindicar a posse. Essa escavação foi uma das minhas maiores decepções. Um dos meus poucos fracassos — confessou, olhando para o fogo. — Um dia, eu vou voltar e fazer a descoberta.

— Enquanto isso, que tal nos ajudar a encontrar seu filho?

O olhar de Kimball voltou-se para Jane, e não parecia nada amigável.

— E que tal acabarmos com esta conversa? Acho que não posso ajudar em nada mais — declarou ficando de pé.

— Nós só queremos falar com ele. Perguntar-lhe sobre Lorraine Edgerton.

— Perguntar o quê? *Você a matou?* É disso que se trata, não? Encontrar alguém para pôr a culpa.

— Ele conhecia a vítima.

— Muitas outras pessoas também.

— Seu filho trabalhou no Museu Crispin naquele verão. O mesmo lugar onde o corpo dela apareceu. É muita coincidência.

— Vou pedir a vocês dois que se retirem.

Ele virou-se para a porta, mas Jane não se moveu da poltrona. Se Kimball não desejava cooperar, era hora de seguir outra estratégia, que o provocasse de fato.

— Depois houve aquele incidente no campus da Universidade de Stanford — disse ela. — Incidente do qual o senhor tem conhecimento, Sr. Rose. Já que foi seu advogado quem conseguiu a liberdade do seu filho.

Ele deu uma meia-volta e foi até ela com tanta rapidez que Frost levantou-se para intervir, mas Kimball deteve-se a alguns centímetros de Jane.

— Ele não foi condenado.

— Mas foi preso. Duas vezes. Depois de perseguir uma estudante no campus e invadir o alojamento dela, enquanto a moça dormia. Quantas vezes o senhor teve de pagar fiança para livrá-lo de problemas? Quantos cheques o senhor já assinou para mantê-lo fora da cadeia?

— Está na hora de vocês irem.

— *Onde está o seu filho agora?*

Antes que Kimball pudesse responder, a porta se abriu. Ele ficou imóvel quando uma voz suave chamou:

— Kimball? Eles estão aqui por causa de Bradley?

Em um instante, sua expressão mudou de cólera para desânimo. Ele virou-se para a mulher e disse:

— Cynthia, você não devia estar fora da cama. Volte, por favor, querida.

— Rosa me disse que tem dois policiais na casa. É por causa de Bradley, não é?

A mulher arrastou-se com dificuldade para dentro do aposento, e seus olhos encovados focalizaram os dois visitantes. Apesar do rosto esticado por plásticas, a idade transparecia nas costas curvadas e nos ombros caídos. Mais que tudo, revelava-se em umas escassas mechas de cabelos grisalhos que cresciam em torno do crânio quase calvo. Mesmo sendo tão rico, Kimball Rose não trocara a mulher por uma jovem modelo. Todo aquele dinheiro, todos os privilégios, não tinham como modificar o fato de que Cynthia Rose encontrava-se seriamente enferma.

Mesmo estando tão frágil, apoiada em uma bengala, Cynthia fincou o pé e continuou a olhar para os dois detetives.

— Vocês sabem onde está o meu Bradley? — perguntou ela.

— Não, senhora — respondeu Jane. — Nós tínhamos esperança de que os senhores pudessem nos dizer.

— Vou levar você de volta para o quarto — disse Kimball, pegando o braço da esposa.

Ela o repeliu com irritação, a atenção ainda voltada para Jane.

— Por que vocês estão atrás dele?

— Cynthia, isso não tem nada a ver com você — disse Kimball.

— Tem *tudo* a ver comigo — retrucou ela. — Você devia ter me dito que eles estavam aqui. Por que você esconde as coisas de mim, Kimball? Eu tenho o direito de saber sobre meu *único* filho!

O desabafo pareceu deixá-la sem fôlego, e ela cambaleou até a poltrona mais próxima, onde se deixou afundar. Ali, ficou sentada tão imóvel que parecia mais um artefato naquele recinto escuro, cheio de objetos funerários.

— Eles vieram novamente fazer perguntas sobre aquela garota — disse Kimball. — A que desapareceu no Novo México. Só isso.

— Mas isso foi há tanto tempo — murmurou Cynthia.

— O corpo acabou de ser encontrado — disse Jane. — Em Boston. Nós precisamos falar com seu filho sobre isso, mas não sabemos onde ele está.

Cynthia afundou mais na cadeira.

— Eu também não sei — sussurrou ela.

— Ele não escreve para a senhora?

— Às vezes. Uma carta esporádica, enviada de lugares estranhos. De vez em quando, um e-mail, só para dizer que está pensando em mim. E que me ama. Mas ele fica longe.

— Por que, Sra. Rose?

A mulher levantou a cabeça e olhou para Kimball.

— Você deveria perguntar ao meu marido.

— Bradley nunca foi muito agarrado a nós — disse ele.

— Ele era até você mandá-lo embora.

— Isso não tem nada a ver com...

— Ele não queria ir, você o obrigou.

— Obrigou-o a ir para onde? — perguntou Jane.

— Isso não é importante — disse Kimball.

— Eu me sinto culpada por não ter enfrentado você — disse Cynthia.

— Para onde vocês o mandaram? — perguntou Jane.

— Diga a ela — falou Cynthia. — Conte a ela como você o expulsou.

Kimball soltou um suspiro profundo.

— Quando ele tinha 16 anos, nós o mandamos para um colégio interno em Maine. Ele não queria ir, mas era para seu próprio bem.

— Um colégio? — Cynthia deu um sorriso de amargura. — Era uma instituição para doentes mentais.

Jane olhou para Kimball.

— Era isso mesmo, Sr. Rose?

— Não! O lugar nos foi recomendado. O melhor do país em sua especialidade, e deixa eu dizer uma coisa a vocês, o preço refletia isso. Eu só fiz o que achei que era melhor para ele. O que qualquer bom pai faria. Eles chamavam de comunidade residencial terapêutica. Um lugar onde os garotos podiam ir para tratar de... Problemas.

— Nunca deveríamos ter feito isso — disse Cynthia. — *Você* nunca deveria ter feito isso.

— Não tínhamos escolha. Ele tinha que ir.

— Ele teria ficado muito melhor aqui, *comigo*. E não sendo mandado para um reformatório no meio da floresta.

Kimball bufou.

— Reformatório? Era muito mais um clube de elite. — Ele virou-se para Jane. — Tinha até um lago próprio. Trilhas para caminhadas e pistas de esqui. Droga! Se um dia *eu* perder o juízo, adoraria ser mandado para um lugar como aquele.

— Foi isso que aconteceu com Bradley, Sr. Rose? — perguntou Frost. — Ele perdeu o juízo?

— Não faça ele parecer um lunático — disse Cynthia. — Ele *não era*.

— Então por que foi parar lá, Sra. Rose?

— Porque achamos... Kimball achou...

— Achamos que eles podiam lhe ensinar a ter mais autocontrole — completou o marido por ela. — Só isso. Muitos garotos precisam de medidas disciplinares. Ele ficou lá dois anos e saiu um rapaz bem-comportado, trabalhador. Tive orgulho de levá-lo ao Egito comigo.

— Ele se ressentia de você, Kimball — disse a mulher. — Ele me contou.

— Bem, pais têm que fazer escolhas difíceis. Essa foi a *minha* escolha, para dar uma sacudida nele, colocá-lo nos trilhos.

— E agora ele vive longe. Sou eu quem está sendo punida, tudo por causa da sua *bela escolha*.

Cynthia abaixou a cabeça e começou a chorar. Ninguém falava. Os únicos ruídos eram o crepitar do fogo e os soluços abafados da velha senhora, o som de um sofrimento cruel e persistente.

O toque do celular de Jane foi uma interrupção perversa. Ela o silenciou de imediato e afastou-se da lareira para atender a chamada.

Era o detetive Crowe na linha.

— Tenho uma surpresa para você — disse ele; sua voz animada fazendo um contraste gritante com a dor que pairava sobre o recinto.

— O que é? — perguntou ela, em voz baixa.

— O FBI tem as digitais dela no sistema.

— De Josephine?

— Ou qualquer que seja o nome verdadeiro dela. Conseguimos as impressões no apartamento e enviamos para o banco de dados do Sistema Automatizado de Identificação de Digitais.

— Conseguimos algum resultado?

— Agora sabemos por que a garota fugiu. Descobriu-se que as impressões dela conferem com as digitais latentes encontradas numa cena de crime, há 12 anos, em San Diego.

— Qual foi o crime?

— Homicídio.

19

— A vítima era um homem branco, de 36 anos, chamado Jimmy Otto — disse o detetive Crowe. — O corpo foi encontrado em San Diego, depois que um cachorro desencavou um lanchinho delicioso: um dedo humano. O dono viu o que Fido trouxe para casa, entrou em pânico e ligou para a polícia. O cão levou a polícia até o corpo, no quintal do vizinho. A vítima estava morta havia alguns dias, e os animais selvagens já tinham consumido as extremidades. Então, não deu para tirar nenhuma impressão utilizável. Não tinha carteira no corpo, também, mas quem tirou a identidade esqueceu um cartão-chave de hotel, enfiado no bolso do jeans. Era de um hotel Inn local, onde o hóspede esteve registrado sob o nome de James Otto.

— Um cartão-chave de hotel? — disse Jane. — Então a vítima não vivia em San Diego.

— Não. O endereço dele era daqui, de Massachusetts, onde morava com a irmã. Carrie Otto pegou um avião para San Diego e identificou a roupa do irmão. E o que sobrou dele.

Jane abriu uma cartela de Advil, enfiou duas pílulas na boca e as engoliu com café morno. No dia anterior, ela e Frost só chegaram em Boston às 2 da manhã, e as poucas horas de sono que teve foram repetidamente interrompidas por Regina, de 1 ano, que exigia abraços e garantias de que a mamãe estava realmente de volta ao lar. De manhã, Jane acordara com uma terrível dor de cabeça, agravada pelas reviravoltas da investigação, e a claridade das luzes fluorescentes na sala de reunião fazia até seu globo ocular doer.

— Vocês dois estão acompanhando até aqui? — perguntou Crowe, levantando a cabeça e olhando para Jane e Frost, que parecia tão exausto quanto a colega.

— Sim — murmurou ela. — O que a necropsia mostrou, então?

— A causa da morte foi um disparo único de arma de fogo na parte de trás da cabeça. A arma nunca foi recuperada.

— E de quem era o quintal onde ele foi enterrado?

— Era uma casa de aluguel — disse Crowe. — Os moradores eram uma mãe solteira com a filha de 14 anos, e já tinham feito as malas e desaparecido. A polícia espalhou luminol pela casa e o quarto da garota brilhou feito Las Vegas. Havia marcas de sangue por todo o chão e pelo rodapé. Jimmy Otto foi morto ali, no quarto da menina.

— Isso foi há 12 anos?

— Josephine devia ter uns 14 — disse Frost.

Crowe concordou.

— Só que o nome dela não era Josephine nessa época. Era Susan Cook. — Ele riu. — E adivinhem? A verdadeira Susan Cook morreu na infância. Em Syracuse, Nova York.

— Era *outra* identidade falsa? — perguntou Jane.

— A mesma coisa em relação à mãe, que também tinha nome falso: Lydia Newhouse. Segundo o relatório do Departamento de Polícia de San Diego, mãe e filha alugaram a casa por três anos, mas não recebiam ninguém. Na época do assassinato, a garota tinha acabado de completar o novo ano, na escola William Howard Taft. Muito inteligente, de acordo com os professores, desempenho acima do nível da turma.

— E a mãe?

— Lydia Newhouse, ou qualquer que fosse seu nome, trabalhava no Museu do Homem, em Balboa Park.

— Fazendo o quê?

— Era vendedora na loja de suvenires. Também fazia visitas guiadas. O que impressionava todo mundo no museu era como parecia ter conhecimentos na área de arqueologia, mas ela dizia que não tinha formação profissional.

Jane fez uma careta.

— De volta à arqueologia.

— É. A gente está sempre voltando à mesma conexão, não é? — disse Crowe. — A arqueologia está no sangue da família. A mãe. A filha.

— Temos certeza de que elas estão realmente envolvidas na morte de Jimmy Otto? — perguntou Frost.

— Bom, elas se comportaram como se tivessem. Deixaram a cidade às pressas, mas só depois de limpar o chão, lavar as paredes e enterrar o cara atrás da casa. Isso me soa muito culpado. O único erro foi não o terem enterrado fundo o bastante, porque o cachorro da vizinhança sentiu o cheiro muito rápido.

— Eu digo, bom para elas. O cara teve o fim que mereceu — comentou Tripp.

— Como assim? — perguntou Frost.

— Jimmy Otto era um doente.

Crowe abriu seu bloco de anotações.

— O detetive Potrero vai nos mandar o arquivo, mas está aqui o que eu consegui dele pelo telefone. Aos 13 anos, Jimmy Otto invadiu o quarto de uma mulher, vasculhou suas gavetas de roupa íntima e cortou-as com uma faca. Alguns meses depois, foi encontrado na casa de outra garota, parado ao lado da cama com uma faca enquanto ela dormia.

— Jesus — disse Jane. — *Só 13?* Começou cedo como psicótico.

— Aos 14, foi expulso da escola em Connecticut. O detetive Potrero não conseguiu que a escola revelasse todos os detalhes, mas descobriu que houve algum tipo de ataque sexual envolvendo uma colega de sala. E um cabo de vassoura. A garota foi parar no hospital.

— Crowe levantou a cabeça. — E esses são só os *flagrantes*.

— Deviam ter jogado ele num reformatório juvenil depois do segundo incidente.

— Deviam. Mas com um papai rico, você tem algumas cartas na manga.

— Nem mesmo depois do episódio com o cabo de vassoura?

— Não, isso foi o sinal de alerta para os pais. Eles ficaram fora de si e perceberam finalmente que o queridinho deles precisava de terapia. E das boas. O advogado caríssimo conseguiu reduzir as acusações, mas só com a condição de que Jimmy passasse por um tratamento numa instituição especializada.

— Uma clínica psiquiátrica? — perguntou Frost.

— Não exatamente. Era uma escola particular muito cara para garotos com, digamos, certos impulsos. Um lugar no meio do mato com supervisão 24 horas por dia. Ele ficou lá três anos. Os pais corujas compraram uma casa no local, só para poder ficar perto dele. Eles morreram num acidente com um jatinho particular quando viajavam para vê-lo. Jimmy e a irmã acabaram herdando a fortuna.

— O que tornou Jimmy um merda muito ruim da cabeça e muito *rico*.

Tratamento numa instituição especializada. Um lugar no meio do mato.

Jane pensou de repente na conversa que tivera, no dia anterior, com Kimball Rose e perguntou:

— Essa instituição particular fica por acaso em Maine?

Crowe levantou a cabeça, surpreso.

— Como você adivinhou?

— Porque sabemos de outro lunático rico que foi parar num centro de tratamento em Maine. Um lugar para garotos com problemas.

— De quem você está falando?

— Bradley Rose.

Fez-se um longo silêncio, enquanto Crowe e Tripp digeriam aquela notícia espantosa.

— Puta que pariu — disse Tripp. — Isso *não* pode ser coincidência. Se esses dois garotos estiveram lá na mesma época, devem ter se conhecido.

— Fale mais sobre essa escola — pediu Jane.

Crowe assentiu, sua expressão era agora bastante severa.

— O Instituto Hilzbrich era bastante exclusivo, bem caro. E muito especializado. Basicamente, era uma unidade fechada no meio da floresta... Uma boa ideia com certeza, considerando o tipo de paciente tratado.

— Psicopatas?

— Maníacos sexuais. De todos os tipos, desde pedófilos iniciantes a estupradores. Serve para mostrar que os ricos também têm a sua cota de pervertidos, mas também têm advogados que mantêm esses garotos fora do sistema judiciário, e essa instituição era uma alternativa. Um lugar para se desfrutar de bons jantares, enquanto uma equipe de terapeutas tenta te convencer que não é certo torturar garotinhas. O único problema era que não parecia funcionar muito bem. Há 15 anos, um dos alunos sequestrou e mutilou duas garotas, e fez isso poucos meses depois da instituição declará-lo apto para retornar ao convívio social. Houve um grande processo e a escola foi obrigada a fechar as portas. E está fechada até hoje.

— E Jimmy Otto? O que aconteceu depois que ele foi embora?

— Aos 18, saiu de lá livre, mas não demorou muito para que voltasse à forma. Alguns anos depois, foi preso por perseguir e ameaçar uma mulher na Califórnia. Depois foi preso e interrogado aqui mesmo, em Brookline, pelo desaparecimento de uma moça. A polícia não tinha provas suficientes para prendê-lo e ele foi solto. Treze anos depois, aconteceu a mesma coisa, quando foi detido para interrogatório depois que outra garota sumiu em Massachusetts. Antes que a polícia conseguisse entrar com um processo, ele desapareceu de repente. E ninguém sabia onde estava. Até um ano depois, quando apareceu enterrado naquele quintal em San Diego.

— Você tem razão, Tripp — disse Jane. — Ele teve o que merecia. Mas o que fez a mãe e a filha fugirem? Se elas o mataram, se estavam apenas se defendendo, por que fizeram as malas e deixaram a cidade feito criminosas?

— Porque talvez sejam? — sugeriu Crowe. — Elas já estavam vivendo então com nomes falsos. Não sabemos quem elas são, ou do que estariam fugindo.

Jane segurou a cabeça com as mãos e começou a esfregar as têmporas, tentando aliviar a dor.

— Isso está ficando tão complicado — resmungou Jane. — Eu não estou conseguindo dar conta de todos os meandros. Temos um homem morto em San Diego e o Assassino Arqueólogo aqui.

— E o elo parece ser essa moça, cujo nome nem sequer sabemos.

Jane suspirou.

— OK. Que mais sabemos sobre Jimmy Otto? Alguma outra prisão, algum outro elo com a nossa investigação atual?

Crowe folheou seu bloco de anotações.

— Coisas de menor importância. Violação de domicílio em Brookline, Massachusetts. Dirigir embriagado e em alta velocidade em San Diego. Outra vez bêbado no volante e em excesso de velocidade em Durango.... — ele fez uma pausa, registrando de súbito a importância desse último detalhe. — Durango, Colorado. Não é perto do Novo México?

Jane levantou a cabeça.

— Fica bem na fronteira entre os dois estados. Por quê?

— Foi em julho e no mesmo ano em que Lorraine Edgerton desapareceu.

Jane rodou a cadeira, abalada por essa última informação. *Tanto Jimmy quanto Bradley estavam perto de Chaco Canyon na mesma época.*

— É isso aí — disse ela, em voz baixa.

— Você acha que eles eram parceiros de caça?

— Até Jimmy ser morto em San Diego — afirmou olhando para Frost. — Finalmente conseguimos montar o quebra-cabeça. Temos uma ligação. Jimmy Otto e Bradley Rose.

Frost concordou e completou:

— E Josephine.

20

Josephine lutou para retornar ao estado de consciência e despertou ofegante, a camisola encharcada de suor, o coração aos pulos. A cortina fina tremulava como uma película fantasmagórica sobre a janela, banhada pelo luar, e no bosque em torno da casa de Gemma, os galhos das árvores rangiam e depois silenciavam. Ela empurrou para o lado a roupa de cama molhada e olhou para a escuridão, enquanto o coração desacelerava e o suor esfriava sobre sua pele. Depois de apenas uma semana na casa de Gemma, o pesadelo voltou. Um sonho com disparos de arma de fogo e paredes sujas de sangue. *Preste sempre atenção aos seus sonhos*, sua mãe costumava dizer-lhe. *Eles são vozes que te contam o que você já sabe e que murmuram conselhos em relação a coisas que você ainda não prestou atenção.* Josephine sabia o que aquele sonho significava: era hora de partir, fugir. Ficou mais do que devia na casa de Gemma. Ela pensou na ligação que fizera de seu celular na loja de conveniência; no jovem patrulheiro que havia conversado com ela no estacionamento àquela noite e no taxista que a levara até aquela rua. Existiam várias formas de rastreá-la até ali, tantos outros pequenos erros que podia ter cometido, dos quais nem sequer estava ciente.

Lembrou-se do que a mãe dissera-lhe certa vez: *Se alguém quer realmente nos encontrar, só precisa esperar que a gente cometa um único erro.*

E, recentemente, ela havia cometido muitos.

A noite se tornara estranhamente silenciosa.

Ela precisou de um tempo para registrar aquela quietude. Quando adormecera, os grilos emitiam seus ruídos com regularidade, mas agora Josephine não escutava nada, apenas uma quietude tão completa que ampliava o som da própria respiração.

Ela levantou-se da cama e foi até a janela. Lá fora, o luar prateava as árvores e espalhava sua claridade pálida pelo jardim. Não viu nada que a alarmasse. Porém, diante da janela aberta, percebeu que a noite não estava tão silenciosa assim; em meio às marteladas de seu coração, ela ouviu um leve bipe eletrônico. Será que vinha de fora ou de dentro da casa? Agora que estava totalmente concentrada no som, este pareceu intensificar-se e, com ele, sua sensação de inquietude.

Gemma estaria ouvindo aquilo também?

Ela dirigiu-se para a porta e perscrutou o corredor escuro. O som parecia mais alto ali, mais insistente.

No escuro, atravessou o corredor; os pés descalços silenciosos sobre o chão de madeira. A cada passo, o bipe ficava mais alto. Diante do quarto de Gemma, encontrou a porta encostada. Quando a empurrou, abriu sem fazer um ruído. No recinto banhado pelo luar, ela percebeu a fonte do som: o telefone caído, emitindo sinal de ocupado. Contudo, não foi o aparelho que atraiu seu olhar, mas a poça escura, brilhando como petróleo no chão. Ao lado, havia uma figura agachada e, a princípio, ela pensou que fosse Gemma; até que se ergueu por completo e sua silhueta distinguiu-se contra a janela.

Um homem.

A respiração sobressaltada de Josephine fez com que ele se virasse e a flagrasse. Por um instante, eles se encararam; as feições ocultas pela sombra, os dois suspensos naquele instante atemporal que antecede o pulo do predador sobre a vítima.

Ela moveu-se primeiro.

Virou-se e correu para a escada; os ruídos dos passos a seguiam enquanto descia os degraus. Deu um pulo e chegou ao térreo, com os dois pés. À sua frente, a porta da entrada estava aberta. Ela correu em sua direção, chegando ao pórtico, do lado de fora, onde cacos de vidro furaram os pés dela, sem que ela sequer sentisse dor. Toda sua atenção estava concentrada na estrada, adiante.

E os passos aproximavam-se atrás de Josephine.

Ela desceu voando os degraus do pórtico; a camisola tremulando como asas no ar tépido da noite, e correu precipitadamente para a estrada. Sob a luz do luar, naquele caminho de cascalho aberto, sua vestimenta era tão visível quanto uma bandeira branca, mas ela não foi em direção às árvores, não perdeu tempo buscando sua cobertura. Mais à frente, estava a rua e as outras casas. *Se eu bater nas portas, gritar, alguém vai me ajudar.* Já não escutava mais os passos de seu perseguidor; só ouvia o tumulto da própria respiração em pânico, cortando o ar da noite.

E depois, o estampido alto.

O impacto da bala foi como um chute violento na parte de trás da perna. Ele a fez cair esparramada no chão; arranhando a palma das mãos no cascalho. Josephine tentou se levantar. O sangue quente escorria-lhe pela panturrilha, e a perna cedeu sob ela. Com um gemido de dor, caiu de joelhos.

A rua. A rua está tão perto.

Sua respiração transformou-se em soluços; ela começou a rastejar. A luz do pórtico de um vizinho brilhava à frente, além das árvores, e foi nisso que se concentrou. Não no som dos passos que se aproximavam, no cascalho ferindo-lhe as mãos. A sobrevivência resumira-se àquele farol solitário, piscando entre os galhos, e ela continuou a rastejar em sua direção, arrastando a perna inútil, enquanto o sangue deixava uma trilha escorregadia atrás dela.

Uma sombra apareceu à sua frente, ofuscando a luz.

Vagarosamente, ela ergueu o olhar. Ele mantinha-se de pé diante dela, bloqueando a passagem. Seu rosto era uma sombra oval; os olhos, imperscrutáveis. Quando se inclinou sobre ela, Josephine fechou os olhos, esperando o estalo da arma, o impacto da bala. Nunca antes estivera tão consciente das batidas do coração, do ar entrando e saindo dos pulmões, no silêncio daquele último momento, que parecia prolongar-se eternamente, como se ele desejasse saborear a vitória e estender o tormento.

Através das pálpebras cerradas, ela viu uma luz piscar.

Josephine abriu os olhos. Além do arvoredo, uma luz azul pulsava. Um par de faróis iluminou-a de repente, e ela foi enquadrada pela claridade, ajoelhada com aquela camisola pateticamente fina. Pneus derraparam em uma freada, antes de parar, espalhando cascalho. A porta do carro abriu-se, e ela ouviu o chiado do rádio da polícia.

— Moça? Está tudo bem?

Ela piscava, tentando descobrir quem estava falando com ela. No entanto, a voz esvaiu-se e a luz do farol obscureceu-se. A última coisa de que teve consciência foi do rosto batendo contra o cascalho, quando caiu no chão.

Frost e Jane estavam no acesso que levava até a casa de Gemma Hamerton, olhando para o rastro de sangue que Josephine deixara, enquanto rastejava em desespero para a rua. Pássaros cantavam nas árvores e o sol de verão brilhava, batendo nas folhas das árvores, aquele trecho sombrio do caminho de entrada provocava calafrios.

Jane virou-se e olhou para a residência, em que ela e Frost ainda não haviam posto os pés. Tratava-se de uma casa comum, de tábuas brancas e pórtico coberto, como tantas outras naquela estrada rural. Todavia, mesmo de onde estava, no acesso, podia sentir o reflexo irregular de uma janela quebrada, e aqueles fragmentos brilhantes de vidro advertiam: *Algo terrível aconteceu aqui. Algo que está prestes a descobrir.*

— Foi aqui que ela caiu primeiro — disse o detetive Mike Abbott, apontando para o início da trilha de sangue. — Ela ainda conseguiu se mover por um bom pedaço do caminho depois de baleada. Caiu aqui e começou a rastejar. Foi preciso um bocado de determinação para chegar tão longe, mas ela conseguiu alcançar esse ponto. — Abbott indicou o final do rastro de sangue. — Foi onde o carro da patrulha a avistou.

— Como esse milagre aconteceu? — perguntou Jane.

— Eles vieram atender uma chamada de emergência.

— De Josephine?

— Não, achamos que partiu da dona da casa. Gemma Hamerton. O telefone ficava no quarto dela. Quem fez a chamada não teve chance de falar, porque o aparelho foi desligado em seguida. Quando a telefonista da emergência tentou ligar de volta, estava fora do gancho. Ela mandou um carro de patrulha, que chegou aqui em três minutos.

Frost olhou para o caminho manchado.

— Tem um bocado de sangue aqui.

Abbott concordou.

— A moça passou três horas numa cirurgia de emergência. Agora está engessada, o que acaba sendo uma sorte para nós. Porque só descobrimos à noite passada que o Departamento de Polícia de Boston tinha emitido um boletim sobre ela. Se não, ela poderia ter conseguido escapar — disse e virou-se para a casa. — Se vocês quiserem ver mais sangue, me sigam.

Ele foi na frente, até o pórtico, cheio de cacos de vidro. Ali, pararam para colocar protetores de sapatos. O anúncio sinistro de Abbott preparou-os para os horrores que se seguiriam, e Jane aguardava o pior.

Entretanto, quando cruzou a porta de entrada, não viu nada de alarmante. A sala parecia intocada. Das paredes, pendiam dezenas de fotos emolduradas, muitas delas mostrando a mesma mulher de cabelos louros e curtos, posando com uma variedade de pessoas. Uma estante enorme estava cheia de livros sobre história, arte, línguas antigas e etnologia.

— Essa é a dona da casa? — perguntou Frost, apontando para a mulher loura nas fotos.

Abbott confirmou:

— Gemma Hamerton. Era professora de arqueologia em uma universidade local.

— Arqueologia? — Frost lançou um olhar do tipo *veja que interessante* para Jane. — Que mais você sabe sobre ela?

— Uma cidadã cumpridora da lei, pelo que eu saiba. Nunca se casou. Passava todos os verões no exterior, fazendo o que os arqueólogos fazem.

— Então por que não estava no exterior agora?

— Não sei. Ela voltou para casa, há uma semana, do Peru, onde estava trabalhando numa escavação. Se tivesse ficado lá, estaria viva. — Abbott olhou para a escada e seu rosto ficou subitamente sombrio. — É hora de mostrar a vocês o segundo andar — disse, indo na frente, detendo-se para mostrar as marcas ensanguentadas de passos nos degraus de madeira. — Sola esportiva, tamanho 41 ou 42 — disse ele — Sabemos que essas são do assassino, já que a senhorita Pulcillo estava descalça.

— Parece que ele estava correndo — acrescentou Jane, observando as marcas borradas.

— É, mas ela foi mais rápida.

Jane olhou para as marcas que desciam do andar de cima para o térreo. Embora o sangue já estivesse seco e o sol brilhasse através de uma janela na escada, o terror daquela perseguição ainda pairava nos degraus. Ela afastou um arrepio e olhou para cima, em direção ao segundo andar, onde imagens muito piores aguardavam-na.

— Aconteceu lá em cima?

— No quarto da senhora Hamerton — disse Abbott.

Ele subiu bem devagar os degraus finais, como se relutasse em revisitar o que vira duas noites antes. As marcas eram mais escuras no segundo andar, deixadas por solas ainda molhadas de sangue fresco. As pegadas surgiam do quarto na extremidade do corredor. Abbott apontou para a primeira porta por que passaram. No lado de dentro, havia uma cama desfeita.

— Este é o quarto de hóspedes, onde Josephine Pulcillo dormia.

— Mas fica mais perto da escada — comentou Jane franzindo o cenho.

— É. Achei estranho também. O assassino passou pelo quarto da moça Pulcillo e foi direto para o de Gemma Hamerton. Talvez não soubesse que havia uma hóspede na casa.

— Ou quem sabe a porta estava trancada — disse Frost.

— Não, não foi isso. Esta porta não tem tranca. Por alguma razão, ele a ignorou e foi primeiro atrás da dona da casa.

Abbot respirou fundo, continuando em direção ao quarto principal, onde parou na porta, como se hesitasse entrar.

Quando Jane olhou por cima do ombro dele, entendeu por quê.

Embora o corpo de Gemma Hamerton já tivesse sido removido, seus últimos instantes na terra estavam registrados em esguichos nítidos de sangue sobre paredes, roupas de cama e móveis. Ao entrar no quarto, Jane sentiu um hálito frio soprando sobre sua pele, como se um fantasma estivesse acabado de passar. *A violência deixa suas marcas*, pensou. Não apenas nas manchas de sangue, mas no próprio ar.

— O corpo dela foi encontrado dobrado naquele canto mais distante — disse Abbott. — Mas vocês podem ver, pelos esguichos de sangue, que o ferimento inicial foi feito perto da cama. Esguichos arteriais ali, na cabeceira da cama — disse, apontando para a parede à direita. — E ali. Acho que gotas soltas.

Jane desviou o olhar do colchão ensopado para o arco de gotinhas regulares, lançadas pela força centrífuga, quando a faca ensanguentada saiu do corpo da vítima.

— Ele é destro — disse ela.

Abbot concordou.

— A julgar pelo ferimento, o legista disse que não houve hesitação, nenhum corte vacilante. Ele deu um golpe só, cortando os principais vasos do pescoço. O legista estimou que ela tenha tido um ou dois minutos de consciência. Tempo suficiente para agarrar o telefone e rastejar até aquele canto. O aparelho tinha as digitais ensanguentadas dela. Então, sabemos que já estava ferida quando discou.

— O assassino desligou o telefone? — perguntou Frost.

— Imagino que sim.

— Mas você disse que a telefonista tentou ligar de volta e ouviu sinal de ocupado.

Abbot ficou em silêncio, pensando sobre isso.

— Acho um pouco estranho, não é? Primeiro ele desliga, depois tira o telefone do gancho de novo. Por que faria isso?

— Ele não queria que tocasse — respondeu Jane.

— Por causa do barulho? — perguntou Frost.

Jane fez que sim.

— Isso explicaria também por que não usou o revólver na vítima. Porque sabia que tinha mais alguém na casa, e não queria que despertasse.

— Mas ela acordou — disse Abbott. — Talvez tenha ouvido o corpo cair, ou Gemma Hamerton tenha conseguido gritar. Seja qual for a razão, alguma coisa despertou Josephine Pulcillo, porque ela veio até este quarto, viu o invasor e fugiu.

Jane olhou para o canto onde Gemma Hamerton havia morrido, enroscada dentro de uma poça com o próprio sangue.

Ela saiu do recinto e retornou pelo corredor, parando na porta do quarto de Josephine e olhando para a cama. O assassino passou bem aqui, onde não tem tranca e uma moça estava dormindo. Porém, seguiu em frente, até o quarto principal. Ele não sabia que havia uma hóspede? Não percebeu que outra mulher estava na casa?

Não, ele sabia. Foi por isso que tirou o telefone do gancho, que usou a faca em vez do revólver. Ele queria que o primeiro assassinato fosse silencioso.

Porque planejava ir para o quarto de Josephine depois.

Ela desceu a escada e saiu. A tarde estava ensolarada; insetos zumbiam no calor sem vento, mas o frio da casa ainda a envolvia. Ela desceu os degraus do pórtico.

Você a perseguiu aqui, pelos degraus. Numa noite de luar, deve ter sido fácil segui-la. Uma garota sozinha e de camisola.

Ela começou a andar vagarosamente pelo caminho de acesso à casa, seguindo o sentido pelo qual Josephine correra, com os pés descalços cortados pelo vidro. A rua principal ficava à frente, além das árvores, e tudo que a moça fugitiva tinha que fazer era alcançar a casa do vizinho, gritar e bater na porta.

Jane parou; o olhar fixo no cascalho ensanguentado.

Mas aqui a bala atingiu sua perna, e ela caiu.

Lentamente, ela seguiu o rastro de sangue que Josephine deixara ao longo do acesso, enquanto engatinhava. A cada centímetro do caminho, ela devia saber que ele estava se aproximando. A trilha de sangue parecia estender-se cada vez mais longe, até terminar, cerca de 10 metros da rua. Fora um rastejar longo e desesperado até aquele ponto, longo o suficiente para o assassino alcançá-la, puxar o gatilho mais uma vez e escapar.

Porém, não fizera o disparo final.

Jane estacou, olhando para o local onde Josephine estivera ajoelhada quando os policiais a viram. Ao chegar, não tinham visto ninguém, apenas a mulher ferida, que deveria estar morta.

Só então Jane compreendeu. *O assassino a queria viva.*

21

Todos mentem, pensou Jane. Contudo, poucos conseguiam povoar suas mentiras com tanto sucesso e de forma tão cabal como Josephine Pulcillo.

Enquanto ela e Frost dirigiam-se para o hospital, Jane perguntava-se que fábulas Josephine lhes contaria hoje, que histórias novas inventaria para explicar os fatos incontestáveis descobertos sobre ela; e se Frost se deixaria seduzir mais uma vez por aquelas mentiras.

— Eu acho que talvez você deva me deixar conduzir a conversa quando a gente chegar lá — disse ela.

— Por quê?

— Gostaria de fazer isso eu mesma.

— Você tem alguma razão particular para isso? — perguntou fitando Jane.

Ela demorou a retrucar porque não podia responder sinceramente sem aumentar a estranheza entre eles, provocada por Josephine.

— Eu só acho que você devia deixá-la comigo, já que a minha intuição foi na mosca.

— Intuição? É assim que você chama?

— Você confiou nela. Eu, não. E eu é que estava certa, não?

Ele olhou pela janela do carro.

— Ou com ciúme dela.

— O quê? — Ela entrou no estacionamento do hospital e desligou o motor. — Você acha isso?

— Deixa para lá — disse ele suspirando.

— Não, fala. O que você quis dizer com isso?

— Nada. — Ele abriu a porta do carro. — Vamos — disse ele.

Ela saltou do automóvel e bateu a porta, cogitando se havia um pingo de verdade no que Frost acabara de dizer; se o fato de não ser bonita tornava-a ressentida em relação à facilidade com que as mulheres atraentes circulavam pelo mundo. Os homens veneravam as mulheres bonitas, eram atenciosos com elas e, o mais importante de tudo, escutavam-nas. *Enquanto o resto de nós segue mourejando como pode.* No entanto, mesmo que tivesse ciúmes, isso não mudava o fato essencial de que sua intuição estivera correta.

Josephine Pulcillo era uma fraude.

Ela e Frost ficaram em silêncio enquanto entravam no hospital e pegavam o elevador para o setor de cirurgias. Nunca antes sentira um distanciamento tão grande entre eles. Embora estivessem lado a lado, havia agora um continente a separá-los, e ela nem sequer olhou para ele enquanto caminhavam pelo corredor. Com a cara fechada, Jane abriu a porta do quarto 216 e entrou.

A moça que conheciam como Josephine olhou-os da cama. Em seu fino avental hospitalar, ela parecia sedutoramente vulnerável, uma donzela estarrecida que precisava ser salva. Como é que ela conseguia aquilo? Mesmo sem ter lavado os cabelos e com a perna enfiada em um gesso pesado, ela ainda conseguia ser linda.

Jane não perdeu tempo. Dirigiu-se diretamente à cama e disse:

— Você quer nos contar sobre San Diego?

Na mesma hora, o olhar de Josephine baixou para os lençóis, evitando o de Jane.

— Eu não sei do que você está falando.

— Você devia ter uns 14 anos então. Idade suficiente para se lembrar do que aconteceu naquela noite.

Josephine balançou a cabeça.

— Você deve estar me confundindo com alguém.

— Seu nome era Susan Cook na época. Era aluna da escola William Howard Taft e vivia com a mãe, que se chamava de Lydia Newhouse. Uma bela manhã, vocês duas fizeram as malas e deixaram a cidade de repente. Foi a última vez que alguém ouviu falar de Susan e da mãe.

— E eu imagino que seja contra a lei deixar uma cidade de repente? — retrucou Josephine, erguendo por fim os olhos para encarar Jane, em um ato de pura coragem.

— Não. Não é.

— Então por que você está me perguntando sobre isso?

— Porque é totalmente ilegal acertar um tiro na parte de trás da cabeça de um homem.

Josephine voltou a ficar com a expressão neutra e perguntou calmamente:

— Que homem?

— O que morreu no seu quarto.

— Eu não sei do que você está falando.

As duas mulheres olharam-se por um instante, e Jane pensou: *talvez Frost não consiga ver através das aparências, mas eu tenho certeza de que posso.*

— Você já ouviu falar de um produto químico chamado luminol? — perguntou Jane.

Josephine deu de ombros.

— Deveria?

— Ele reage com o ferro em sangue velho. Quando você o espalha numa superfície, qualquer resíduo de sangue se ilumina como neon. Não importa o quanto se limpe depois de alguém ter sangrado, não tem como eliminar os vestígios. Mesmo depois de você e sua mãe terem lavado as paredes, passado pano no chão, o sangue ficou lá, nas fendas, nos rodapés.

Dessa vez, Josephine ficou em silêncio.

— Quando a polícia de San Diego revistou sua antiga casa, eles passaram luminol. Um dos quartos se iluminou como o sol. Era o *seu* quarto. Então, não me diga que não sabe nada sobre isso. Você deve ter estado lá e sabe exatamente o que aconteceu.

Josephine empalidecera.

— Eu tinha 14 anos — disse ela em voz baixa. — Foi há muito tempo.

— Não há estatuto de limitação para assassinato.

— *Assassinato?* É isso o que você acha que aconteceu?

— O que aconteceu naquela noite?

— Não foi assassinato.

— Foi o quê, então?

— Foi legítima defesa!

Jane balançou a cabeça, satisfeita. Tinham feito algum progresso. Ao menos, ela admitia que um homem *morrera* em seu quarto.

— Como aconteceu? — perguntou ela.

Josephine olhou para o detetive Frost, como se lhe pedisse apoio. Ele estava de pé próximo à porta, o rosto frio e sem emoção. Era óbvio que não poderia esperar nenhum favor dele, nenhuma simpatia.

— Está na hora de contar a verdade — disse Jane. — Faça isso por Gemma Hamerton. Ela merece justiça, você não acha? Imagino que ela *fosse* uma amiga.

À menção do nome de Gemma, os olhos de Josephine encheram-se de lágrimas.

— Sim — murmurou ela. — Era mais que uma amiga.

— Você sabe que ela morreu?

— O detetive Abbott me contou, mas eu já sabia — sussurrou Josephine. — Eu a vi caída no chão...

— Imagino que esses dois acontecimentos tenham ligação. A morte de Gemma Hamerton e o tiro em San Diego. Se você quer justiça para sua amiga, responda minhas perguntas, Josephine. Ou talvez a gente deva te chamar de Susan Cook? Já que era o nome que você usava em San Diego.

— Meu nome agora é Josephine — disse dando um suspiro de cansaço, os disfarces haviam terminado. — É o nome que eu tenho há mais tempo, ao que me acostumei.

— Quantos nomes já teve?

— Quatro. Não, cinco. — Ela balançou a cabeça. — Nem me lembro mais. Cada vez que a gente se mudava, tinha um nome novo. Eu achei que Josephine seria o último.

— Qual é o seu nome verdadeiro?

— Faz alguma diferença?

— Sim, faz. Qual o seu nome de nascença? É melhor você nos dizer a verdade, porque eu juro que nós vamos acabar descobrindo.

A cabeça de Josephine pendeu, capitulando.

— Meu sobrenome é Sommer — disse ela em voz baixa.

— E o primeiro?

— Nefertari.

— É um nome incomum.

Josephine deu um sorriso cansado.

— Minha mãe nunca fez escolhas convencionais.

— Não é o nome de uma rainha egípcia?

— É. A esposa de Ramsés, o Grande. *Nefertari, para quem o sol brilha.*

— Quê?

— É uma coisa que a minha mãe costumava dizer para mim. Ela amava o Egito. Só falava em voltar.

— E onde está sua mãe agora?

— Morta — disse Josephine, em voz baixa. — Foi há três anos, no México. Ela foi atropelada por um carro. Quando aconteceu, eu estava na faculdade, na Califórnia. Então, não posso contar muito mais que isso...

Jane puxou uma cadeira e sentou-se ao lado da cama.

— Mas você pode nos contar sobre San Diego. O que aconteceu naquela noite?

Josephine permaneceu sentada, com os ombros caídos. Estava encurralada, e sabia disso.

— Era verão — começou ela. — Uma noite quente. Minha mãe sempre insistia para que a gente fechasse as janelas, mas naquela noite deixei a minha aberta. Foi assim que ele entrou na casa.

— Pela janela do seu quarto?

— Minha mãe ouviu um barulho e foi até o meu quarto. Ele a atacou, e ela se defendeu, *me* defendeu — revelou Josephine olhando para Jane. — Ela não teve escolha.

— Você viu acontecer?

— Eu estava dormindo. O tiro me acordou.

— Você lembra em que lugar sua mãe estava quando aconteceu?

— Eu não vi. Já disse, estava dormindo.

— Então como é que você sabe que foi em legítima defesa?

— Ele estava na nossa casa, dentro do meu quarto. Isso é justificativa suficiente, não é? Se alguém invade a sua casa, você não tem o direito de atirar?

— Na nuca?

— Ele se virou! Derrubou-a no chão e se virou. Aí, ela atirou.

— Eu achei que você não tivesse visto.

— Foi o que ela me contou.

Jane recostou-se na cadeira, mas o olhar permanecia fixo na moça. Ela deixou alguns minutos se passarem, para que o silêncio fizesse efeito. Um silêncio que enfatizava o fato de que Jane estava examinando cada poro, cada movimento no rosto de Josephine.

— Então você e sua mãe estavam com um cadáver no quarto — disse Jane. — O que aconteceu depois?

Josephine respirou fundo.

— Minha mãe cuidou de tudo.

— Você quer dizer que ela limpou o sangue?

— Sim.

— E enterrou o corpo?

— Sim.

— Ela chamou a polícia?

As mãos de Josephine entrelaçaram-se em um nó.

— Não — sussurrou ela.

— E na manhã seguinte, vocês deixaram a cidade.

— Foi.

— Agora vem a parte que eu não entendo — disse Jane. — Parece que a sua mãe fez uma escolha estranha. Você afirma que ela matou o homem em legítima defesa.

— Ele invadiu nossa casa. Estava no meu quarto.

— Vamos analisar isso. Se um homem invade a sua casa e te ataca, você tem o direito de usar força letal para se defender. Um policial pode até te dar um tapinha nas costas por isso. Mas sua mãe não chamou a polícia. Em vez disso, arrastou o corpo para fora, até o quintal, e o enterrou. Limpou o sangue, fez as malas da filha e deixou a cidade. Isso faz sentido para você? Porque infelizmente não faz o menor para mim. — Jane inclinou-se mais para perto, em um movimento agressivo, com a intenção de invadir o espaço pessoal da moça. — Ela era sua mãe e deve ter te contado por que fez isso.

— Eu estava assustada. Não fiz perguntas.

— E ela nunca te deu respostas?

— Nós fugimos, foi tudo. Eu sei que agora isso não faz sentido, mas foi o que fizemos. Deixamos a cidade em pânico. E depois de fazer aquilo, não dá para ir até a polícia. Você fica parecendo culpada porque fugiu.

— Você está certa, Josephine. Sua mãe parece bastante culpada. O homem que ela matou levou um tiro na nuca. Não pareceu legítima defesa para a polícia de San Diego. Pareceu assassinato a sangue-frio.

— Ela fez isso para *me* proteger.

— Então por que ela não chamou a polícia? Do que ela estava fugindo? — Jane chegou mais perto ainda, bem junto ao rosto da moça. — Eu quero a *verdade*, Josephine!

O ar pareceu sair todo dos pulmões de Josephine. Com os ombros caídos, ela baixou a cabeça, derrotada.

— Da prisão — murmurou ela. — Minha mãe estava fugindo da prisão.

Era o que eles estavam esperando, a explicação. Jane podia ver isso na postura da moça, escutar em sua voz subjugada. Josephine sabia que a batalha estava perdida, e começava a entregar o ouro: a verdade.

— Que crime ela cometeu? — perguntou Jane.

— Não sei os detalhes. Ela disse que eu ainda era bebê quando aconteceu.

— Ela roubou alguma coisa? Matou alguém?

— Ela não falava sobre isso. Eu nem sequer sabia de nada até aquela noite em San Diego. Quando ela me disse por que não podíamos chamar a polícia.

— E você fez as malas e deixou a cidade com sua mãe porque ela disse para você ser boazinha?

— O que você *queria* que eu fizesse? — Josephine ergueu a cabeça, com um olhar desafiante. — Ela era minha mãe e eu a amava.

— No entanto, ela disse a você que tinha cometido um crime.

— Alguns crimes têm justificativa. Às vezes, não há escolha. Não importa o que tenha acontecido, ela devia ter um motivo. Minha mãe era uma pessoa boa.

— Que fugia da justiça.

— Então a justiça está *errada*.

Ela olhou para Jane, recusando-se a ceder um centímetro sequer, a aceitar que a mãe fosse capaz de fazer algum mal. Que filha seria mais leal? Poderia ser uma lealdade enganada, cega, mas havia algo de admirável nisso. Uma coisa que a própria Jane desejaria de sua filha.

— Então sua mãe foi arrastando você de cidade em cidade, de nome em nome — disse Jane. — E onde estava seu pai em tudo isso?

— Meu pai morreu no Egito, antes de eu nascer.

— No Egito? — Jane inclinou-se para a frente, toda sua atenção focada na moça. — Fale mais sobre isso.

— Ele era francês. Um dos arqueólogos da escavação — revelou Josephine dando um sorriso nostálgico. — Ela dizia que ele era inteligente e engraçado. E mais que tudo, gentil. Era o que ela mais gostava nele, a bondade. Eles planejavam se casar, mas houve um acidente horrível. Um incêndio. — Ela engoliu em seco. — Gemma também se queimou.

— Gemma Hamerton estava com ela no Egito?

— Estava — respondeu e, à menção do nome de Gemma, começou a chorar de repente. — Foi minha culpa, não foi? Minha culpa ela estar morta.

Jane olhou para Frost, que parecia tão pasmo com aquela informação quanto ela. Embora calado até agora, durante o interrogatório, não resistiu a fazer então uma pergunta:

— Essa escavação que você mencionou, onde seus pais se conheceram. Em que lugar do Egito ficava?

— Perto do Oásis de Siuá. No deserto ocidental.

— O que eles estavam procurando?

— Eles nunca encontraram mesmo — respondeu Josephine dando de ombros.

— O quê?

— O exército perdido de Cambises.

No silêncio que se seguiu, Jane podia quase escutar as peças do quebra-cabeça se encaixando. *Egito. Cambises. Bradley Rose.* Ela virou-se para Frost.

— Mostre a foto para ela.

Frost tirou a fotografia da pasta que trouxera até o quarto e entregou-a a Josephine. Era a imagem que o professor Quigley emprestara-lhes, tirada em Chaco Canyon, com o jovem Bradley encarando a lente da câmera; os olhos pálidos como os de um lobo.

— Você reconhece esse homem? — perguntou Frost. — É uma foto antiga. Ele deve ter uns 45 anos agora.

Josephine balançou a cabeça.

— Quem é ele?

— O nome dele é Bradley Rose. Há 27 anos, ele estava no Egito também. Na mesma escavação arqueológica em que sua mãe trabalhava. Ela devia conhecê-lo.

Josephine franziu o cenho diante da foto, como se estivesse se esforçando para ver algo naquele rosto que reconhecesse.

— Nunca ouvi esse nome. Ela nunca o mencionou.

— Josephine — disse Frost. — Nós achamos que esse é o homem que vem te perseguindo. Que te atacou duas noites atrás. E temos razões para crer que ele seja o Assassino Arqueólogo.

Ela levantou a cabeça, espantada.

— Ele conhecia minha mãe?

— Eles estavam na mesma escavação. Deviam se conhecer. Isso explicaria por que ele está obcecado por você agora. Sua foto apareceu duas vezes no *Boston Globe*, lembra? Em março, assim que você foi contratada pelo museu. E depois, há algumas semanas, antes do escaneamento de Madame X. Talvez Bradley tenha percebido a semelhança. Ele pode ter olhado a foto e visto o rosto da sua mãe. Você se parece com ela?

Josephine fez que sim.

— Gemma dizia que sou a cara da minha mãe.

— Qual era o nome da sua mãe?

Por um momento, Josephine não respondeu, como se aquele segredo em particular tivesse ficado oculto tanto tempo que não conseguisse sequer lembrar-se dele. Quando finalmente respondeu, foi em um tom de voz tão baixo que Jane precisou inclinar-se para a frente a fim de ouvir.

— Medea. O nome dela era Medea.

— O nome na cártula — disse Frost.

Josephine olhou para a foto.

— Por que ela nunca me contou sobre ele? Por que nunca escutei seu nome?

— Sua mãe parece ser a chave de tudo — disse Jane. — O motivo que leva esse homem a matar. Mesmo que você não saiba sobre ele, ele certamente sabe de você, e provavelmente está na sua vida há algum tempo, fora do seu campo de visão. Talvez passasse de carro na frente do seu prédio todos os dias. Ou pegasse o mesmo ônibus em que você vai para o trabalho. Você simplesmente ainda não o notou. Quando te levarmos de volta a Boston, vamos precisar de uma lista de todos os lugares que você frequenta. Cafés, livrarias.

— Eu não vou voltar para Boston.

— Você tem que voltar. Não temos outra forma de proteger você.

Josephine balançou a cabeça.

— Eu vou ficar melhor em outro lugar qualquer. Qualquer lugar.

— Esse homem seguiu você o tempo todo até aqui. Você acha que ele não vai repetir o truque? — disse Jane com a voz calma e inflexível. — Deixa eu te contar o que Bradley Rose faz com as vítimas. Ele as deixa aleijadas primeiro, para que não fujam. Da mesma forma que fez com você. E com Madame X. Por um tempo, ele a deixou viva. Ele a manteve em algum lugar onde ninguém pudesse ouvi-la, durante semanas, e sabe Deus o que fez com ela nesse tempo — sussurrou Jane com a voz mais baixa, quase íntima. — E mesmo depois de morrer, ela continuou como uma posse. Ele a preservou como na relíquia. Ela se tornou parte do seu harém, Josephine, um harém de almas mortas — acrescentou ela, com suavidade. — Você é a próxima vítima.

— Por que você está fazendo isso? — gritou Josephine. — Você acha que eu já não estou assustada o *suficiente*?

— Nós podemos te manter a salvo — disse Frost. — As suas fechaduras já foram substituídas, e toda vez que você deixar o prédio, vamos disponibilizar um acompanhante. Alguém irá com você aonde quer que precise ir.

— Eu não sei — disse Josephine abraçando o próprio corpo, mas não foi o suficiente para estancar seu tremor. — Eu não sei o que fazer.

— Nós sabemos quem é o assassino — disse Jane. — Sabemos como opera. Então, a vantagem é toda nossa.

Josephine ficou em silêncio enquanto avaliava suas escolhas. Fugir ou lutar. Não havia qualquer meio-termo, nenhum ponto intermediário.

— Volte para Boston — disse Jane. — Nos ajude a acabar com isso.

— Se estivesse no meu lugar, seria isso o que faria *realmente*? — perguntou Josephine em voz baixa, levantando a cabeça.

Jane olhou diretamente para ela.

— Seria exatamente o que eu faria.

22

Uma fileira de fechaduras novas e reluzentes decorava agora a porta de seu apartamento.

Josephine passou a corrente, girou o ferrolho e desceu o fecho. Depois, por segurança, encaixou uma cadeira sob a maçaneta, uma barreira um tanto frágil, mas que ao menos serviria como um dispositivo de alarme.

Meio sem jeito com o gesso, ela conseguiu chegar à janela, com a ajuda de muletas, e olhar a rua. Viu o detetive Frost sair do prédio e entrar no carro. Antes, ele olharia para cima e lhe daria um sorriso, um aceno amigável, porém não mais. Agora, ele a tratava apenas de forma profissional, tão frio e distante quanto a colega Rizzoli. *Aquela era a consequência de se contar mentiras*, pensou ela. Não fui honesta, e agora ele não confia mais em mim, com razão.

Não contei para eles o maior de todos os segredos.

Frost verificara seu apartamento quando chegaram, mas ela sentiu-se inclinada a fazer a própria inspeção no quarto, no banheiro e depois na cozinha. Era um reino bastante modesto, mas pelo menos era seu. Tudo estava como havia deixado uma semana antes, confortavelmente familiar. Tudo de volta ao normal.

Todavia, mais tarde, enquanto estava diante do fogão, refogando cebolas e tomates para fazer uma fumegante panela de chili, pensou de repente em Gemma, que nunca mais desfrutaria de uma refeição, sentiria o aroma dos temperos, saborearia o vinho ou experimentaria o calor que emanava de um fogão.

Quando finalmente se sentou para comer, só conseguiu ingerir algumas colheradas e perdeu o apetite. Ficou sentada, olhando a parede e o único enfeite que pendurara nela: um calendário. Era um sinal da incerteza acerca de sua permanência em Boston. Nunca conseguira decorar o apartamento. *No entanto, agora eu vou*, pensou ela. A detetive Rizzoli estava certa: está na hora de assumir o controle das coisas e fazer dessa cidade a minha casa. Vou parar de fugir. Devo isso a Gemma, que sacrificou tudo por mim, que morreu para que eu pudesse viver. Então, agora eu *vou* viver. Ter uma casa, fazer amigos e talvez me apaixonar.

A partir de agora.

Lá fora, a tarde esvaía-se em um crepúsculo quente de verão.

Com a perna engessada, não podia dar seu passeio noturno habitual ou sequer andar pela casa. Em vez disso, abriu uma garrafa de vinho e levou-a para o sofá, onde se sentou, passando de canal em canal da TV, mais do que imaginava haver, e todos eram iguais. Rostos bonitos. Homens com armas. Mais rostos bonitos. Homens com tacos de golfe.

De repente, uma imagem nova apareceu na tela, que fez sua mão congelar sobre o controle remoto. Era o telejornal da noite e mostrava a foto de uma mulher jovem, de cabelos escuros e bonita.

— ... a mulher cujo corpo mumificado foi encontrado no Museu Crispin tinha sido identificada. Lorraine Edgerton desapareceu de um parque remoto do Novo México há 25 anos...

Era Madame X. *Ela se parece com a minha mãe, comigo.*

Josephine desligou a TV. O apartamento parecia mais uma gaiola que um lar, e ela era um pássaro debatendo-se de forma insana contra as grades. *Eu quero a minha vida de volta.*

Após três copos de vinho, ela finalmente adormeceu.

Mal clareara quando despertou. Sentada em frente à janela, observou o sol nascer e perguntou-se quantos dias mais ficaria presa entre aquelas paredes. Isso, também, era uma espécie de morte, esperando o próximo ataque, o próximo bilhete com ameaças. Ela contara a Rizzoli e Frost sobre as cartas endereçadas a Josephine Sommer, provas que ela, infelizmente, havia rasgado e jogado no vaso sanitário. Agora a polícia monitorava tanto o apartamento quanto a correspondência.

O próximo movimento era de Bradley Rose.

Lá fora, a manhã iluminava-se. Ônibus passavam, corredores iniciavam seu circuito em torno do quarteirão e as pessoas iam para o trabalho. Ela observou o movimento do dia, viu a praça encher-se de crianças e o tráfego da tarde começar a engarrafar.

À noite, Josephine não aguentava mais. *Todos estão tocando suas vidas*, pensou ela. *Todo mundo menos eu.*

Ela pegou o telefone e ligou para Nick Robinson.

— Quero voltar a trabalhar — disse ela.

Jane estava olhando para o rosto da Vítima Zero, a única a escapar.

A foto de Medea Sommer era de um anuário da Universidade de Stanford, onde fora aluna há 27 anos. Ela fora uma beldade de cabelos e olhos escuros, com maçãs do rosto belamente esculpidas e uma semelhança assombrosa com a filha, Josephine. *Era você quem Bradley Rose realmente queria*, pensava Jane. A presa que ele e o parceiro, Jimmy Otto, nunca conseguiram pegar. Então, eles colecionavam substitutas, mulheres parecidas com Medea. Entretanto, nenhuma das vítimas *era* Medea; nenhuma se comparava à original. Eles continuaram caçando, procurando, mas ela e a filha conseguiam manter-se sempre um passo à frente.

Até San Diego.

Uma mão morna pousou em seu ombro, e ela deu um pulo na cadeira.

— Nossa! — Gabriel, seu marido, riu. — Que sorte você não estar armada ou teria atirado em mim.

Ele colocou Regina no chão da cozinha, e ela engatinhou para brincar com suas tampas de panela favoritas.

— Não ouvi você entrar — disse Jane. — Que ida mais rápida até a praça!

— O tempo não está muito bom lá fora. Vai começar a chover a qualquer momento — comentou, inclinando-se sobre o ombro dela e viu a foto de Medea. — É essa? A mãe?

— Vou te dizer uma coisa, essa mulher é uma *verdadeira* Madame X. Não existe quase nada sobre ela, a não ser os registros da universidade.

Gabriel sentou-se e examinou os poucos documentos que o Departamento de Polícia de Boston conseguira reunir até então sobre Medea, e eles forneciam apenas um esboço muito superficial de uma jovem que parecia mais sombra do que conteúdo. Ele pôs os óculos e recostou-se para ler a papelada da Universidade de Stanford sobre Medea. Os óculos com aro de tartaruga eram novos, e faziam-no parecer mais um banqueiro que um agente do FBI, que sabia como manejar uma arma. Mesmo após um ano e meio de casamento, Jane não se cansava de observá-lo, e admirá-lo, como estava fazendo então. Apesar do ronco dos trovões lá fora, da barulheira na cozinha, onde Regina batia tampas de panela, a concentração dele sobre as páginas era tão precisa quanto um laser.

Jane foi até a cozinha e pegou Regina, que se contorceu impaciente para escapar. Você nunca se satisfaz apenas em descansar no meu colo, perguntou-se Jane ao abraçar a filha inquieta, enquanto sentia o cheiro de xampu e de pele morna de bebê, os aromas mais doces desse mundo. Todo dia, ela via-se mais em Regina, nos olhos escuros da menina, nos cachos exuberantes e na independência feroz, também. Sua filha era uma lutadora, e haveria batalhas entre elas ainda por vir. Porém, enquanto olhava em seus olhos, Jane também sabia que o elo entre ambas jamais seria quebrado. A fim de manter a filha a salvo, ela arriscaria qualquer coisa, suportaria tudo.

Como Josephine fizera pela mãe.

— Essa é uma história de vida intrigante — disse Gabriel.

Jane colocou a filha no chão e olhou para o marido.

— A de Medea, você quer dizer?

— Nascida e criada em Indio, na Califórnia. Notas excelentes na Universidade de Stanford. Depois, ela larga os estudos, de repente, no último ano, para ter uma filha.

— E logo depois, as duas desaparecem do mapa.

— E se tornam outras pessoas.

— Várias vezes — disse Jane, sentando-se novamente na mesa.

— Cinco mudanças de nome, segundo Josephine se recorda.

Ele apontou para um relatório da polícia.

— Isso é interessante. Em Indio, ela registrou queixa contra Bradley Rose e Jimmy Otto. Eles já eram parceiros na perseguição de mulheres. Feito uma matilha de lobos, aproximando-se da vítima.

— O que é mais interessante ainda é que Medea retirou de repente todas as acusações contra Bradley Rose e foi embora de Indio. E como ela não ficou para testemunhar contra Jimmy Otto, as acusações contra ele nunca foram adiante.

— Por que ela retiraria as acusações contra Bradley? — perguntou ele.

— A gente nunca vai saber.

Gabriel largou o relatório.

— Ser alvo de perseguição explica por que ela fugia e se escondia. Isso a fazia ficar trocando de nome, para estar a salvo.

— Mas a filha não se lembra das coisas dessa forma. Josephine alega que Medea fugia da justiça — suspirou Jane. — E isso leva a outro mistério.

— Qual?

— Não há nenhum mandado contra Medea Sommer. Se ela cometeu algum crime, ninguém parece saber qual foi.

O churrasco anual da vizinhança na casa dos Rizzoli era uma tradição que remontava a vinte anos, e nem nuvens negras ou tempestades iminentes eram capazes de cancelar o evento. Todos os verões, o pai de Jane, Frank, acendia com orgulho a churrasqueira do lado de fora, colocava sobre ela carne e frango, e assumia o papel de chef por um dia, única ocasião no ano em que usava algum utensílio de cozinha.

Naquele dia, porém, não foi Frank, mas o detetive aposentado Vince Korsak quem assumiu o papel de churrasqueiro, em um nirvana carnívoro, enquanto virava filés, espirrando gordura no avental extragrande, amarrado em torno da generosa barriga. Era a primeira vez que Jane via outro homem, que não fosse o pai, responsável pela grelha no quintal, um lembrete de que nada dura para sempre, nem o casamento dos próprios pais. Um mês após Frank Rizzoli ter saído da vida da esposa, Vince Korsak entrara nela. Pela forma como assumiu o controle da churrasqueira, ele estava deixando claro para a vizinhança que era o novo homem na vida de Angela Rizzoli.

E o novo senhor do churrasco não pretendia abandonar o posto.

À medida que o trovão roncava mais forte e as nuvens escureciam no céu, os convidados iam trazendo os pratos para dentro, antes que os raios iminentes caíssem. Todavia, Korsak permanecia ao lado da grelha.

— De jeito nenhum vou deixar esses filés lindos se estragarem — dizia ele.

Jane olhou para cima quando as primeiras gotas de chuva começaram a cair.

— Estão todos entrando. A gente pode terminar essa carne na grelha do fogão.

— Você está brincando! Quando a gente se dá ao trabalho de comprar carne maturada e enrolá-la em bacon, tem que cozinhar da maneira certa.

— Mesmo que isso signifique ser atingido por um raio?

— Você acha que eu tenho medo de raio? — disse rindo. — Ei, eu já morri uma vez. Outro tranco no peito não vai parar esse relógio velho.

— Mas esse bacon vai, com certeza — disse ela, observando a gordura gotejando sobre a brasa.

Dois anos antes, um ataque cardíaco forçara Korsak a se aposentar, mas não o afastara da manteiga nem da carne. *E mamãe não tem ajudado em nada*, pensou Jane, olhando para a mesa de piquenique no pátio, de onde Angela estava retirando a salada de maionese com batata.

Korsak acenou quando Angela entrou pela porta de tela.

— Sua mãe mudou minha vida, sabia? Eu morria de fome com aquela maldita dieta de peixe com salada. Ela me ensinou o que são os prazeres da vida.

— Isso é algum comercial de cerveja?

— Ela é um verdadeiro rojão. Cara, desde que a gente começou a sair, eu não acredito nas coisas que ela me convence a fazer! Ontem à noite, ela me fez provar polvo pela primeira vez. E ainda teve uma noite em que fomos nadar nus...

— Chega! Eu não preciso ouvir isso.

— É como se eu tivesse nascido de novo. Nunca pensei que fosse encontrar uma mulher como a sua mãe — revelou levantando e virando um filé.

Uma fumaça deliciosa subiu da churrasqueira, e ela se lembrou de todas as refeições de começo do verão que seu pai preparara naquela mesma grelha. Entretanto, agora era Korsak quem carregava orgulhosamente o prato com os filés, que abriu as garrafas de vinho. *Você abriu mão disso, pai. Sua nova namorada vale a pena? Ou você acorda todo dia de manhã e se pergunta por que foi deixar a mamãe?*

— Eu vou te dizer — continuou Korsak—, seu pai foi um imbecil, deixando-a. Mas foi a melhor coisa que já me aconteceu. — Ele parou, de repente. — Não é muito delicado dizer isso, é? Não pude me conter. Porra, eu estou tão *feliz*!

Angela saiu da casa com um prato limpo para a carne.

— Por que você está tão feliz, Vince? — perguntou ela.

— É a carne — disse Jane.

Sua mãe riu.

— Ah, esse cara tem um apetite! — declarou batendo de forma provocativa com o quadril contra o dele. — Em todos os sentidos.

Jane resistiu ao desejo de tampar os ouvidos com as mãos.

— Acho que vou entrar. Gabriel provavelmente já está pronto para me entregar Regina.

— Espera — disse Korsak, e ele baixou a voz. — Enquanto a gente está aqui fora, por que você não nos conta as últimas sobre o seu caso sinistro. Ouvi dizer que você sabe o nome desse tal de Arqueólogo Assassino. Filho de um ricaço do Texas, não é?

— Como você soube disso? Ainda não divulgamos esse detalhe.

— Eu tenho minhas fontes. — Ele piscou para Angela. — Uma vez da polícia, sempre da polícia.

Korsak fora de fato um investigador sagaz, e Jane já havia recorrido à sua habilidade uma vez.

— Soube que esse cara é realmente maluco — disse Korsak. — Mata as mulheres e depois as preserva como relíquias. Não é mais ou menos isso?

Jane olhou para a mãe, que escutava ansiosa.

— Vamos conversar sobre isso uma outra hora. Eu não quero que mamãe fique preocupada.

— Não, continue — disse Angela. — Eu adoro quando Vince fala sobre o antigo trabalho. Ele já me ensinou tanta coisa sobre o trabalho da polícia. Na verdade, vou comprar um desses rádios que vocês usam — disse rindo para Korsak. — E ele vai me ensinar como usar um revólver.

— Será que eu sou a única que acha essa ideia péssima? — disse Jane. — Armas são perigosas, mamãe.

— Ora, você tem uma.

— Mas eu sei usar.

— Eu vou saber também. — Angela chegou mais perto. — Fale mais sobre esse meliante. Como ele escolhe as mulheres?

Minha mãe acabou de usar a palavra *meliante*.

— Deve haver alguma coisa que todas elas têm em comum — disse Angela, olhando para Korsak. — Como é aquela palavra que você usou, sobre estudar as vítimas?

— Vitimologia.

— Isso! O que a vitimologia diz?

— Mesma cor de cabelo — falou Korsak. — Foi o que eu soube. As três vítimas tinham cabelos pretos.

— Então você tem que ter muito cuidado, Jane — disse Angela. — Se ele gosta das garotas de cabelos escuros.

— O mundo está cheio de garotas assim, mãe.

— Mas você está muito perto dele. Se ele estiver acompanhando o noticiário...

— Então ele deve saber o bastante para ficar longe de Jane — disse Korsak. — Se realmente sabe o que é bom para ele. — Korsak começou a retirar os filés prontos da churrasqueira e colocá-los no prato. — Já faz uma semana que você levou aquela garota para casa, certo? E nada aconteceu.

— Ele não foi visto até agora.

— Então, provavelmente, saiu da cidade. Se mudou para algum local de caça mais fácil.

— Ou está só esperando as coisas se acalmarem — disse Jane.

— É, esse é o problema, não? Custa caro manter uma vigilância. Como você vai saber a hora certa de retirar a proteção? Quando essa garota vai estar a salvo?

Nunca, pensou Jane. Josephine vai estar sempre olhando por cima do ombro.

— Você acha que ele vai matar de novo? — perguntou Angela.

— Claro que vai — disse Korsak. — Talvez não em Boston, mas eu te garanto que exatamente nesse momento ele está por aí caçando alguém.

— Como você sabe?

Korsak colocou o último filé no prato e apagou o braseiro.

— Porque é isso o que os caçadores fazem.

23

Durante toda a tarde de domingo, a tempestade foi se formando, e eles foram pegos por ela no pior momento. Em sua sala sem janela, Josephine podia ouvir os trovões. A reverberação era tão violenta que sacudia as paredes, e ela nem sequer notou quando Nicholas chegou a sua porta. Apenas quando ele falou, foi que percebeu sua presença.

— Alguém vai te dar carona para casa hoje? — perguntou ele.

Robinson parecia hesitar na porta, como se temesse invadir o espaço dela, como se chegar mais perto fosse proibido. Dias antes, o detetive Frost havia instruído a equipe do museu sobre segurança e mostrado a todos a foto de Bradley Rose, envelhecida digitalmente para reproduzir a passagem de duas décadas. Desde sua volta, Josephine era tratada como se fosse um produto frágil, a equipe mantinha educadamente a distância. Ninguém se sentia confortável trabalhando perto de uma vítima.

E eu não me sinto confortável sendo uma.

— Eu só queria ter certeza de que você tem carona — disse Nicholas. — Porque, se não tiver, eu te levo com o maior prazer.

— O detetive Frost vem me apanhar às 6 da tarde.

— Ah, claro! — Ele demorou-se junto à porta, como se tivesse algo mais a dizer, mas não tivesse coragem de falar. — Eu fico feliz por você ter voltado — foi tudo o que conseguiu articular antes de se virar para ir embora.

— Nicholas?

— Sim?

— Eu te devo uma explicação. Sobre uma série de coisas.

Embora se encontrasse a apenas alguns metros de distância, ela tinha dificuldade de olhar nos olhos dele. Ele nunca a tinha feito sentir-se tão desconfortável. Robinson era uma das poucas pessoas com quem costumava ficar à vontade, porque habitavam o mesmo cantinho tão restrito e singular do universo e compartilhavam a mesma paixão estranha por fatos obscuros e esquisitices divertidas. De todas as pessoas que tinha enganado, sentia-se mais culpada em relação a Nicholas, porque ele, mais que qualquer um, fora quem mais havia tentado ser seu amigo.

— Eu não fui honesta com você — disse ela, balançando a cabeça com tristeza. — Na verdade, a maior parte do que você sabe sobre mim é mentira. Começando com...

— Seu nome na verdade não é Josephine — disse ele, em voz baixa.

Surpresa, ela levantou a cabeça e olhou para ele. Antes, quando seus olhares se encontravam, ele em geral desviava o seu, confuso. Dessa vez, ele permaneceu firme.

— Quando você descobriu? — perguntou ela.

— Depois que você saiu da cidade e eu não conseguia te encontrar, fiquei preocupado. Telefonei para a detetive Rizzoli e foi quando fiquei sabendo a verdade — disse Robinson corando. — Tenho até vergonha de confessar, mas eu liguei para a sua universidade. Pensei que talvez...

— Você tivesse contratado uma impostora.

— Foi errado da minha parte invadir sua privacidade, eu sei.

— Não, foi *exatamente* o que você devia ter feito, Nicholas. Você tinha todas as razões do mundo para verificar minhas referências. —

Ela suspirou. — É a única coisa em que fui honesta. Eu me surpreendi de você ter me deixado voltar ao trabalho, sem nunca dizer nada sobre isso.

— Eu estava esperando a hora certa, até você estar pronta para falar. Você está, agora?

— Parece que você já sabe de tudo que precisa.

— Não diga isso, Josephine. Eu me sinto como se estivesse conhecendo você *agora*. Tudo que você me contou sobre a sua infância... Seus pais...

— Eu menti, certo? — a resposta dela foi mais abrupta do que pretendia, e ele enrubesceu de novo. — Eu não tinha escolha — acrescentou ela, com calma.

Ele entrou na sala e sentou-se. Tantas vezes antes havia ocupado aquela mesma cadeira; com uma xícara de café pela manhã, eles tinham conversado alegremente sobre o último artefato descoberto no porão ou algum detalhe obscuro que um dos dois conseguira elucidar. Dessa vez, a conversa não seria tão agradável.

— Eu imagino como você deve se sentir traído — disse ela.

— Não, nem tanto assim.

— No mínimo, decepcionado.

Foi doloroso vê-lo concordar com a cabeça, porque isso confirmava o abismo entre eles. Como se para enfatizar essa distância, um trovão quebrou o silêncio.

Ela esforçava-se para conter as lágrimas.

— Eu sinto muito — disse Josephine.

— O que me decepcionou mais — falou ele —, foi você não ter confiado em mim. Você podia ter me dito a verdade, Josie. E eu ficaria do seu lado.

— Como você pode dizer isso, sem saber tudo sobre mim?

— Mas eu conheço *você*. Não estou falando sobre coisas superficiais como seu nome ou as cidades em que morou. Eu sei com o que você se preocupa e o que é importante para você. E isso toca mais o nosso coração do que se o seu nome é ou não Josephine. Foi isso que eu vim dizer para você. — Ele respirou bem fundo. — E... Outra coisa, também.

— Sim?

Ele olhou para as mãos subitamente tensas.

— Eu estava pensando se, hum... Você gosta de cinema?

— Gosto... Claro.

— Ah, isso é bom. Na verdade... É esplêndido! Acho que eu ando meio por fora sobre o que está passando, mas deve ter alguma coisa boa em cartaz essa semana. Ou talvez na próxima. — Ele limpou a garganta. — Pode contar comigo para te levar para casa em segurança e...

— Nicholas, você está *aí* — disse Debbie Duke, aparecendo na porta. — Temos que sair agora, ou o setor de bagagens vai fechar.

— O quê? — perguntou, encarando Debbie.

— Você prometeu me ajudar a levar aquele caixote até o setor de envio de bagagens em Revere. Ele precisa ser enviado para Londres e eu ainda tenho que preencher os formulários da alfândega. Eu faria isso tudo sozinha, mas o caixote pesa mais de 20 quilos.

— Mas o detetive Frost ainda não chegou para pegar Josephine. Não gosto da ideia de sair agora.

— Simon e a Sra. Willebrandt estão aqui e todas as portas estão trancadas.

Ele olhou para Josephine.

— Você disse que ele vem te pegar às 6? Falta menos de uma hora.

— Tudo bem — disse Josephine.

— Vem, Nick — disse Debbie. — Essa tempestade vai engarrafar o trânsito. A gente tem que sair agora.

Ele levantou-se e seguiu Debbie para fora da sala. Enquanto os passos dos dois ecoavam na escada, Josephine permaneceu sentada em sua mesa, ainda pasma com os últimos acontecimentos.

Será que Nicholas Robinson tentou me convidar para sair com ele?
Um trovão sacudiu o prédio e as luzes diminuíram por um instante, como se o céu tivesse respondido sua pergunta. É, tentou.

Ela balançou a cabeça, surpresa, e olhou para a pilha de velhos livros de registro de aquisições. Eles continham listas manuscritas das antiguidades adquiridas pelo museu ao longo de décadas, e agora eram verificadas aos poucos por ela, que localizava cada item e avaliava suas condições. Mais uma vez, tentou concentrar-se na tarefa, mas sua cabeça voltou a pensar em Nicholas.

Você gosta de cinema?

Ela sorriu. *Sim, e gosto de você também. Sempre gostei.*

Ela abriu um livro de décadas atrás e reconheceu a caligrafia microscópica do Dr. William Scott-Kerr. Aqueles livros eram o último registro da gestão de cada curador, e Josephine observava a diferença nas letras, quando os antigos iam embora e outros chegavam. Alguns, como o Dr. William Scott-Kerr, ficaram no museu durante anos, e ela imaginava cada um deles envelhecendo juntamente com o acervo, passando sobre o assoalho decrépito por espécimes que, ao longo do tempo, deviam parecer familiares como velhos amigos. Ali estava o registro do reinado de Scott-Kerr, documentado com suas anotações muitas vezes crípticas.

— Dente de megalodonte, detalhes da coleção desconhecidos. Doado pelo Sr. Gerald DeWitt.

— Alças de jarro de cerâmica, estampadas com discos solares alados. Idade do Ferro. Coletadas em Nebi Samwil pelo Dr. C. Andrews.

— Moeda de prata, provavelmente do séc. III a.C., estampada com Parténope e touro com cabeça de homem no reverso. Nápoles. Comprada da coleção particular do Dr. M. Elgar.

A moeda de prata encontrava-se no momento em exposição na galeria do primeiro andar, mas ela não fazia ideia do paradeiro das alças do jarro de cerâmica. Josephine fez uma anotação para si, a fim de procurá-las, e virou a página, encontrando os seguintes três itens, listados como grupo.

— *Vários ossos, alguns humanos, outros equinos.*
— *Fragmentos metálicos, possivelmente resquícios de arreio para animal de carga.*
— *Fragmento de lâmina de adaga, possivelmente persa. Séc. III a.C. Coletado por S. Crispin próximo ao Oásis de Siuá, Egito.*

Ela olhou a data e ficou paralisada. Embora os trovões ribombassem lá fora, Josephine estava mais consciente do martelar do próprio coração. O Oásis de Siuá. *Simon estivera no deserto ocidental,* pensou ela. *No mesmo ano em que minha mãe esteve lá.*

Ela pegou as muletas e seguiu pelo corredor até a sala de Simon.

A porta estava aberta, mas as luzes, apagadas. Espreitando a escuridão, Josephine viu-o sentado perto da janela. O tempo tornara-se mais violento, e ele estava observando os relâmpagos. Fortes rajadas de vento sacudiam a janela e jatos de chuva respingavam na vidraça, como se atirados por deuses enraivecidos.

— Simon? — disse ela.

— Ah, Josephine — respondeu ele, virando-se para ela. — Venha ver. A Mãe Natureza está nos proporcionando um grande espetáculo hoje.

— Posso lhe perguntar uma coisa? É sobre uma informação neste livro.

— Deixa eu ver.

Ela entrou na sala, mancando com as muletas, e entregou-lhe o livro. Forçando a vista, na luz acinzentada, Simon murmurou:

— Vários ossos. Fragmento de adaga — disse, levantando a cabeça. — Qual é sua pergunta?

— Seu nome está listado como sendo o coletor. Você se lembra de trazer para casa esses itens?

— Lembro, mas não os vejo há anos.

— Simon, eles foram coletados no deserto ocidental. A lâmina é descrita como provavelmente persa, século III a.C.

— Sim, claro. Você quer examiná-los. — Ele agarrou a bengala e pôs-se de pé. — Muito bem, vamos dar uma olhada e ver se você concorda com minha avaliação.

— Você sabe onde os itens estão guardados?

— Sei onde deveriam estar. A menos que alguém os tenha removido para outro lugar, desde a última vez que os vi.

Ela seguiu-o pelo corredor, em direção ao velho elevador. Ela nunca confiara naquele mecanismo e, em geral, evitava usá-lo, mas agora que estava de muletas, não tinha escolha. Quando Simon fechou a grade preta daquela gaiola, ela sentiu como se tivesse caído em uma armadilha. O elevador estremeceu de forma alarmante e desceu rangendo para o nível do porão, onde ela ficou aliviada em sair sã e salva.

Simon destrancou a área de armazenamento.

— Se me lembro bem — disse ele —, esses itens estavam bem embalados e foram guardados nas prateleiras de trás.

Ele guiou-a por entre o labirinto de caixotes. A polícia de Boston havia terminado a inspeção, e o chão ainda estava cheio de lascas de madeira e isopor em cubo. Ela seguiu Simon por uma passagem estreita, que levava à seção mais antiga da área de depósito, passando por caixotes carimbados com nomes de locais sedutoramente exóticos. JAVA. MANCHÚRIA. ÍNDIA. Por fim, eles chegaram a um grupo de prateleiras muito altas, sobre as quais dezenas de caixas estavam guardadas.

— Que bom! — disse Simon, apontando para uma delas, de tamanho modesto, cuja data e número de aquisição conferiam. — Está fácil de pegar — disse, retirando-a da prateleira e colocando-a sobre um caixote próximo. — Parece até Natal, não é? Olhar para uma coisa que ninguém vê há 25 anos. Ah, olha o que temos aqui!

Ele enfiou a mão na caixa e tirou um recipiente com ossos.

A maioria era de meros fragmentos, mas ela reconheceu uns poucos nódulos densos, que haviam permanecido intactos, enquanto outras partes do esqueleto partiram-se e desgastaram-se ao longo dos séculos. Josephine pegou um deles e sentiu um arrepio no pescoço.

— Ossos do punho — murmurou ela. — *Humanos.*

— Meu palpite é de que sejam de um único indivíduo. Sim, isso traz de volta recordações. O calor e a poeira. A emoção de estar bem no meio da coisa, quando a gente acha que, a qualquer momento, nossa espátula pode colidir com a história. Antes dessas juntas velhas cederem. Antes de ficar, de certa forma, velho, algo que nunca esperei. Eu costumava achar que era imortal — declarou, dando uma risada triste, um som de perplexidade de que décadas pudessem ter passado tão rapidamente, deixando-o confinado a um corpo combalido.

Ele olhou para o recipiente de ossos e disse:

— Esse infeliz também deve ter pensado, sem dúvida, que era imortal. Até ver os companheiros enlouquecerem de sede. Até seu exército desabar à sua volta. Tenho certeza de que ele nunca imaginou que aquele seria o seu fim. Isso é o que a passagem dos séculos faz com até o mais glorioso dos impérios. Os reduz a simples areia.

Josephine recolocou com cuidado o osso do punho no recipiente. Não passava de um depósito de cálcio e fosfato. Os ossos serviam a seu propósito, e seus donos morriam e abandonavam-nos, como se abandona uma bengala. Aqueles fragmentos eram tudo que restava de um soldado persa, destinado a perecer em um deserto estrangeiro.

— Ele faz parte do exército perdido — disse ela.

— Tenho quase certeza. Um dos soldados condenados de Cambises.

Josephine olhou para ele.

— Você esteve lá com Kimball Rose.

— Ah, a escavação era dele, e ele pagava bem por isso. Você tinha que ver a equipe que reuniu! Vários arqueólogos. Centenas de escavadores. Estávamos lá para encontrar um santo graal da arqueologia, fugidio como a Arca da Aliança ou o túmulo de Alexandre. Cinquenta mil soldados persas simplesmente desapareceram no deserto, e eu queria estar lá quando fossem descobertos.

— Mas não foram.

Simon balançou a cabeça.

— Cavamos durante duas temporadas e tudo que encontramos foram pedaços de osso e metal. Restos de soldados extraviados, sem dúvida. Era um espólio tão insignificante que nem Kimball nem o governo egípcio se interessaram em guardar. Então, acabou vindo para nós.

— Eu não sabia que você tinha trabalhado com Kimball Rose. Você nunca sequer mencionou que o conhecia.

— Ele é um bom arqueólogo. Um homem excessivamente generoso.

— E o filho? — perguntou ela, em voz baixa. — Você conhece bem Bradley?

— Ah, Bradley — disse, colocando a caixa de volta na prateleira. — Todo mundo quer saber sobre Bradley. A polícia. Você. Mas a verdade é que eu mal me lembro do garoto. Eu não acredito que um filho de Kimball fosse ser uma ameaça para você. Essa investigação tem sido muito injusta com a família dele. — Simon virou-se para ela, e a intensidade súbita de seu olhar deixou-a inquieta. — Ele só quer o melhor para você.

— Como assim?

— Entre todos os candidatos que eu podia contratar, escolhi você. Porque ele disse que eu devia. Ele está cuidando de você.

Josephine deu um passo para trás.

— Você não faz a menor ideia — disse ele, movendo-se em sua direção. — O tempo todo, ele tem sido seu amigo oculto. Ele me pediu para não dizer nada, mas acho que já é hora de você saber. É sempre bom a gente saber quem são nossos amigos, especialmente quando eles são tão generosos.

— Os amigos não tentam te matar. — Ela deu meia-volta e afastou-se, mancando pelos corredores de caixotes.

— Do que você está falando? — gritou ele.

Ela continuou através do labirinto, preocupada apenas em chegar à saída. Podia escutá-lo seguindo-a, a bengala batendo contra o concreto.

— Josephine, a polícia está completamente errada sobre ele!

Ela dobrou uma curva do labirinto e viu a porta à frente, entreaberta. *Nós não a tínhamos fechado? Tenho certeza que sim.*

O ruído da bengala de Simon ficou mais próximo.

— Agora eu me arrependo de ter contado — disse ele. — Mas você realmente devia saber como Kimball tem sido generoso com você.

Kimball?

Josephine virou-se e perguntou:

— Como ele sabe sobre mim?

Naquele momento, as luzes do porão se apagaram.

24

A noite já havia caído quando Jane saiu de seu Subaru e correu, sob a chuva torrencial, até a entrada do Museu Crispin. A porta da frente não estava trancada, e ela entrou no prédio juntamente com uma rajada de vento úmido, que fez as brochuras do balcão de recepção voarem e espalharem-se pelo chão molhado.

— Já é hora de começar a construir a arca? — perguntou o guarda de plantão.

— É, está bem molhado lá fora.

De mau humor, Jane tirou a capa de borracha encharcada e pendurou-a em um gancho.

— Nunca vi tanta chuva num verão só e morei a vida inteira aqui. Ouvi dizer que é por causa do aquecimento global.

— Cadê todo mundo? — perguntou Jane, cortando a conversa tão bruscamente que o rosto dele endureceu. Após os acontecimentos daquela noite, ela não estava com a menor disposição para falar sobre o tempo.

Seguindo seu exemplo, ele respondeu com a mesma aspereza.

— O detetive Young está lá embaixo, no porão. O colega dele, lá em cima, conversando com o curador.

— Vou começar pelo porão.

Ela colocou luvas e protetores nos sapatos e dirigiu-se à escada. A cada passo, Jane preparava-se para o que estava em vias de confrontar-se. Ao chegar no porão, viu um aviso lúgubre do que a aguardava. Marcas de sola de sapatos ensanguentadas, tamanho masculino, 41 ou 42, impressas no corredor, da área de armazenamento até o elevador. Ao lado das pegadas, via-se um borrão assustador, deixado por algo arrastado pelo chão.

— Rizzoli? — chamou o detetive Young, que acabava de sair da área de armazenamento.

— Você a encontrou? — perguntou Jane.

— Eu acho que ela não está em lugar nenhum desse prédio.

— Merda. — Jane olhou de novo para baixo, em direção à mancha. — Ele a levou.

— Eu diria que é isso mesmo. Arrastou-a por esse corredor e a levou para o primeiro andar no elevador.

— E depois?

— Levou-a para fora por uma porta dos fundos que dá para as docas. Tem um beco atrás do prédio, por onde ele pode ter dado ré no carro. Ninguém veria nada, ainda mais essa noite, com toda a chuva. Ele só teve que colocá-la no veículo e ir embora.

— Como ele entrou no prédio? As portas não estavam trancadas?

— O guia, Sra. Willebrandt, disse que foi embora lá pelas 5h15 da tarde e jura que trancou as portas. Mas ela parece ter uns mil anos, quem sabe o estado da sua memória?

— E os outros? Onde estava o Dr. Robinson?

— Ele e a senhorita Duke tinham ido a Revere despachar um caixote. Ele diz que voltou ao prédio por volta das 7 da noite para terminar um trabalho e não viu ninguém. Achou que a Dra. Pulcillo já tinha ido para casa e a princípio não se preocupou. Até dar uma olhada na sala dela e notar que a bolsa ainda estava lá. Foi quando ele ligou para a polícia.

— Mas o detetive Frost devia ter levado ela para casa hoje.

Ele nos contou —concorda Young.

— Onde está ele então?

— Chegou logo depois da gente. Está lá em cima agora. — Young fez uma pausa e disse em voz baixa. — Pega leve com ele, está bem?

— Por ter feito essa merda?

— Vou deixar ele te contar o que aconteceu. Mas primeiro.... — Ele virou-se para a porta. — Eu quero que você veja isso.

Ela o seguiu até a área de depósito.

As pegadas eram mais visíveis ali; as solas do assassino estavam tão encharcadas de sangue que deixaram respingos. Young abriu caminho por entre o labirinto de itens armazenados e apontou para uma passagem estreita. O objeto de sua atenção encontrava-se enfiado entre os caixotes.

— Não sobrou muito do rosto — disse ele.

Porém, havia o suficiente para Jane reconhecer Simon Crispin. O golpe atingira a têmpora esquerda, rompendo osso e cartilagem e deixando uma cratera de sangue, que escorrera do ferimento para o chão, formando um lago que espalhara-se pelo concreto, ensopando as lascas de madeira. Simon ainda vivera por um breve período após o golpe, longo o bastante para que o coração continuasse batendo e bombeando sangue, que jorrara da cabeça destroçada, fluindo pelo chão.

— O assassino conseguiu cronometrar tudo a tempo — disse Young. — Ele devia estar observando o prédio. Quando a Sra. Willebrandt saiu, ele soube que só duas pessoas tinham ficado. A Dra. Pulcillo e um homem de 82 anos — observou, olhando para Jane. — Contaram que ela estava com a perna engessada, não tinha como fugir e não seria capaz de reagir muito.

Jane olhou para a marca que o corpo de Josephine deixou ao ser arrastado. *Nós dissemos que ela estaria segura. Foi por isso que voltou a Boston. Josephine confiou em nós.*

— Tem outra coisa que você precisa ver — disse Young.

— O quê? — perguntou olhando para cima.

— Vou te mostrar.

Ele levou-a de volta em direção à saída, deixando para trás o labirinto de caixotes.

— Isso — disse Young, apontando para a porta fechada e para as duas palavras escritas ali com sangue:

Encontre-me

Jane subiu os degraus até o terceiro andar. Àquela altura, o médico-legista e a perícia já haviam chegado, carregando toda sua parafernália, e o prédio ecoava com as vozes e as passadas de um exército invasor, cujo som subia pelo vão da escada central. Ela fez uma parada no último patamar, subitamente cansada de tanto sangue, morte e fracasso.

Mais que tudo, fracasso.

O filé perfeitamente grelhado que comera na casa da mãe, algumas horas antes, parecia agora um tijolo indigesto em seu estômago. *De um minuto para o outro*, pensava ela; *essa é a rapidez com que um agradável domingo de verão pode se transformar em tragédia.*

Ela atravessou a galeria de ossos humanos, passando pelo esqueleto que segurava os fragmentos do filho e dirigiu-se pelo corredor em direção às salas da administração. Por uma porta aberta, viu Barry Frost sentado sozinho em uma delas, os ombros caídos, a cabeça entre as mãos.

— Frost? — chamou.

Com relutância, ele endireitou-se, e ela espantou-se ao ver os olhos dele vermelhos e inchados. Ele virou o rosto, como se estivesse envergonhado por Jane ter visto seu sofrimento e, rapidamente, limpou o rosto com a manga.

— Jesus! — disse ela. — O que aconteceu com você?

Ele balançou a cabeça.

— Eu não posso mais. Preciso sair desse caso.

— Você pode me dizer o que deu errado?

— Eu fodi com tudo. Foi isso que deu errado.

O detetive raramente usava palavrões e isso a surpreendeu mais ainda que a confissão. Ela entrou na sala e fechou a porta. Depois, puxou uma cadeira e sentou-se bem em frente a Frost, que foi forçado a encará-la.

— Era você que a devia ter levado para casa essa noite, não?

Ele confirmou:

— Era minha vez.

— Então por que você não veio até aqui?

— Não me dei conta — disse ele em voz baixa.

— Você *esqueceu?*

Ele soltou um suspiro torturado.

— Sim, *esqueci*. Eu devia ter passado aqui às 6 da tarde, mas me distraí. É por isso que não posso mais trabalhar nesse caso. Preciso tirar uma licença.

— OK, você estragou tudo. Mas agora nós temos uma mulher desaparecida, e eu preciso de todo mundo trabalhando.

— Eu não sirvo para nada nesse momento. Vou foder com tudo de novo.

— O que você tem? Está fraquejando bem na hora em que mais preciso de você.

— Alice quer o divórcio — disse ele.

Ela encarou-o, sem conseguir encontrar uma resposta adequada. Se havia uma ocasião de dar um abraço no parceiro, seria aquela. Contudo, ela jamais o fizera e o gesto pareceria falso naquele momento. Então, Jane disse apenas:

— Cara, eu sinto muito.

— Ela foi embora de casa hoje à tarde — contou ele. — Foi por isso que não fui ao churrasco. Ela chegou para dar a notícia em pessoa. Pelo menos, teve a bondade de dizer na minha cara. E não pelo telefone. — Mais uma vez, Frost passou a manga pelo rosto.

— Eu sabia que tinha alguma coisa errada e que estava piorando, desde que ela começou a faculdade de direito. Depois disso, nada que eu fizesse ou dissesse parecia interessar-lhe mais. Era como se eu fosse aquele policial burro com quem se casou por acaso, e agora se arrependeu.

— Ela disse mesmo isso para você?

— Não foi preciso. Estava explícito na voz dela — disse dando um sorriso amargo. — Ficamos juntos nove anos e de repente eu não sirvo mais.

Jane não teve como evitar a pergunta óbvia:

— Quem é o cara?

— Que diferença faz se tem outro cara? A questão é que ela não quer mais ficar casada. Pelo menos, não comigo.

Seu rosto franziu-se, e ele tremia com o esforço para não chorar. No entanto, as lágrimas vieram mesmo assim e ele se inclinou para a frente, com a cabeça nas mãos. Jane nunca o vira tão fragilizado e vulnerável, o que a assustou. Ela não sabia como consolá-lo. Naquele momento, preferiria estar em qualquer outro lugar, até na cena do mais sangrento dos crimes, em vez de fechada naquela sala com um homem aos prantos. Ocorreu-lhe retirar a arma dele. Revólveres e caras deprimidos não combinavam muito. Será que ele se sentiria insultado se ela o fizesse? Resistiria? Todas essas considerações práticas passaram por sua cabeça enquanto ela batia-lhe no ombro e murmurava expressões inúteis de comiseração. *Foda-se Alice. Eu nunca gostei mesmo dela. Agora a piranha vai embora e torna a minha vida infeliz também.*

Frost levantou-se de repente da cadeira e olhou para a porta.

— Eu preciso sair daqui.

— Para onde você vai?

— Não sei. Para casa.

— Olha, eu vou ligar para o Gabriel. Você vai ficar com a gente essa noite, pode dormir no sofá.

Ele balançou a cabeça.

— Esquece, eu preciso ficar sozinho.

— Acho que essa não é uma boa ideia.

— Eu não quero ficar com ninguém, entendeu? Me deixe em paz.

Ela estudou-o, tentando avaliar o quanto poderia pressioná-lo. E percebeu que, se estivesse no lugar dele, também rastejaria até uma caverna sem vontade de falar com ninguém.

— Tem certeza?

— Tenho.

Ele empertigou-se, como se estivesse preparando-se para sair do prédio e passar pelos colegas, que veriam seu rosto e se perguntariam o que teria acontecido.

— Ela não merece suas lágrimas — disse Jane. — Na minha opinião.

— Talvez — disse ele, em voz baixa. — Mas eu a amo.

Frost saiu da sala.

Ela seguiu-o até a escada e ficou ali, no patamar do terceiro piso, escutando seus passos, enquanto ele descia os degraus. Jane se perguntava se devia ter apreendido a arma.

25

Os incessantes pingos d'água eram como golpes de martelo na cabeça já dolorida. Josephine gemeu e sua voz parecia ecoar de volta, como se estivesse em uma grande caverna, que cheirava a mofo e terra molhada. Abrindo os olhos, viu uma escuridão tão densa que teve a sensação de poder tocá-la. Mesmo com a mão bem perto do rosto, não conseguia ver o menor movimento, nenhum contorno. Só o esforço de forçar a vista naquele breu já fazia seu estômago retorcer-se.

Lutando contra a náusea, fechou os olhos e virou de lado, ficando com a maçã do rosto pressionada contra um tecido molhado. Esforçou-se para descobrir onde estava. Aos poucos, começou a registrar os detalhes. Água pingando. Frio. Um colchão com odor de mofo.

Por que não consigo me lembrar de como cheguei aqui?

Sua última lembrança era de Simon Crispin. O som de sua voz assustada, seu grito nas trevas do porão do museu. Mas aquela era uma escuridão diferente, não como essa.

Seus olhos abriram-se novamente e dessa vez não foi a náusea, mas o medo que fez seu estômago se contorcer. Lutando contra a tontura, ela sentou-se. Escutava as batidas do coração e a pressão do sangue no ouvido. Tateando a margem do colchão, sentiu por baixo a frieza de um chão de concreto. Suas mãos exploraram o perímetro e ela descobriu uma jarra d'água, uma lata de lixo e algo macio, envolvido em plástico. Ela apertou e sentiu o aroma fermentado do pão.

Josephine começou a explorar mais longe, expandindo o universo escuro, enquanto aventurava-se aos poucos para fora da ilha segura que era o colchão. Engatinhando, ouvia o gesso da perna arranhando o chão. Ao deixar o colchão para trás, nas trevas, ela entrou subitamente em pânico, temerosa de não conseguir encontrá-lo de novo, de ter que vagar pela eternidade por aquele chão frio em busca daquele pedacinho patético de conforto. Todavia, seu descampado não era um lugar tão grande assim; após alguns movimentos, chegou a uma parede áspera de concreto.

Apoiando-se contra ela, pôs-se de pé. O esforço a deixou tonta novamente, e Josephine ficou encostada, de olhos fechados, esperando a cabeça clarear. Outros sons chamaram-lhe a atenção. O ruído de insetos, a agitação de alguma criatura invisível movendo-se pelo chão e, durante todo o tempo, um gotejar contínuo de água.

Ela seguiu mancando apoiada na parede, rastreando os limites de sua prisão. Alguns passos levaram-na até o primeiro canto, e Josephine sentiu um estranho reconforto ao descobrir que aquela escuridão não era infinita, que sua exploração das trevas não a levaria a uma queda da borda do universo. Ela continuou em um pé só, a mão trilhando a parede seguinte. Uma dúzia de passos fizeram-na alcançar o segundo canto.

As características de sua prisão iam aos poucos tomando forma em sua cabeça.

Josephine moveu-se ao longo da terceira parede, até alcançar outro canto. *Doze passos por oito*, pensou ela. Cerca de 7 por 10 metros. Paredes de concreto e chão. *Um porão.*

Continuou o percurso pela parede seguinte e seu pé esbarrou em algo que rolou fazendo barulho. Abaixando-se, cerrou os dedos em torno do objeto. Sentiu que era de couro e curvo, e tinha uma fileira de pedrinhas. Um salto agulha.

Um sapato de mulher.

Outra prisioneira já esteve aqui, pensou ela. Outra mulher havia dormido naquele colchão e bebido daquela jarra d'água. Ela abraçou o sapato, explorando com os dedos cada curva, buscando ansiosamente pistas sobre a dona. *Minha irmã de desespero.* Era um sapato pequeno, tamanho 35 ou 36, e com pedrinhas. Devia ser um sapato de festa, para ser usado com um vestido bonito e brincos, durante uma saída à noite com um homem especial.

Ou com o homem errado.

De repente, Josephine começou a tremer de frio e de desespero. Apertou o sapato contra o peito. Sapato de uma mulher morta; disso ela não tinha dúvidas. Quantas outras teriam ficado ali? E quantas viriam após ela? Ela respirou fundo e imaginou estar sentindo seus cheiros, o medo e o desespero de cada mulher que tremera naquela escuridão; isso aguçava-lhe agora todos os outros sentidos.

Ela escutava o sangue bombeando nas artérias e sentia o ar frio invadindo seus pulmões, enquanto cheirava o couro úmido do sapato que abraçava. *Quando se perde a visão*, pensava ela, *todos os detalhes antes imperceptíveis passam a ser notados como a lua depois de o sol ter finalmente se posto.*

Agarrada ao sapato como a um talismã, obrigou-se a continuar inspecionando sua prisão, imaginando se a escuridão ocultava outras pistas de antigas ocupantes. Fantasiou um chão coberto de objetos pessoais espalhados, de mulheres mortas. Um relógio aqui, um batom ali. E de mim, o que descobrirão algum dia, perguntou-se. Deixarei algum vestígio ou serei apenas mais uma vítima desaparecida, sobre cujas últimas horas jamais se saberá?

A parede de concreto apresentou subitamente um declive e passou para madeira. Josephine deteve-se.

Encontrei a porta.

Embora a maçaneta girasse fácil, ela não conseguiu mover a porta; estava trancada pelo outro lado. Ela esmurrou-a com os punhos e gritou, mas a madeira era sólida e os esforços inúteis apenas machucaram suas mãos. Exausta, encostou-se na porta e, em meio ao martelar de seu coração, Josephine ouviu outro som, que a fez ficar rígida de medo.

Era um rosnado baixo e ameaçador e, na escuridão, ela não conseguia localizá-lo. Imaginou dentes e garras afiadas; a criatura avançando em sua direção, armando o bote. Depois ouviu o barulho de uma corrente e o som de alguma coisa arranhando no alto.

Josephine olhou para cima. Pela primeira vez, viu uma brecha de luz, tão tênue que, a princípio, não acreditou nos próprios olhos. Entretanto, à medida que olhava, a abertura ia ficando mais clara. Era a primeira luz do dia, brilhando através de uma janela de ventilação coberta por tábuas.

Unhas afiadas arranhavam as tábuas, enquanto o cachorro tentava entrar. Era um animal grande, pelo som do rosnado. *Eu sei que ele está lá fora, e ele sabe que estou aqui*, pensou ela. Ele sente o cheiro do meu medo e quer prová-lo. Josephine nunca tivera um cão e sempre imaginara um dia ter um beagle ou talvez um pastor Shetland, alguma raça suave e carinhosa. Não a fera que fazia guarda do lado de fora da janela, a qual, a julgar-se pelo som que emitia, poderia rasgar-lhe a garganta.

O cachorro latiu. Ela ouviu o ruído de pneus e de um motor sendo desligado.

Josephine ficou rígida, o coração esmurrando-lhe o peito à medida que os latidos tornavam-se frenéticos. Ela levantou os olhos para o teto quando ouviu passos acima.

Largando o sapato, retirou-se para o lado mais afastado da porta, até suas costas encostarem na parede de concreto. Josephine ouviu uma tranca girar. A porta abriu-se e a luz de uma lanterna rompeu as trevas. O homem aproximou-se; ela virou-se, cega, como se aquele facho de luz fosse o sol queimando-lhe a retina.

Ele postou-se diante dela sem dizer nada. A câmara de concreto ampliava os sons, e Josephine ouvia sua respiração, vagarosa e regular, enquanto ele examinava sua prisioneira.

— Deixe eu ir embora — murmurou ela. — Por favor.

Ele não disse uma palavra, e foi seu silêncio o que mais a assustou. Até ela ver o que trazia na mão, soube na hora que havia algo pior do que aquele mero silêncio.

Era uma faca.

26

— Vocês ainda têm tempo para encontrá-la — disse o psicólogo forense Dr. Zucker. — Supondo-se que o assassino repita as práticas passadas, vai fazer com ela o que fez com Lorraine Edgerton e a vítima do pântano. Ele já a aleijou; dificilmente ela vai poder fugir ou se defender. É provável que ele a mantenha viva durante dias, talvez semanas. O suficiente para satisfazer os rituais de que necessita, antes de passar para a próxima fase.

— Próxima fase? — perguntou o detetive Tripp.

— A preservação — declarou Zucker apontando para as fotos das vítimas espalhadas sobre a mesa de conferências. — Acho que o destino de Josephine é entrar para a coleção. Como a mais nova relíquia. A questão é.... — Ele olhou para Jane. — Que método vai usar com Josephine Pulcillo?

Jane olhou para as imagens das três vítimas e considerou as opções sinistras. Ser desentranhada, salgada e embrulhada em bandagens como Lorraine Edgerton? Ser decapitada, ter o rosto e o couro cabeludo arrancados do crânio e as feições reduzidas ao tamanho de uma boneca? Ou ser mergulhada nas águas negras de um pântano, com a agonia da morte preservada para a eternidade na máscara curtida do rosto?

Ou teria o assassino um plano especial reservado para Josephine? Alguma técnica nova ainda desconhecida pela polícia?

A sala de reuniões ficara em silêncio e, quando Jane olhou em volta da mesa para a equipe de detetives, viu expressões sombrias, todos reconhecendo a inquietante verdade: que o tempo da vítima se esgotava rapidamente. Onde Barry Frost costumava sentar-se, havia apenas uma cadeira vazia. Sem ele, a equipe parecia incompleta, e ela não parava de olhar para a porta, esperando que ele entrasse de repente e tomasse seu lugar habitual na mesa.

— Encontrá-la pode se resumir a uma única coisa: o quanto poderemos penetrar na mente do sequestrador — disse Zucker. — Precisamos de mais informação sobre Bradley Rose.

Jane concordou.

— Estamos tentando encontrar, descobrir onde trabalhou, morou e quem são seus amigos. Merda, mesmo que seja uma pinta no traseiro, gostaríamos de saber também sobre ela.

— Os pais devem ser a melhor fonte de informação.

— Não tivemos sorte com eles. A mãe está doente demais para falar e, quanto ao pai, é uma pedreira.

— Mesmo com a vida de uma mulher em perigo, ele não quer cooperar?

— Kimball Rose não é um cara comum. Para começar, ele é tão rico quanto o rei Midas e está protegido por um exército de advogados. As regras não se aplicam a ele, nem a esse filho macabro.

— Ele tem que ser mais pressionado.

— Crowe e Tripp acabaram de chegar do Texas — disse Jane. — Enviei-os para lá na esperança de que um pouquinho de intimidação masculina pudesse funcionar.

Ela olhou para Crowe, que mantinha os ombros enormes desde a época em que era jogador de futebol americano na faculdade. Se alguém podia ser um símbolo de macheza, essa pessoa era o detetive.

— Não conseguimos nem chegar perto dele — disse Crowe. — Fomos parados no portão por um advogado idiota e cinco seguranças. Não chegamos nem na porta. Os Rose ergueram um paredão em volta do filho. Não vamos conseguir nada com eles.

— Bem, e o que sabemos sobre o paradeiro de Bradley?

Tripp respondeu:

— Ele tem conseguido ficar fora do radar já faz um tempo. Não conseguimos localizar nenhuma cobrança recente de cartão de crédito, e nada é depositado no Fundo de Garantia dele há anos, o que indica que ele não tem trabalhado. Pelo menos, em nenhum emprego honesto.

— Há quanto tempo?

— Treze anos. Ele não precisa trabalhar, sendo filho do rei Midas.

Zucker pensou nisso por um instante.

— Como vocês sabem que o sujeito está realmente vivo?

— Porque os pais me contaram que recebem cartas e e-mails dele — disse Jane. — Segundo o pai, Bradley vive no exterior. O que pode explicar porque estamos tendo tanto trabalho para rastrear seus movimentos.

Zucker franziu o cenho.

— Algum pai iria tão longe assim? A ponto de proteger e sustentar financeiramente um filho sociopata e perigoso?

— Eu acho que ele está protegendo *a si mesmo*, Dr. Zucker. O próprio nome e a própria reputação. Ele não quer que o mundo saiba que o filho é um monstro.

— Eu ainda custo a acreditar que algum pai chegue a tais extremos por um filho.

— Nunca se sabe — disse Tripp. — Talvez ele realmente goste do pervertido.

— Eu acho que Kimball está protegendo a mulher também — disse Jane. — Ele me disse que ela está com leucemia, e parecia de fato muito doente. Ela acha que o filho é um bom garoto.

Zucker balançou a cabeça descrente.

— Essa família é profundamente patológica.

Eu não tenho diploma de psicóloga de luxo, mas poderia dizer isso também.

— A transferência de dinheiro pode ser fundamental aqui — disse Zucker. — Como Kimball está mandando dinheiro para o filho?

— Fazer esse rastreamento é um problema — disse Tripp. — A família possui inúmeras contas, algumas no exterior. E ele tem a proteção de todos esses advogados. Mesmo com um juiz simpático do nosso lado, levaria tempo para descobrir.

— Estamos nos concentrando na Nova Inglaterra — disse Jane. — Em busca de transações financeiras na área de Boston.

— E amigos? Contatos?

— Sabemos que há 25 anos Bradley trabalhou no Museu Crispin. A Sra. Willebrandt, uma das funcionárias, lembra que ele passava a maior parte do tempo trabalhando depois do expediente, quando o museu já estava fechado. Então, ninguém se recorda muito dele. Ele não era alguém marcante; não fez nenhuma amizade duradoura. Era como um fantasma.

E ainda é um fantasma, pensou ela. Um assassino que penetra em prédios trancados, cujo rosto escapa às câmeras de segurança. Que segue as vítimas sem ser notado.

— Existe uma boa fonte de informação — disse Zucker. — Nos daria o perfil psicológico mais exato que podemos esperar. Se o Instituto Hilzbrich abrir seus registros.

Crowe deu uma risada de nojo.

— Ah, sim. Aquela escola para pervertidos.

— Já liguei para o antigo diretor três vezes — disse Jane. — O Dr. Hilzbrich se recusa a liberar os arquivos por causa da privacidade dos pacientes.

— A vida de uma mulher está em jogo. Ele não pode se recusar.

— Mas recusou. Vou de carro até Maine amanhã para fazer pressão e ver se consigo tirar mais alguma coisa dele.

— O que seria?

— Os arquivos de Jimmy Otto. Ele também foi aluno lá. Como Jimmy já morreu, talvez o doutor entregue o arquivo.

— Como isso nos ajudaria?

— Já está bem claro para nós que Jimmy e Bradley eram companheiros de caça de longa data. Os dois estiveram na área de Chaco Canyon. Os dois estavam em Palo Alto na mesma época. E parece que compartilhavam uma fixação pela mesma mulher, Medea Sommer.

— Cuja filha está agora desaparecida.

Jane assentiu.

— Talvez seja por isso que Bradley a escolheu. Por vingança. Porque a mãe matou Jimmy.

Zucker recostou-se na cadeira, com o rosto perturbado.

— Esse detalhe me preocupa, sabiam?

— Que detalhe?

— A coincidência, detetive Rizzoli. Você não acha impressionante? Há 12 anos, Medea Sommer matou Jimmy Otto com um tiro em San Diego. Depois, sua filha, Josephine, acaba indo trabalhar no Museu Crispin... Mesmo lugar onde Bradley Rose já tinha trabalhado e onde os corpos de duas de suas vítimas estavam escondidos. Como isso aconteceu?

— Isso também me preocupa — admitiu Jane.

— Você sabe como Josephine conseguiu esse emprego?

— Eu a questionei. Ela viu o anúncio da vaga em uma página para egiptólogos na internet. Ela se candidatou e, algumas semanas depois, recebeu um telefonema de aprovação. Ela admitiu ter ficado surpresa com a escolha

— Quem deu o telefonema?

— Simon Crispin.

A sobrancelha de Zucker ergueu-se diante desse detalhe.

— Que por coincidência está morto agora — disse ele, em voz baixa.

Ouviu-se uma batida na porta, e um detetive enfiou a cabeça na sala de reuniões.

— Rizzoli, estamos com um problema. É melhor você vir até aqui e dar um jeito.

— O que foi? — perguntou ela.

— Um certo milionário texano chegou na cidade.

Jane virou-se na cadeira, surpresa:

— Kimball Rose está aqui?

— Está na sala de Marquette. Você precisa dar um pulo lá.

— Talvez ele tenha decidido finalmente cooperar.

— Eu acho que não. Ele está querendo a sua cabeça, e quer que todos saibam.

— Cara — murmurou Tripp. — Antes a tua que a minha.

— Rizzoli, você quer que a gente vá junto? — perguntou Crowe estalando as juntas dos dedos de modo ostensivo. — Um pouco de apoio psicológico?

— Não — respondeu com os lábios apertados. Ela juntou as pastas e ficou de pé. — Eu me viro com ele.

Ele pode estar querendo minha cabeça, mas eu vou conseguir a do filho dele de qualquer jeito.

Ela atravessou a Unidade de Homicídios e bateu na porta do tenente Marquette. Quando entrou, viu-o sentado à mesa; o rosto, impenetrável. O mesmo não se aplicava ao visitante, que olhou para Jane com desprezo manifesto. Só por cumprir seu dever, ela ousara desafiá-lo e, aos olhos de um homem tão poderoso quanto Kimball Rose, isso era, sem dúvida, uma ofensa imperdoável.

— Eu creio que vocês já se conhecem — disse Marquette.

— Sim — falou Jane. — Estou surpresa de ver o Sr. Rose aqui, já que tem se recusado a atender todos os meus telefonemas.

— Você não tem o direito — disse Kimball —, de ficar contando mentiras a respeito do meu filho, quando ele não está aqui para se defender.

— Eu sinto muito, Sr. Rose. — retrucou Jane. — Não sei o que o senhor quer dizer com *contar mentiras*.

— Você acha que eu sou algum imbecil? Não cheguei no patamar que estou só por ter sorte. Eu faço perguntas. Tenho minhas fontes. Sei do que trata a sua investigação. Essa acusação maluca que você está tentando fazer contra Bradley.

— Eu admito que o caso é realmente bizarro, mas vamos esclarecer uma coisa. Eu não *faço acusações*. Eu sigo as evidências. Neste momento, elas apontam diretamente para o seu filho.

— Ah, eu já sei tudo sobre você, detetive Rizzoli. Você tem um histórico de fazer julgamentos precipitados. Como atirar e matar aquele homem desarmado num telhado há alguns anos.

À menção desse incidente doloroso, Jane retesou-se. Kimball percebeu e enfiou a faca mais fundo.

— Você deu àquele homem a chance de se defender? Ou você fez o papel de juiz e jurado e só apertou o gatilho, do jeito como está fazendo com Bradley?

— Sr. Rose, aquele tiro não é relevante para essa situação — disse Marquette.

— Não é? Diz tudo sobre essa mulher, que é uma espécie de canhão à solta. Meu filho é inocente. Não teve nada a ver com esse rapto.

— Como o senhor pode ter tanta certeza sobre isso? — perguntou Marquette. — O senhor não sabe nem nos dizer onde seu filho está.

— Bradley não é capaz de violência. É mais fácil usarem de violência contra *ele*. Eu conheço meu filho.

— Conhece? — perguntou Jane, abrindo a pasta que trouxera até a sala e tirando uma foto, que pôs diante dele.

Ele olhou para a imagem grotesca da *tsantsa*, com as pálpebras costuradas e os lábios perfurados por cordões trançados.

— O senhor sabe como isso se chama, não sabe, Sr. Rose? — perguntou ela.

Ele não disse nada. Pela porta fechada, eles podiam ouvir telefones tocando e as vozes de detetives na Unidade de Homicídios, mas na sala de Marquette o silêncio era total.

— Tenho certeza de que o senhor já viu uma coisa dessas antes — disse Jane. — Um fanático por arqueologia tão viajado como o senhor certamente já esteve na América do Sul.

— É uma *tsantsa* — disse ele, por fim.

— Muito bem. Seu filho deve conhecer isso também, não? Já que imagino que ele tenha viajado o mundo todo com o senhor.

— Isso é tudo que você tem contra ele? Que meu filho seja arqueólogo? — bufou ele. — Você vai ter que arranjar coisa melhor no tribunal.

— E a mulher que ele perseguia? Medea Sommer registrou uma queixa contra ele em Indio.

— E daí? Ela retirou a acusação.

— Então nos conte sobre aquele programa de tratamento particular de que ele participou em Maine. O Instituto Hilzbrich. Pelo que sei, eles são especializados em um certo tipo de jovens problemáticos.

Ele encarou-a

— Como você...

— Eu também não sou imbecil. Também faço perguntas. Soube que o instituto era muito exclusivo, muito especializado. Muito discreto. Acho que tinha que ser, considerando-se a clientela. Então me diga, o programa funcionou para Bradley? Ou só fez apresentá-lo a amigos igualmente pervertidos?

— Quero ela fora desse caso ou você vai ter que se ver com meus advogados — gritou, olhando para Marquette.

— Amigos como Jimmy Otto — continuou Jane. — O senhor se lembra desse nome, Jimmy Otto?

Kimball ignorou-a e manteve a atenção sobre Marquette.

— Terei que ir até seu comissário de polícia? Porque eu vou fazer isso. Vou fazer o que for necessário, chamar todo mundo que conheço. Tenente?

Marquette ficou em silêncio por um instante. Um longo momento, durante o qual Jane ficou admirada do quanto Kimball Rose podia ser avassalador, não apenas sua presença física, mas sua força implícita. Ela compreendeu a pressão sobre Marquette e se preparou para as consequências.

Porém, Marquette não a decepcionou.

— Sinto muito, Sr. Rose — disse ele. — A detetive Rizzoli é a investigadora principal e ela dá as ordens.

Kimball fulminou-o com um olhar, sem acreditar que dois meros servidores públicos pudessem desafiá-lo. Com o rosto perigosamente avermelhado, ele virou-se para Jane.

— Por causa da *sua* investigação, minha esposa está no hospital. Três dias depois de você aparecer fazendo perguntas sobre Bradley, ela sofreu um colapso. Tive que colocá-la num avião para cá ontem, para o hospital Dana-Farber. Ela talvez não sobreviva a isso, e eu culpo você. Vou ficar de olho, detetive. Você não vai conseguir virar uma única pedra sem que eu fique sabendo.

— É onde vou encontrar Bradley, provavelmente — disse Jane. — Debaixo de uma pedra.

Ele saiu da sala, batendo a porta com força.

— Isso — disse Marquette —, não foi muito inteligente de se falar.

Ela suspirou e pegou a foto da mesa.

— Eu sei — admitiu Jane.

— Você tem certeza de que Bradley Rose é o nosso homem?

— Noventa e nove por cento.

— É melhor estar 99,99 por cento certa. Porque você acabou de ver com quem estamos lidando. Agora, a mulher foi internada no hospital e ele está furioso. Ele tem dinheiro e contatos suficientes para tornar nossa vida um inferno permanente.

— Então, deixe-o fazer da nossa vida um inferno. Isso não altera o fato de que o filho é culpado.

— Nós não podemos mais nos dar ao luxo de cometer erros, Rizzoli. Sua equipe já deu uma grande mancada, e aquela moça pagou por isso.

Se ele pretendia atingi-la, foi certeiro. Ela sentiu o estômago se contrair enquanto agarrava-se à pasta, como se aquele monte de papéis pudesse aliviar sua consciência pesada em relação ao rapto de Josephine.

— Você sabe disso — disse ele, em voz baixa.

— Sim, sei — retrucou ela. — *E esse erro vai me perseguir até o fim da vida.*

27

A residência de Nicholas Robinson ficava em Chelsea, não muito distante de Revere, bairro de classe operária, onde Jane crescera. Como o lar da infância da detetive, a casa do curador também era modesta, com um pórtico coberto, na frente, e um quintal pequenino atrás. No jardim, à entrada, cresciam os maiores tomates já vistos por Jane, arruinados por causa das recentes chuvas fortes, e uma quantidade deles, madura demais, pendia apodrecendo no pé. Aquelas plantas negligenciadas deviam ter alertado Jane quanto ao estado de espírito de Robinson. Quando abriu a porta, ela se espantou ao ver o estado de exaustão e a magreza dele; os cabelos despenteados e a camisa amarrotada, como se estivesse dormindo com ela há dias.

— Alguma novidade? — perguntou ele, perscrutando ansiosamente o rosto da detetive.

— Sinto muito, mas não. Posso entrar um pouco, Dr. Robinson?

Ele assentiu de forma cansada.

— Claro.

Na casa dos pais em Revere, a TV era o foco principal da sala, e a mesa de centro vivia cheia de controles remotos, que pareciam ter se multiplicado ao longo dos anos. Contudo, na sala de Robinson, ela não viu qualquer televisão, nenhum tipo de distração, nem controle remoto à vista. Em vez disso, havia prateleiras com livros, estatuetas e pedaços de cerâmica. E mapas do mundo antigo emolduravam as paredes. Em todos os aspectos, tratava-se da casa de um acadêmico empobrecido, mas era uma bagunça organizada, como se cada quinquilharia se encontrasse precisamente no lugar certo.

Ele olhou em torno da sala como se não estivesse muito certo sobre o que fazer em seguida e, depois, balançou as mãos, impotente.

— Desculpe. Eu devo oferecer a você alguma coisa para beber, não? Acho que não sou um anfitrião muito bom.

— Não precisa, obrigada. Vamos só sentar e conversar.

Eles sentaram-se em poltronas confortáveis, mas surradas. Lá fora, passava uma motocicleta, mas, dentro da casa, com seu traumatizado morador, havia silêncio.

Ele disse em voz baixa:

— Eu não sei o que fazer.

— Ouvi dizer que o museu pode ser fechado permanentemente.

— Eu não estava falando do museu, mas de Josephine. Eu faria qualquer coisa para te ajudar nas buscas, mas o que eu posso fazer? — perguntou gesticulando em direção aos livros e mapas. — Só sou bom *nisso*. Em colecionar e catalogar! E interpretar detalhes inúteis do passado. Em que isso pode ajudá-la, pergunto eu? Em nada — declarou, olhando para baixo, derrotado. — Não fui de ajuda nem para Simon.

— Talvez você *possa* nos ajudar.

Robinson olhou para ela com olhos fundos de exaustão.

— Peça o que for preciso.

— Vou começar com uma pergunta. Qual era seu relacionamento com Josephine?

Ele franziu o cenho.

— Relacionamento?

— Ela era mais que uma colega, acho.

Muito mais, a julgar-se pelo que via em seu rosto.

Robinson balançou a cabeça.

— Olha para mim, detetive. Tenho 14 anos a mais que ela. Sou míope sem cura, mal ganho para viver e estou começando a ficar careca. Por que alguém como ela ia querer alguém como eu?

— Então ela não estava interessada em um relacionamento romântico?

— Não consigo imaginar que estivesse.

— Você está querendo dizer que não sabe de fato? Nunca perguntou?

Ele deu um sorriso envergonhado.

— Nunca tive coragem de falar e não queria deixá-la sem jeito. Poderia arruinar o pouco que tínhamos.

— E o que era esse pouco?

Robinson sorriu.

— Ela é como eu, tão parecida comigo. É só nos darem um fragmento antigo de osso ou uma lâmina enferrujada, e nós dois conseguimos sentir o calor da história nisso. Era isso que tínhamos em comum, uma paixão pelo passado. Devia ser o suficiente, conseguir compartilhar isso tudo. — Sua cabeça pendeu, e ele admitiu. — Eu tinha medo de pedir mais que isso.

— Por quê?

— Por causa da beleza dela — disse Robinson, falando com tanta suavidade que parecia rezar.

— Essa foi uma das razões pelas quais você a contratou?

Ela pôde ver que a pergunta ofendeu-o de imediato. Ele fechou a cara e se endireitou.

— Eu nunca contrataria alguém com base na aparência física. Meus padrões são competência e experiência.

— No entanto, Josephine tinha muito pouca experiência no currículo. Tinha acabado de completar o doutorado. Você a contratou como consultora, e ela é muito menos qualificada que você.

— Mas eu não sou egiptólogo. Foi a razão alegada por Simon para trazermos um consultor na área. Acho que eu deveria ter me sentido um pouco insultado, mas para ser honesto, eu sabia que não tinha qualificação para avaliar Madame X. Reconheço meus próprios limites.

— Devia haver egiptólogos mais qualificados que Josephine para se escolher.

— Tenho certeza que sim.

— Mas você não sabia?

— Simon tomou a decisão. Depois que anunciei a abertura da vaga, nós recebemos dezenas de currículos. Eu estava peneirando as opções quando Simon me disse que já tinha escolhido. Josephine não foi uma das que me chamou atenção, mas ele insistiu que devia ser ela. E de alguma forma, ele conseguiu uma verba extra para contratá-la em tempo integral.

— Como assim, ele conseguiu uma verba extra?

— Apareceu uma doação substancial. As múmias têm esse efeito, sabia? Elas deixam os doadores empolgados, ficam mais dispostos a abrir a carteira. Quando você trabalha no mundo da arqueologia por tanto tempo quanto Simon, fica sabendo quem tem o bolso mais recheado. Sabe para quem pedir dinheiro.

— Mas por que ele escolheu Josephine? Eu acabo voltando sempre a essa pergunta. Entre todos os egiptólogos que poderia contratar, todos os Ph.Ds recém-formados que podem ter se candidatado, por que *ela* foi a contratada?

— Eu não sei. Não fiquei entusiasmado com a escolha, mas nem discuti porque tive a impressão que ele já tinha decidido, e não havia nada que eu pudesse fazer. — Robinson suspirou e olhou pela janela. — E então eu a conheci — disse, em voz baixa. — E percebi que não haveria outra pessoa com quem eu gostasse mais de trabalhar. Ninguém mais que eu.... — Ele ficou em silêncio.

Naquela rua de casas modestas, o barulho do tráfego era constante. Todavia, aquela sala parecia congelada em uma época diferente e mais refinada; uma ira em que um excêntrico relaxado que nem

Nicholas Robinson podia envelhecer encantado, cercado por seus livros e mapas. Entretanto, ele apaixonara-se, e não havia mais alegria em seu rosto, apenas tormento.

— Ela está viva — disse ele. — Eu preciso acreditar nisso — afirmou e olhou para Jane. — *Você* acredita, não?

— Sim, acredito — disse ela.

Jane desviou o olhar antes que ele pudesse ler o resto da resposta em seus olhos. *Mas não sei se podemos salvá-la.*

28

Aquela noite, Maura jantou sozinha.

Ela havia planejado um jantar romântico a dois e, um dia antes, vasculhara as prateleiras do supermercado, escolhendo limões Meyer, salsa, vitela e alho, todos os ingredientes necessários para o prato favorito de Daniel, ossobuco. Porém, os planos mais bem projetados por amantes ilícitos podem desmoronar em uma fração de segundo, com um simples telefonema. Há algumas horas ele dera a notícia, desculpando-se e dizendo que era esperado para jantar naquela noite com uns bispos de Nova York em visita. A ligação tinha terminado como tantas outras. *Desculpe, Maura. Eu te amo. Queria poder me livrar dessa.*

Contudo, ele nunca conseguia.

Agora, a carne de vitela estava guardada no freezer e, em vez de ossobuco, ela resignara-se, para jantar sozinha, com um sanduíche de queijo quente e um gim-tônica bem forte.

Maura imaginou onde Daniel estava naquele momento. Visualizou uma mesa com homens com roupas pretas sombrias, de cabeças baixas e murmurando uma prece diante da comida. O som amortecido de prataria e porcelana, enquanto discutiam assuntos de importância para a igreja: o declínio de matrículas nos seminários e o envelhecimento do clero. Todas as profissões tinham jantares de negócios; no entanto, quando os desse grupo terminavam, aqueles homens não voltavam para um lar, para esposas e família, mas para camas solitárias. Maura se perguntava, *enquanto você bebe seu vinho, olha em volta da mesa para os colegas, sente-se incomodado com a ausência de rostos e vozes femininas?*

Você está pensando em mim?

Ela apertou com um garfo o sanduíche na frigideira quente e ficou ouvindo a manteiga chiar, enquanto o pão tostava. Como ovos mexidos, o sanduíche de queijo quente era uma de suas refeições de último caso, e o aroma da manteiga escurecendo trazia de volta todas as noites de exaustão durante a faculdade de medicina. Era também o cheiro daquelas noites de sofrimento após o divórcio, quando planejar uma refeição requeria uma sobrecarga de esforço. O aroma de sanduíche de queijo quente cheirava a derrota.

Lá fora, a noite caía, encobrindo misericordiosamente a horta abandonada, plantada na primavera, com tanto otimismo. Agora era uma floresta de ervas daninhas, alfaces devoradas e favas de ervilha, que pendiam secas e duras de trepadeiras emaranhadas. *Um dia*, pensou ela, *eu continuo.* Vou mantê-la capinada e limpa. No entanto, aquela horta era um desperdício, mais uma vítima de muitas exigências e distrações.

Daniel, mais que tudo.

Na janela, viu-se refletida na vidraça; os lábios curvados para baixo, os olhos cansados e fundos. Essa imagem infeliz era tão surpreendente quanto o rosto de uma estranha. Dali a dez, vinte anos, aquela mesma mulher ainda o olharia de volta?

A frigideira começou a soltar fumaça e o pão a queimar. Ela desligou o fogo e abriu a janela para o cheiro sair. Depois, levou o sanduíche até a mesa da cozinha. *Gim e queijo*, pensava ela enquanto reabastecia o copo. Alimentos necessários para uma mulher melancólica. Enquanto bebia, separava a correspondência recebida naquela noite, pondo catálogos desnecessários na lata do lixo de reciclagem, e empilhando as contas a pagar naquele fim de semana.

Ela deteve-se diante de um envelope com seu nome e endereço datilografados. Não trazia remetente. Maura abriu-o e retirou uma folha de papel dobrada. No mesmo instante, deixou-a cair como se queimasse.

Escritas com tinta, estavam ali as mesmas duas palavras que vira pintadas com sangue na porta do Museu Crispin.

ENCONTRE-ME

Deu um pulo e ficou de pé, derrubando o copo de gim-tônica. As pedras de gelo deslizaram para o chão, mas ela ignorou o fato e correu para o telefone.

Após três toques, sua ligação foi atendida por uma voz vibrante:

— Rizzoli.

— Jane, acho que ele escreveu para mim.

— O quê?

— Veio na minha correspondência. É só uma folha de papel...

— Fale mais devagar. Não estou te ouvindo bem nesse trânsito.

Maura fez uma pausa para acalmar os nervos e conseguiu dizer, mais pausadamente:

— O envelope está endereçado a mim. Dentro, tem uma folha de papel com apenas duas palavras: *Encontre-me.* — Ela respirou fundo e disse em voz baixa. — Só pode ser ele.

— Não tem mais nada escrito na folha? Nada mesmo?

Maura virou a página e franziu o cenho.

— Tem dois números do outro lado.

Pelo telefone, ela ouviu um carro buzinar e Jane murmurar um palavrão.

— Escuta, estou num engarrafamento aqui na Columbus Avenue agora. Você está em casa?

— Estou.

— Estou indo para aí. Seu computador está ligado?

— Não. Por quê?

— Ligue. Preciso que você veja uma coisa para mim. Acho que sei o que são esses números.

— Espera — disse Maura carregando o telefone e a folha. Ela correu pelo corredor até o escritório. — Estou ligando — disse, enquanto o monitor iluminava-se e a torre dava sinais de vida. — Fale sobre esses números — disse ela. — O que são eles?

— Estou achando que são coordenadas geográficas.

— Como você sabe?

— Porque Josephine nos contou que recebeu um bilhete como esse seu com números que acabaram revelando as coordenadas da Reserva Blue Hills.

— Foi por isso que ela estava caminhando lá naquele dia?

— O assassino a mandou para lá.

O computador inicializou.

— OK. Está ligado. O que você quer que eu faça?

— Vai para o Google Earth. Digita esses números para latitude e longitude.

Maura olhou novamente para a folha de papel, subitamente impressionada pelo significado das palavras *Encontre-me*.

— Ah, meu Deus! — murmurou ela. — Ele está nos dizendo onde encontrar o corpo dela.

— Eu espero sinceramente que você esteja errada. Você já digitou os números?

— Vou digitar agora.

Maura pousou o telefone e começou a digitar no teclado, colocando os números para latitude e longitude. Na tela, o mapa do globo começou a girar, movendo-se na direção das coordenadas especificadas.

Ela pegou de novo o telefone e disse:

— Está começando o zoom.

— O que está aparecendo?

— O nordeste dos Estados Unidos. É Massachusetts...

— Boston?

— Parece... Não, espera aí. — Maura aguardava os detalhes. De repente, ficou com a garganta seca.

— É em Newton — disse ela, em voz baixa.

— Onde em Newton?

Maura pegou o mouse. A cada clique, a imagem aumentava. Ela viu ruas, árvores. Telhados de casas. Até que reconheceu o bairro, e um arrepio levantou cada pelo de sua nuca.

— É a minha casa — sussurrou ela.

— O quê?

— São as coordenadas da *minha casa*.

— Jesus, me escuta! Vou mandar uma patrulha para aí agora. Sua casa é segura? Quero que você verifique todas as portas. Vai, vai!

Maura pulou da cadeira e correu até a porta da frente. Estava trancada. Depois, foi ver a porta da garagem, também trancada. Virou na direção da cozinha e ficou paralisada.

Deixei a janela aberta.

Vagarosamente, ela percorreu o corredor, as palmas das mãos úmidas, o coração disparado. Ao entrar na cozinha, viu que a tela da janela estava intacta, e o local, incólume. As pedras de gelo derretidas haviam deixado uma poça d'água, brilhando sob a mesa. Ela dirigiu-se à porta e confirmou que estava trancada. Claro que estaria. Dois anos antes, um invasor entrara na casa e, desde então, Maura tomava o cuidado de trancar as portas e ligar o sistema de alarme. Ela fechou e trancou a janela da cozinha, enquanto respirava bem devagar, desacelerando os batimentos cardíacos. *Era só uma correspondência*, pensava ela. Uma brincadeira entregue pelo serviço postal dos Estados Unidos. Virando-se, olhou para o envelope no qual o bilhete chegara. Só então percebeu que não havia nenhum carimbo postal nem selo.

Ele próprio entregou. Veio até a minha rua e pôs na caixa de correio.

O que mais ele deixou para mim?

Olhando pela janela, perguntou-se que segredos a escuridão escondia. Suas mãos estavam novamente pegajosas quando foi até o interruptor das luzes externas. Estava quase com medo do que elas podiam revelar, de que Bradley Rose em pessoa estivesse parado em frente à janela, olhando-a fixamente. Entretanto, quando apertou o interruptor, a claridade não revelou nenhum monstro. Ela viu a churrasqueira a gás e os móveis de jardim, em teca, comprados no mês anterior e ainda não aproveitados. Para além do pátio, na extremidade da área iluminada, só conseguia discernir a borda sombria do jardim. Nada de alarmante, nem nada fora do lugar.

Então, uma ondulação pálida chamou sua atenção, algo branco que se agitava ligeiramente na escuridão. Ela esforçou-se para compreender o que era, mas a coisa recusava-se a tomar uma forma, a revelar-se. Maura pegou uma lanterna na gaveta da cozinha e apontou-a para a noite. O facho de luz revelou a pereira japonesa plantada há dois verões, na extremidade do quintal. Suspenso em um de seus galhos, um objeto branco balançava languidamente ao vento.

A campainha tocou.

Ela deu meia-volta, a respiração tensa de medo. Atravessando apressadamente o corredor, Maura viu a luz azul do carro de patrulha piscando pela janela da sala. Abriu a porta da frente e deparou-se com dois policiais de Newton.

— Está tudo bem, Dra. Isles? — perguntou um dos patrulheiros. — Recebemos um aviso sobre um possível intruso neste endereço.

— Está tudo bem — ela suspirou de alívio. — Mas eu preciso que vocês me acompanhem para verificar uma coisa.

— O quê?

— Está no meu quintal.

Os policiais seguiram-na pelo corredor até a cozinha. Lá, ela parou, perguntando-se de súbito se não estava prestes a parecer ridícula. A mulher solitária histérica, imaginando fantasmas pendurados em árvores. Agora que tinha dois patrulheiros ao seu lado, o medo abrandara-se e preocupações de ordem mais prática tomaram-lhe o espírito. Se o assassino tivesse realmente deixado algo em seu quintal, precisava lidar com o objeto como uma profissional.

— Esperem aqui só um minuto — disse ela, correndo até o armário do corredor, onde pegou a caixa de luvas de látex.

— A senhora se importa de nos dizer o que está acontecendo? — gritou o policial.

Ela retornou à cozinha carregando a caixa de luvas e oferecendo-lhes duas delas.

— Caso seja necessário — disse ela.

— Para quê?

— Provas.

Ela pegou a lanterna e abriu a porta da cozinha. Lá fora, a noite de verão cheirava a pinho e grama úmida. Vagarosamente, ela atravessou o quintal, vasculhando-o com um facho de luz: a horta, o gramado e qualquer outra surpresa que tivessem colocado em seu caminho. A única coisa que não estava nos conformes era aquilo que flutuava pendurado na escuridão, mais adiante. Ela parou em frente à pereira e mirou a lanterna em direção ao objeto que pendia do galho.

— Isso? — disse o policial. — É só uma sacola de supermercado.

Com alguma coisa dentro. Imaginou todos os horrores que caberiam naquela sacola plástica, todas as relíquias sinistras que um assassino poderia retirar de uma vítima e, de repente, não queria mais ver o que havia dentro. *Deixa isso para Jane*, pensou ela. Que outra pessoa veja primeiro.

— É isso que está preocupando a senhora? — perguntou o patrulheiro.

— Ele deixou isso aqui. Entrou no meu quintal e pendurou isso na árvore.

O policial colocou as luvas:

— Hum, vamos ver o que é isso.

— Não, espera...

Porém, ele já tinha retirado a sacola do galho. O patrulheiro iluminou o conteúdo com a lanterna e, mesmo no escuro, Maura viu-o fazendo uma careta.

— O que é? — perguntou ela.

— Parece um bicho. — Ele estendeu o saco aberto para que Maura enxergasse o interior.

Em uma primeira olhada, o que viu parecia, de fato, um amontoado de pelo escuro. Contudo, quando percebeu o que era, suas mãos ficaram geladas dentro das luvas de látex.

— É cabelo — disse ela em voz baixa olhando para o policial. — Acho que é humano.

29

— É de Josephine — disse Jane.

Maura estava sentada na mesa de sua cozinha, olhando para a sacola que continha a cabeleira negra.

— Não sabemos — respondeu.

— É da mesma cor, do mesmo comprimento — disse Jane apontando para o envelope que continha o bilhete. — Está praticamente nos dizendo que foi ele que enviou.

Pela janela da cozinha, Maura via a luz das lanternas da equipe de perícia, que havia passado a última hora vasculhando seu quintal. Na rua, três viaturas estavam estacionadas, as luzes no alto piscando, e os vizinhos provavelmente espiavam o espetáculo pelas janelas. *Eu sou aquela mulher que ninguém quer na vizinhança*, pensava ela. Minha casa é o lugar onde carros de polícia, equipes de peritos e furgões de noticiários aparecem com frequência. Sua privacidade fora-lhe arrancada e sua residência, exposta às câmeras de TV. Maura tinha vontade de abrir a porta da frente e gritar aos repórteres que saíssem de sua rua e a deixassem em paz. Imaginava a cena no noticiário de fim de noite: a patologista furiosa berrando como uma louca.

Contudo, o verdadeiro objeto de sua fúria não eram as câmeras, mas o homem que as atraíra até ali, que escrevera o bilhete e deixara aquela relíquia pendurada em sua pereira. Ela olhou para Jane.

— Por que ele foi mandar isso para mim? Sou apenas uma médica-legista. Sou uma coadjuvante na investigação.

— Você esteve presente em todas as cenas de crime. Na verdade, foi a primeira pessoa nesse caso, quando começou o escaneamento de Madame X. Seu rosto apareceu nos jornais.

— O seu também, Jane. Ele podia ter enviado isso para o Departamento de Polícia de Boston. Por que para a *minha* casa? Por que deixar no *meu* quintal?

Jane sentou-se e encarou-a do outro lado da mesa.

— Se esse cabelo tivesse sido mandado para o Departamento de Polícia de Boston, teríamos examinado tudo internamente e com discrição. Em vez disso, temos aqui carros de patrulha na porta e criminalistas vasculhando sua casa. Nosso menino transformou isso em um espetáculo público. — Ela fez uma pausa. — O que pode ser a razão.

— Ele gosta de atenção — disse Maura.

— E está conseguindo, com certeza.

Lá fora, a equipe da perícia havia terminado a busca. Maura ouviu o bater de portas dos furgões, o barulho do motor de carros se afastando.

— Você perguntou uma coisa antes — disse Jane. — *Por que eu?* Por que o assassino deixaria isso na sua casa, em vez de mandá-lo para a polícia de Boston?

— Acabamos de concordar que ele quer chamar atenção.

— Sabe, eu acho que pode ter outra razão. E você não vai gostar dela.

Jane ligou o laptop que trouxera do carro e entrou na página do *Boston Globe*.

— Você se lembra de ler essa história sobre Madame X?

No monitor, estava uma matéria antiga do jornal: SEGREDOS DA MÚMIA MISTERIOSA PRONTOS PARA SEREM REVELADOS. Acompanhando o artigo vinha uma foto colorida de Nicholas Robinson e Josephine Pulcillo, ao lado do caixote de Madame X.

— Claro que li — disse Maura.

— Essa matéria foi selecionada pelas agências de notícias e saiu em vários jornais. Se nosso assassino viu essa história, soube da descoberta do corpo de Lorraine Edgerton, e que haveria um burburinho depois do escaneamento. Agora, veja isso.

Jane clicou sobre um arquivo salvo no computador e uma imagem apareceu na tela. Mostrava o rosto de uma mulher jovem com longos cabelos negros e sobrancelhas delicadamente arqueadas. Não era um retrato espontâneo, mas uma foto oficial, em um contexto profissional, que poderia ter sido tirada para um anuário de universidade.

— Quem é? — perguntou Maura.

— O nome dela é Kelsey Thacker. Era uma estudante de graduação vista pela última vez há 26 anos, caminhando para casa, vinda de um bar na vizinhança. Em Indio, na Califórnia.

— Indio? — perguntou Maura.

Ela pensou no jornal amassado retirado da cabeça da *tsantsa*, impresso há 26 anos.

— Examinamos os relatórios de pessoas desaparecidas, de todas as mulheres que sumiram na área de Indio aquele ano. O nome de Kelsey Thacker apareceu em primeiro lugar. E quando vi a foto, tive certeza — disse, apontando para a imagem. — Acho que essa era a aparência de Kelsey antes de um assassino cortar sua cabeça, retirando o rosto e o couro cabeludo. Antes de a encolher e pendurar num barbante, como uma porra de um ornamento de Natal. — Jane respirou fundo, agitada. — Sem o crânio, não temos como fazer o exame da arcada dentária, mas tenho certeza que é ela.

O olhar de Maura ainda estava fixo no rosto da mulher. Em um tom baixo, ela disse:

— Ela parece com Lorraine Edgerton.

— E com Josephine também. Cabelo escuro, bonita. Acho que o tipo de mulher que atrai esse assassino é bem claro. Sabemos também que assiste aos noticiários de TV. Ele ouve que Madame X foi encontrada no Museu Crispin e, talvez, essa publicidade toda o excite. Ou o aborreça. O mais importante é que tudo é sobre *ele*, que vê a foto de Josephine na matéria sobre a múmia. Rosto bonito, cabelo preto. Idêntica à garota dos seus sonhos. O tipo de vítima que ele parece adorar matar.

— E isso o atrai para Boston.

— Eu não tenho dúvidas de que ele leu esse artigo também. — Jane clicou em outra matéria de arquivo do *Boston Globe*, sobre a Mulher do Pântano: CORPO DESCOBERTO NO CARRO DE UMA MULHER. Acompanhando a história, havia uma foto de arquivo de Maura, com a legenda: "Médica-legista diz que causa da morte ainda é indeterminada."

— É a foto de outra mulher bonita com cabelo preto — disse Jane, olhando para Maura. — Talvez você nunca tenha reparado na semelhança, doutora, mas eu já. A primeira vez que vi você e Josephine na mesma sala, pensei que você poderia ser a irmã mais velha dela. Foi por isso que pedi à polícia de Newton que ficasse de olho na sua casa. Talvez seja uma boa ideia para você sair de casa por uns dias. Talvez seja a hora também de ter um cachorro. Bem grande.

— Eu tenho sistema de alarme, Jane.

— Cachorro tem dentes. Além do mais, te faria companhia. — Jane levantou-se para ir embora. — Sei que você gosta de privacidade, mas às vezes uma mulher não quer ficar sozinha.

Mas eu sou sozinha, pensou Maura mais tarde, enquanto observava o carro de Jane partir e desaparecer na noite. Sozinha numa casa silenciosa sem sequer um cão como companhia.

Ela armou o sistema de alarme e ficou andando pela sala, inquieta, como um animal enjaulado; o olhar voltando-se para o telefone a todo momento. Por fim, não conseguiu mais resistir à tentação. Sentiu-se como um drogado em abstinência quando pegou o aparelho, com a mão tremendo de vontade, enquanto apertava o número do celular de Daniel. *Por favor, atenda. Por favor, esteja disponível para mim.*

A chamada caiu na caixa postal.

Maura desligou sem deixar mensagem e olhou para o telefone, sentindo-se traída por seu silêncio. *Eu preciso de você esta noite*, pensou ela, *mas você não está a meu alcance, porque é a Deus que você pertence.*

A luz de um farol a fez dirigir-se à janela. Lá fora, uma patrulha do Departamento de Polícia de Newton passava vagarosamente por sua casa. Ela acenou, em reconhecimento ao policial sem rosto que cuidava dela, em uma noite quando o homem que amava não o fazia e não podia. E o que aquele patrulheiro via enquanto passava pela casa? Uma mulher que tinha uma residência confortável e toda a parafernália do sucesso, sozinha na janela, isolada e vulnerável.

O telefone tocou.

Daniel foi seu primeiro pensamento e, quando tirou o fone do gancho, o coração batia como o de um velocista.

— Você está bem, Maura? — perguntou Anthony Sansone.

Desapontada, ela deu uma resposta que soou mais seca do que pretendia.

— Por que não estaria?

— Eu soube que houve uma comoção na sua casa esta noite.

Maura não se surpreendeu por ele já saber do acontecido. Sansone sempre conseguia sentir cada tremor de inquietação, cada mudança no vento.

— Agora acabou— disse ela. — A polícia já foi.

— Você não deveria ficar sozinha esta noite. Por que você não faz uma mala e eu passo aí e te pego? Você pode ficar aqui em Beacon Hill o tempo que precisar.

Maura olhou pela janela, para a rua deserta, e pensou na noite que se seguiria. Podia passá-la acordada, escutando ansiosa cada ruído, cada estalo na casa. Ou poderia retirar-se para a segurança da mansão dele, protegida contra um universo de ameaças, de que Sansone estava convencido de que estavam à espreita dele. Em sua fortaleza forrada de veludo, mobiliada com antiguidades e retratos medievais, ela estaria segura e a salvo, mas seria um refúgio em um mundo sombrio e paranoico, com um homem que via conspirações em todo lugar. Sansone sempre a inquietara; mesmo agora, meses após conhecê-lo, ele parecia impenetrável, um homem isolado pela riqueza e pela crença perturbadora no permanente lado negro da humanidade. Ela poderia estar segura na casa dele, mas não se sentiria à vontade.

Lá fora, a rua ainda permanecia deserta; o carro da polícia partira havia muito. *Só existe uma pessoa que eu queria aqui comigo esta noite*, pensou ela. *E é a única que não posso ter.*

— Maura, posso passar aí para te pegar? — perguntou ele.

— Não tem necessidade — respondeu ela. — Eu vou no meu carro.

A última vez que Maura pusera os pés na mansão de Sansone em Beacon Hill havia sido em janeiro, e um fogo crepitava na lareira, tentando combater o frio do inverno. Agora, apesar da cálida noite de verão, uma espécie de calafrio parecia pairar sobre a casa, como se o inverno tivesse permanentemente se estabelecido naqueles salões, de paredes forradas com painéis de madeira, nos quais rostos severos pendiam em quadros nas paredes.

— Você já jantou? — perguntou Sansone, entregando a valise de Maura ao criado, que discretamente retirou-se. — Posso pedir à cozinheira que prepare uma refeição.

Ela pensou no sanduíche de queijo quente, no qual só dera algumas mordidas. Mal fora uma jantar, mas sentia-se sem apetite e aceitou apenas uma taça de vinho. Era um belo Amarone, tão escuro que parecia quase negro à luz do fogo na sala. Ela o sorveu sob o olhar frio do ancestral de Sansone, do século XVI, cujos olhos penetrantes miravam-na do retrato pendurado sobre a lareira.

— Faz tempo que você não vinha aqui — disse ele, acomodando-se na cadeira de braço estilo imperial, em frente a ela. — Eu continuo à espera de que você aceite os convites para os nossos jantares mensais.

— Tenho andado muito ocupada para comparecer às reuniões.

— Essa é a única razão? Você estar ocupada?

Maura fixou os olhos na taça de vinho.

— Não — admitiu ela.

— Sei que você não acredita na nossa missão, mas ainda acha que nós somos um bando de excêntricos?

Ela levantou a cabeça e viu que os lábios de Sansone estavam retorcidos em um sorriso irônico.

— Eu só acho que o Clube Mefisto tem uma visão do mundo muito assustadora.

— E você não? Você fica naquela sala de necropsias e assiste a um desfile de vítimas de homicídio. Você vê as provas inscritas nos corpos. Isso não abala sua fé na humanidade? Conte para mim.

— Não. Isso tudo só me diz que existem certas pessoas que não pertencem à sociedade civilizada.

— Pessoas que mal podem ser classificadas como humanos.

— Mas elas *são* humanas. Pode-se chamá-las do que quiser. Predadores, caçadores e até de demônios. O DNA delas continua a ser igual ao nosso.

— O que as faz diferentes então? O que as faz matar? — Ele pousou a taça de vinho e inclinou-se em direção a Maura, com um olhar tão perturbador quanto o do retrato sobre a lareira. — O que faz uma criança privilegiada se transformar num monstro como Bradley Rose?

— Não sei.

— Esse é o problema. A gente tenta pôr a culpa numa infância traumática, na violência dos pais, ou na influência do ambiente. Sim, algumas condutas criminosas podem provavelmente ser explicadas dessa forma. Mas existem as exceções, assassinos que se destacam pela crueldade. Ninguém sabe de onde essas criaturas vêm. No entanto, toda geração, toda sociedade, produz um Bradley Rose, um Jimmy Otto e uma leva de predadores iguais a eles. Eles estão sempre no meio da gente, e temos que reconhecer sua existência. E nos proteger.

Ela franziu o cenho para ele.

— Como você ficou sabendo tanto sobre esse caso?

— Tem havido muita publicidade.

— O nome de Jimmy Otto nunca foi divulgado, não é de conhecimento público.

— O público não faz as perguntas que eu faço. — Ele pegou a garrafa de vinho e encheu a taça dela. — Minhas fontes junto aos oficiais da lei confiam na minha discrição, e eu confio na competência deles. Temos as mesmas preocupações e os mesmos objetivos. — Ele pousou a garrafa e olhou para ela. — Exatamente como eu e você, Maura.

— Não estou sempre certa disso.

— Nós dois queremos que aquela moça sobreviva, que a polícia de Boston a encontre. Isso quer dizer que precisamos entender exatamente por que esse assassino a pegou.

— A polícia tem um psicólogo forense dando consultoria no caso. Já estão cobrindo essa área.

— E estão usando a abordagem convencional. *Ele já se comportou assim antes e, então, é assim que vai se comportar novamente.* Mas esse rapto é completamente diferente dos anteriores, dos que sabemos.

— Diferente como? Ele começou incapacitando essa mulher, e esse é exatamente o método dele.

— Como assim?

— Lorraine Edgerton e Kelsey Thacker desapareceram sem deixar pista. Nenhum dos dois raptos foi seguido de provocações como *Encontre-me.* Não teve bilhete nem nada enviado para os agentes da lei. Essas mulheres simplesmente desapareceram. Com essa vítima, é diferente. Com a senhorita Pulcillo, o assassino parece estar implorando por atenção.

— Talvez esteja pedindo para ser pego. Talvez seja um apelo para que alguém finalmente o detenha.

Ou ele tem outra razão para querer essa publicidade toda. Você tem que admitir que atrair a atenção foi exatamente o que ele conseguiu, encenando esses incidentes que dão na vista. Colocando o corpo do pântano no bagageiro. Cometendo um assassinato e um rapto no museu. E agora, o último: deixando algo no seu quintal. Você notou a rapidez com que a imprensa apareceu na sua vizinhança?

— Os repórteres muitas vezes monitoram o rádio da polícia.

— Eles receberam uma dica, Maura. Alguém ligou para eles.

— Você acha que esse assassino está tão desesperado assim por atenção? — perguntou Maura encarando Sansone.

— Recebendo ele está. Agora, a questão é: a atenção de quem ele está chamando? — Sansone fez uma pausa. — Eu estou preocupado que seja a sua.

Ela balançou a cabeça.

— Ele já tem a minha e sabe disso. Se esse é um comportamento para chamar atenção, está direcionado para um público muito mais amplo. Ele está dizendo para o mundo todo, *Olhem para mim. Olhem o que eu fiz.*

— Ou está direcionando para uma pessoa em particular. Alguém que ele quer que veja essas histórias e reaja. Eu acho que ele está se comunicando com alguém, Maura. Talvez, com outro assassino ou com alguma vítima futura.

— Precisamos nos preocupar é com a vítima atual.

Sansone balançou a cabeça.

— Ele já está com ela há três dias. Não é um bom sinal.

— Ele manteve as outras vítimas vivas por muito mais tempo que isso.

— Mas não cortou o cabelo *delas*. Não fez joguinhos com a polícia e a imprensa. Esse rapto está se processando ao longo de uma linha de tempo que é única — declarou, olhando para Maura de forma assustadoramente prática. — Dessa vez, as coisas são diferentes. O método do assassino mudou.

30

A área de Cape Elizabeth onde o Dr. Gavin Hilzbrich morava era um subúrbio abastado, fora de Portland, em Maine, mas ao contrário das propriedades bem cuidadas da rua, sua casa estava localizada ao fundo de um terreno com muitas árvores, e o gramado desigual morria aos poucos por falta de sol. Parada no acesso à grande casa em estilo colonial, Jane notou que a pintura estava descascando e uma camada de musgo verde encobria o avariado telhado, evidências do aperto financeiro por que passava o doutor. A residência, como sua conta bancária, já vira dias melhores, certamente.

A um primeiro olhar, o homem de cabelos grisalhos que atendeu a porta tinha uma aparência de prosperidade. Embora já se aproximasse dos 70 anos, permanecia ereto, apesar da idade e das dificuldades econômicas. Apesar do calor, vestia um casaco tweed, como se estivesse de saída para dar uma aula na universidade. Só quando olhou mais de perto, Jane observou que as pontas do colarinho estavam puídas e o casaco era alguns números maior que o seu. Mesmo assim, ele olhou-a com desdém, sem interesse no que aquela visitante pudesse dizer.

— Dr. Hilzbrich? — disse ela. — Eu sou a detetive Rizzoli. Nós nos falamos ao telefone.

— Não tenho nada mais a lhe dizer.

— Não temos muito tempo mais para salvar essa mulher.

— Eu não posso discutir o caso dos meus ex-pacientes.

— À noite passada, seu ex-paciente nos enviou algo.

Ele franziu o cenho.

— Como assim? O quê?

— O cabelo da vítima. Ele o arrancou da cabeça dela, enfiou numa sacola de supermercado e pendurou-o numa árvore, como um troféu. Bem, eu não sei como um psiquiatra como o senhor interpretaria isso. Sou apenas uma policial. Mas detesto pensar no que ele vai arrancar da próxima vez. E se a próxima coisa que encontrarmos for um pedaço do corpo dela, eu lhe prometo que vou bater de novo na porra da sua porta. E vou convidar algumas câmeras de TV para me acompanhar. — Ela deixou-o digerir suas palavras por um instante. — E então, o senhor quer falar agora?

Ele olhou-a, com os lábios comprimidos como duas linhas. Sem dizer uma palavra, deu um passo para o lado e deixou-a entrar.

O interior da casa cheirava a cigarro, hábito que tornava mais insalubre ainda aquele local, onde ela viu caixas cheias de arquivos espalhadas pelo corredor. Olhando por uma porta, de um escritório em desordem, Jane percebeu cinzeiros abarrotados, uma mesa coberta de papéis e mais caixas ainda.

Ela seguiu-o até a sala, opressivamente escura e triste, visto que árvores frondosas do lado de fora bloqueavam a luz do sol. Ali, alguma aparência de ordem fora mantida, mas o sofá de couro em que sentou estava manchado, e a mesa de centro primorosamente trabalhada ostentava as marcas circulares de incontáveis xícaras, pousadas sem cuidado sobre a madeira desprotegida. Ambos deviam ter custado caro, prova do passado mais próspero do proprietário. As circunstâncias de Hilzbrich deveriam com certeza ter ficado muito ruins, deixando-o com uma casa que não tinha condições de manter. Todavia, o homem que se sentou a sua frente não aparentava nenhum sinal de derrota e nem um pouco de humildade. Ele ainda era o *doutor* Hilzbrich em todos os aspectos, enfrentando o pequeno inconveniente de uma investigação policial.

— Como você sabe que meu ex-paciente é responsável pelo rapto dessa moça? — perguntou ele.

— Temos várias razões para suspeitar de Bradley Rose.

— E quais são essas razões?

— Não tenho autorização para expor os detalhes.

— E você ainda espera que eu revele os registros psiquiátricos dele?

— Com a vida de uma mulher em jogo? Sim, espero. E você sabe muito bem qual é a sua obrigação. — Ela fez uma pausa. — Já que esteve nessa situação antes.

A súbita rigidez no rosto dele confirmou que ele entendeu a indireta.

— Você já viu um dos seus pacientes sair do trilho — disse ela. — Os pais da vítima não ficaram nem um pouco contentes com essa privacidade do paciente, não foi? Ter uma filha fatiada em cubos deixa uma família assim. Eles sofrem, ficam com raiva e finalmente metem um processo. E tudo isso sai nos jornais. — Ela olhou em torno da sala pobre. — Você ainda tem pacientes, por falar nisso?

— Você sabe que não.

— Eu imagino que deva ser difícil clinicar psiquiatria quando se perde a licença.

— Foi uma caça às bruxas. Os pais precisavam culpar alguém.

— Eles sabiam exatamente em quem pôr a culpa: no seu ex-paciente psicótico. Foi você quem deu alta para ele.

— A psiquiatria é uma ciência inexata.

— Você tinha que saber que foi o seu paciente quem fez aquilo. Quando a garota foi morta, você deve ter reconhecido a assinatura dele.

— Eu não tinha nenhuma prova de que foi ele.

— Você só queria se livrar do problema. Então, não fez nada nem disse nada à polícia. Você vai deixar que isso aconteça de novo com Bradley Rose? Quando pode nos ajudar a detê-lo?

— Não vejo como eu *posso* ajudar vocês.

— Libere para nós os registros dele.

— Você não está entendendo. Se eu entregá-los para você, ele.... — Hilzbrich calou-se.

— Ele? — O olhar de Jane estava fixo com tanta intensidade no rosto do médico que ele recuou, como se fisicamente pressionado, contra a cadeira. — Você está falando do pai de Bradley, não?

O Dr. Hilzbrich engoliu em seco.

— Kimball Rose me preveniu que você me ligaria. Ele me lembrou que os registros psiquiátricos são confidenciais.

— Mesmo quando a vida de uma mulher está em perigo?

— Ele disse que me processaria se eu liberasse os arquivos. — Hilzbrich deu um risinho envergonhado e olhou em torno da sala. — Como se ainda tivesse alguma coisa para me tirarem! Essa casa pertence ao banco. O instituto foi fechado há anos e o Estado está para executar a hipoteca. Não consigo pagar nem o imposto predial.

— Quando Kimball falou com você?

Ele deu de ombros.

— Ele me ligou há uma semana, talvez mais. Não me lembro da data.

Deve ter sido logo após a visita dela ao Texas. Desde o início, Kimball Rose impusera barreiras à investigação, tudo para proteger o filho.

Hilzbrich suspirou.

— De qualquer modo, eu não posso mais entregar esse arquivo para você. Não o tenho mais.

— Quem tem?

— Ninguém. Foi destruído.

— Quanto ele te pagou para fazer isso? Você se vendeu por pouco? — acusou Jane incrédula.

Enrubescendo, ele ficou de pé.

— Não tenho mais nada a dizer para você.

— Mas eu tenho muito a lhe dizer. Primeiro, vou mostrar o que Bradley anda fazendo — disse, pegando a pasta e tirando dela uma porção de fotos de provas.

Uma a uma, Jane as jogou na mesa de centro, revelando uma galeria grotesca de vítimas.

— Isso tudo é trabalho manual do seu paciente.

— Vou lhe pedir que saia agora.

— Dá uma olhada no que ele tem feito.

Ele virou-se para a porta.

— Não preciso ver isso.

— Olha, *porra!*

Ele parou e vagarosamente virou-se na direção da mesa de centro. Quando observou finalmente as fotografias, seus olhos arregalaram-se de horror. Enquanto o psiquiatra permanecia paralisado, ela levantou-se da poltrona e avançou com firmeza para ele.

— Ele está colecionando mulheres, Dr. Hilzbrich. Josephine Pulcillo está prestes a entrar para a coleção. Temos apenas um tempo limitado antes de ele a matar. Antes de transformá-la em *algo* assim — declarou apontando para o corpo mumificado de Lorraine Edgerton. — E se ele fizer isso, o sangue dela vai sujar as suas mãos.

Hilzbrich não conseguia tirar os olhos das fotos. Suas pernas amoleceram de repente, e ele desabou sobre uma poltrona, onde ficou sentado com os ombros caídos.

— Você sabia que Bradley era capaz disso, não? — perguntou Jane.

Ele balançou a cabeça.

— Não, não sabia.

— Você era o psiquiatra dele.

— Isso foi há mais de trinta anos! Ele tinha 16 anos. Era quieto e bem-comportado.

— Então, você se lembra dele.

Uma pausa.

— Sim — admitiu ele. — Eu me lembro de Bradley, mas não vejo como qualquer coisa que eu lhe diga possa ser útil. Não faço ideia de onde está agora. Certamente que eu nunca pensei que ele fosse capaz de.... — Hilzbrich olhou para as fotos. — *Disso*.

— Porque ele era quieto e bem-comportado? — debochou Jane dando um sorriso cínico. — Você, entre todas as pessoas, devia saber que são os quietinhos em quem temos de ficar de olho. Você deve ter visto os sinais, mesmo quando ele tinha 16 anos. Alguma coisa que o alertasse de que um dia ele faria *essas* coisas com uma mulher.

Hesitante, Hilzbrich olhou novamente para a foto do corpo mumificado.

— Sim, ele teria conhecimento para isso. E provavelmente a habilidade também — admitiu o psiquiatra. — Ele era fascinado por arqueologia. O pai enviou uma vez uma caixa com livros de egiptologia e Bradley os lia sem parar. Obsessivamente. Sim, ele saberia *como* mumificar um corpo, mas atacar e raptar uma mulher? — Hilzbrich balançou a cabeça. — Bradley nunca tomava a iniciativa de nada e tinha dificuldade de encarar as pessoas. Ele era um seguidor, não um líder. E por isso, eu culpo o pai — declarou olhando para Jane. — Você conhece Kimball?

— Conheço.

— Então sabe como ele manda em todo mundo. Naquela família, é Kimball quem toma todas as decisões. Quem escolhe o que é melhor para a esposa, para o filho. Sempre que Bradley tinha que fazer uma escolha, mesmo a mais simples, como o que comer no jantar, precisava ponderar muito, sobre os menores detalhes. Ele tinha dificuldade em tomar decisões rápidas, necessárias para raptar uma mulher, não? Você a vê, deseja e leva. Não tem tempo para ficar pensando se vai fazer ou não.

— Mas se ele tivesse a chance de planejar, conseguiria fazer?

— Poderia fantasiar sobre isso, mas o garoto que eu conheci teria medo de *confrontar* uma moça.

— Como ele foi então parar naquele instituto? Não era nisso que você era especialista, em garotos com comportamento sexual criminoso?

— Os desvios sexuais aparecem de várias formas.

— Qual era a forma do de Bradley?

— Espreita. Obsessão. Voyeurismo.

— Você está me dizendo que ele só gostava de ficar espiando?

— Mas a coisa ia um pouco além disso, razão pela qual o pai o enviou para o instituto.

— Além de que forma?

— Primeiro, ele foi pego algumas vezes olhando pela janela de uma vizinha adolescente. Depois, passou a segui-la na escola e, quando ela o rejeitou publicamente, Bradley invadiu a casa dela, quando não tinha ninguém, e pôs fogo na cama da menina. Foi quando o juiz deu um ultimato aos pais dele: ou o garoto ia se tratar ou seria preso. Os Rose preferiram mandá-lo para fora do Estado, para que os rumores não chegassem até seu círculo exclusivo de amigos. Bradley veio então para o instituto, onde ficou durante dois anos.

— Parece uma estada bem prolongada.

— Foi a pedido do pai. Kimball queria o garoto totalmente regenerado, para que não envergonhasse a família de novo. A mãe queria que ele voltasse para casa, mas a vontade de Kimball prevaleceu. Mas Bradley parecia muito contente de estar conosco. No instituto, tínhamos florestas e trilhas, até um lago para pescar. Ele gostava da vida ao ar livre e conseguiu fazer alguns amigos.

— Como Jimmy Otto?

Hilzbrich fez uma careta à menção do nome.

— Vejo que você se lembra de Jimmy também — falou Jane.

— Sim — disse ele em voz baixa. — Jimmy foi... Inesquecível.

— Você sabe que ele morreu? Assassinado com um tiro há 12 anos, em San Diego. Quando invadiu a casa de uma mulher.

Ele fez que sim.

— Um detetive me telefonou de San Diego, pedindo informações sobre ele. Se eu achava que Jimmy poderia estar cometendo um ato criminoso quando foi morto.

— Imagino que você tenha dito que sim.

— Eu já tratei de centenas de garotos sociopatas, detetive. Que provocaram incêndios, torturaram animais, atacaram colegas de sala. Mas só poucos realmente me assustavam — revelou fitando Jane. — Jimmy Otto era um deles. Era o predador consumado.

— E isso deve ter mexido com Bradley?

— Como assim? — perguntou Hilzbrich piscando.

— Você não sabe sobre a parceria deles? Eles caçavam juntos, Bradley e Jimmy. E se conheceram no seu instituto. Você nunca notou?

— Tínhamos apenas trinta pacientes internos. Então, é óbvio que todos se conheciam. Participavam juntos de terapias em grupo, mas eram garotos com personalidades muito diferentes.

— Talvez seja por isso que eles funcionavam tão bem juntos. Deviam complementar um ao outro. Um era o líder e o outro, o seguidor. Não sabemos quem escolhia as vítimas ou quem matava de fato, mas fica claro que eles *eram* parceiros e estavam fazendo uma coleção juntos. Até a noite em que Jimmy foi morto — disse, fitando o psiquiatra. — Agora Bradley está continuando sem ele.

— Então ele se transformou numa pessoa diferente da que eu conheci. Veja, eu sabia que *Jimmy* era perigoso. Mesmo com 15 anos, ele me apavorava. Punha medo em todo mundo, inclusive nos próprios pais. Mas Bradley? — fez que não com a cabeça. — Sim, ele é amoral, você podia persuadi-lo a fazer qualquer coisa, talvez até a matar. Mas ele é um seguidor, não um líder. Precisa de alguém que o direcione, que tome as decisões.

— Um parceiro como Jimmy, é o que você está dizendo.

Hilzbrich estremeceu.

— Graças a Deus não existem muitos monstros como Jimmy Otto por aí. Nem gosto de pensar no que Bradley pode ter aprendido com ele.

O olhar de Jane baixou para as fotos sobre a mesa. *Aprendeu o suficiente para continuar sozinho. O bastante para se tornar tão monstruoso quanto Jimmy.*

Ela olhou para Hilzbrich.

— Então você não pode me entregar os arquivos de Bradley.

— Já lhe disse, foram destruídos.

— Então me dê os de Jimmy Otto.

Ele hesitou, intrigado com o pedido.

— Por quê?

— Jimmy já morreu, não pode mais reclamar sobre sua privacidade como paciente.

— Que bem esses registros vão fazer a você?

— Ele era parceiro de Bradley. Eles viajaram juntos, mataram juntos. Se eu conseguir entender Jimmy, isso pode me dar uma pista do homem que Bradley se tornou.

Ele considerou o pedido por um instante, depois balançou a cabeça e levantou-se.

— Preciso encontrar a pasta. Pode levar um tempo.

— Está guardada aqui?

— Você acha que eu tenho condições de arcar com um depósito? Todas as pastas do instituto estão aqui, na minha casa. Se você esperar, vou encontrar — disse ele, saindo da sala.

As fotos grotescas sobre a mesa de centro haviam servido seu propósito, e ela não suportava mais vê-las. Enquanto as juntava, viu uma imagem inquietante de uma quarta vítima, outra beldade de cabelos negros, salgada como charque, e cogitou se, naquele momento, Josephine não estaria adentrando o outro mundo.

Seu celular tocou. Ela largou as fotos para atender.

— Sou eu — disse Barry Frost.

Ela não esperava um telefonema dele. Preparando-se para uma atualização sobre suas mazelas matrimoniais, ela perguntou gentilmente:

— Como você está?

— Acabei de falar com a Dra. Welsh.

Ela não fazia a menor ideia de quem era a Dra. Welsh.

— É a conselheira matrimonial que você estava pensando em visitar? Acho que é uma ideia ótima você e Alice conversarem sobre isso e tentar descobrir o que fazer.

— Não, ainda não procuramos nenhum conselheiro. Não estou ligando para falar sobre isso.

— Então, quem é a Dra. Welsh?

— É aquela bióloga da Universidade de Massachusetts, a que me contou tudo sobre pântanos e brejos. Ela me ligou de volta hoje, e eu achei que você gostaria de saber sobre isso.

Falar sobre pântanos e brejos já era um grande progresso, pensou ela. Pelo menos, ele não estava choramingando por causa de Alice. Jane olhou para o relógio, perguntando-se quanto tempo o Dr. Hilzbrich levaria para encontrar a pasta de Jimmy Otto.

— ... E é realmente raro. Foi por isso que ela precisou de dias para identificar. Foi necessário até consultar um botânico de Harvard, e ele confirmou.

— Desculpe — disse ela. — Do que você está falando?

— Daqueles pedacinhos de plantas que a gente retirou dos cabelos da Mulher do Pântano. Tinha folhinhas e pequenas sementes. A Dra. Welsh disse que são de uma planta chamada.... — houve uma pausa, e Jane ouviu o ruído de páginas sendo folheadas, enquanto ele procurava suas anotações. — *Carex oronensis*. Esse é o nome científico. Ela é chamada também de caniço de orono.

— Essa planta cresce em pântanos?

— E no campo. Ela gosta também de locais movimentados, como clareiras e acostamento de estradas. A mostra parecia fresca. Ela acha então que ficou nos cabelos da vítima quando o corpo foi removido. O orono só produz sementes depois de julho.

Agora, Jane prestava o máximo de atenção no que ele estava dizendo.

— Você falou que essa planta é rara. Como assim?

— Só existe um lugar do mundo onde ela cresce, no vale do rio Penobscot.

— Onde é isso?

— Em Maine. Perto da região de Bangor.

Ela olhou pela janela para a densa cortina de árvores que cercava a casa do Dr. Hilzbrich. *Maine. Bradley Rose passou dois anos de sua vida aqui.*

— Rizzoli — disse Frost. — Eu quero voltar.

— O quê?

— Eu não devia ter te deixado na mão. Quero voltar para a equipe de novo.

— Você tem certeza de que está pronto?

— Eu preciso fazer isso. Preciso ajudar.

— Você já ajudou — disse ela. — Bem-vindo de volta.

Quando ela desligou, o Dr. Hilzbrich entrou na sala carregando três pastas cheias.

— Aqui estão os arquivos de Jimmy — disse ele, entregando-os a ela.

— Eu só preciso de mais uma coisa, doutor.

— Sim?

— Você disse que o instituto foi fechado. O que aconteceu com a propriedade?

Ele balançou a cabeça.

— Ficou no mercado durante anos, mas nunca foi vendida. Remota demais para interessar a algum construtor. Eu não consegui pagar os impostos. Então, estou prestes a perdê-la.

— Está desocupada no momento?

— Está fechada há anos.

Mais uma vez, ela olhou para o relógio e considerou quantas horas de sol ainda restavam.

Jane olhou para Hilzbrich e perguntou:

— Como eu chego lá?

31

Deitada sobre o colchão úmido, Josephine olhava para as trevas de sua prisão e pensava quando, há 12 anos, ela e a mãe haviam fugido de San Diego. Foi na manhã seguinte após Medea limpar o sangue do chão, lavar as paredes e se livrar do homem que invadira a casa das duas, episódio que mudou para sempre a vida de ambas.

Elas cruzaram a fronteira do México e, enquanto o carro deslocava-se rapidamente, por entre a vegetação rasteira de Baja, Josephine ainda tremia de medo. Entretanto, Medea mostrava-se estranhamente calma e concentrada, com as mãos bem firmes sobre o volante. Ela não compreendia como a mãe podia estar tão senhora de si. Não entendia tantas coisas. Foi naquele dia que viu quem a mãe realmente era.

Foi o dia em que soube ser filha de uma leoa.

— Tudo que eu fiz foi por você — declarou Medea, enquanto o carro deslizava ao longo do asfalto, que tremulava com o calor. — Fiz isso para ficarmos juntas. Nós somos uma família, querida, e uma família tem que ficar junta — disse, olhando para a filha aterrorizada, sentada encolhida ao seu lado, como um animal ferido. — Você lembra o que te falei sobre famílias nucleares? Como os antropólogos a definem?

Um homem esvaíra-se em sangue na casa delas, o corpo fora descartado e elas fugiram do país. E sua mãe estava calmamente dando-lhe lições sobre teoria antropológica?

Apesar da incredulidade nos olhos da filha, Medea continuara:

— Os antropólogos vão dizer que uma família nuclear não é composta por mãe, pai e filhos. Não, é a mãe e a criança. Os pais vão e vêm. Eles partem para o mar ou marcham para a guerra e, muitas vezes, não voltam para casa. Mas mãe e filho estão ligados para sempre. Mãe e filho formam a unidade primordial. *Nós* somos essa unidade, e vou fazer qualquer coisa para proteger isso, para *nos* proteger. É por isso que temos que fugir.

E elas haviam fugido, deixado uma cidade que adoravam, que fora o lar delas por três anos, tempo suficiente para construir amizades, e elos.

Em uma noite, com um único tiro, todos aqueles elos foram rompidos para sempre.

— Abra o porta-luvas — dissera Medea. — Tem um envelope dentro.

A filha, ainda tonta, encontrou o envelope e o abriu. Dentro, havia duas certidões de nascimento, dois passaportes e uma carteira de motorista.

— O que é isso?

— É o seu novo nome.

A garota abriu o passaporte e viu a própria foto, da qual lembrava-se vagamente, quando posara meses antes a pedido da mãe. Nunca imaginara que fosse para um passaporte.

— O que você acha? — perguntou Medea.

A filha olhava para o nome. *Josephine.*

— É lindo, não? — perguntou Medea. — É o seu novo nome.

— Por que eu preciso dele? Por que estamos fazendo isso de novo? — A voz da garota transformou-se em um grito histérico. — *Por quê?*

Medea entrou no acostamento e parou o carro. Agarrou o rosto da filha com as mãos e forçou-a a olhar em seus olhos.

— A gente está fazendo isso porque não tem escolha. Se não fugirmos, eles vão me pôr na cadeia. Vão tirar você de mim.

— Mas você não fez nada! Não foi você quem o matou! Fui eu!

Medea segurou os ombros da filha e sacudiu-a com força.

— Nunca diga isso a ninguém, entendeu? *Nunca.* Se eles nos pegarem, se a polícia um dia nos descobrir, você tem que dizer que fui eu quem atirou. Diga a eles que eu matei aquele homem, e não você.

— Por que você quer que eu minta?

— Porque eu te amo e não quero que você sofra pelo que aconteceu. Você atirou nele para me proteger. Agora, eu estou protegendo você. Então me prometa que vai guardar esse segredo. *Prometa.*

A filha prometeu, apesar dos acontecimentos daquela noite ainda estarem nítidos: a mãe caída no chão do quarto, o homem em cima dela. O brilho estranho da arma sobre a mesa de cabeceira. Como parecia pesada quando a pegou. Como suas mãos haviam tremido quando puxou o gatilho. Ela, e não a mãe, matara o intruso. Aquele era o segredo entre elas, o segredo que compartilhavam.

— Ninguém precisa saber que você o matou — havia dito Medea. — Esse é um problema meu, e não seu. Nunca vai ser seu. Você vai crescer e continuar a sua vida. Vai ser feliz. E isso vai ficar enterrado no passado.

Porém, não havia ficado enterrado, pensava Josephine, deitada em sua prisão. *O que aconteceu naquela noite voltou para me perseguir.*

Fendas de luz foram aos poucos iluminando-se entre as tábuas da janela, à medida que o amanhecer avançava para o meio-dia. Era suficiente apenas para que mal pudesse ver o contorno da própria mão, quando a erguia diante do rosto. *Mais uns dias nesse lugar*, pensou ela, *e vou ficar igual a um morcego, pronta para andar na escuridão.*

Ela sentou-se, tremendo ao frio da manhã. Ouviu a corrente arrastando-se lá fora enquanto o cachorro bebia água. Ela o imitou, tomando uns goles de sua jarra. Duas noites antes, quando seu captor cortara-lhe os cabelos, ele também havia deixado mais um saco de pão, e Josephine ficou furiosa ao descobrir os buracos recém-feitos no plástico, obra de camundongos. *Vão procurar a comida de vocês,* pensou ela enquanto engolia faminta duas fatias. *Preciso de energia; preciso encontrar um jeito de sair daqui.*

Vou fazer isso por nós, mamãe. Pela união primordial. Você me ensinou a sobreviver, e eu vou sobreviver. Porque sou sua filha.

Enquanto as horas passavam, ela flexionava os músculos, ensaiava os movimentos. *Sou filha da minha mãe.* Esse era seu mantra. Volta e meia, Josephine capengava pela cela com os olhos fechados, memorizando quantos passos havia entre o colchão e a parede, a parede e a porta. A escuridão seria sua amiga, se soubesse como utilizá-la.

Lá fora, o cão começou a latir.

Ela olhou para cima, o coração subitamente disparado, enquanto ouvia passos no teto.

Ele voltou. É agora, essa é minha chance.

Ela caiu no colchão e curvou-se em posição fetal, assumindo a postura universal dos assustados e derrotados. Ele veria uma mulher que havia desistido, preparada para morrer. Uma mulher que não lhe daria trabalho nenhum.

A tranca estalou. A porta se abriu.

Ela viu a luz da lanterna brilhando da porta. Ele entrou e pôs no chão outra jarra com água, outro saco de pão. Ela permanecia totalmente imóvel. *Deixa ele se perguntar se estou morta.*

Os passos se aproximaram, e ela ouviu a respiração dele sobre ela na escuridão.

— O tempo está acabando, Josephine — disse ele.

Ela não se moveu, mesmo quando ele agachou-se e tocou na cabeça nua dela.

— Ela não te ama? Ela não quer salvar você? Por que ela não vem? *Não diga uma palavra. Não mova um músculo. Faça com que ele se incline mais.*

— Esses anos todos ela conseguiu se esconder de mim. Agora, se não aparecer, é porque é covarde. Só uma covarde deixaria a filha morrer.

Ela sentiu o colchão afundar quando ele ajoelhou-se ao seu lado.

— Onde está ela? — perguntou. — Onde está Medea?

O silêncio de Josephine frustrou-o. Ele agarrou o pulso dela e disse:

— Talvez os cabelos não tenham sido o bastante. Talvez seja hora de mandar para eles mais alguma coisa. Você acha que um dedo está bom?

Não, Deus, não. O pânico gritava para ela que livrasse a mão, chutasse e gritasse; qualquer coisa para escapar à provação iminente. Contudo, permanecia imóvel, ainda desempenhando o papel da vítima paralisada pelo desespero. Ele pôs a luz da lanterna diretamente sobre o rosto dela e, cega pela claridade, Josephine não podia ver a expressão do homem, nada na cavidade escura de seus olhos. Ele estava tão determinado a provocar-lhe uma reação que não notou o que ela segurava na outra mão. Não reparou os músculos dela retesados como a corda de um arco.

— Talvez, se eu começar a cortar — disse ele puxando uma faca —, você comece a falar.

Josephine levantou a mão e enfiou às cegas a ponta do sapato de salto alto no rosto do homem. Ouviu que penetrara na carne, e ele caiu de costas, gritando.

Ela pegou a lanterna e arremessou-a no chão, quebrando a lâmpada. O local ficou imerso em trevas. *A escuridão é minha amiga.* Ela rolou de lado e conseguiu pôr-se de pé. Podia ouvi-lo a alguma distância, retorcendo-se no chão, mas não conseguia vê-lo, e ele não podia vê-la. Os dois estavam às cegas.

Só eu sei como achar a porta no escuro.

Todos os ensaios, toda a preparação, os movimentos seguintes estavam gravados no cérebro de Josephine. Do colchão à parede, eram três passos. Se seguisse por ela mais sete passos, alcançaria a porta. Embora o gesso na perna a tornasse lenta, Josephine não perdeu tempo movendo-se na escuridão. Deu os sete passos. Oito. Nove...

Cadê a maldita porta?

Ela podia ouvi-lo respirando com dificuldade, rosnando sua frustração, enquanto esforçava-se para se localizar e encontrá-la naquele lugar completamente escuro.

Não faça nenhum barulho. Não o deixe saber onde você está.

Ela retrocedeu vagarosamente, mal ousando respirar, cada passo dado com muita delicadeza, a fim de não revelar sua posição. Deslizou a mão pelo concreto liso, e depois os dedos tocaram na madeira.

A porta.

Ela girou a maçaneta e empurrou. O ranger das dobradiças pareceu ensurdecedor.

Mexa-se!

Ela já o ouvia arrastando-se em sua direção, com a fúria de um touro. Josephine saiu e bateu a porta. Bem no momento em que ele esmurrou-a, ela passou o ferrolho.

— Você não tem como fugir, Josephine! — gritou ele.

Ela riu, e a gargalhada soou como a de uma estranha; um grito de triunfo selvagem e impulsivo.

— Eu consegui, idiota! — gritou ela, de volta.

— Você vai se arrepender! Nós íamos deixar você viva, mas agora não! *Agora não!*

Ele começou a gritar, a esmurrar a porta com uma fúria impotente, enquanto ela vagarosamente procurava o caminho, subindo uma escada escura. Josephine não sabia aonde aqueles degraus levavam, e estava quase tão escuro ali quanto no bunker de concreto. No entanto, a cada passo que dava, a escada parecia iluminar-se mais. A cada degrau, ela repetia o mantra: *Eu sou filha da minha mãe. Eu sou filha da minha mãe.*

No meio dos degraus, ela viu raios de luz brilhando em torno de uma porta fechada, no topo da escada. Apenas quando se aproximou da porta, lembrou-se da declaração um momento antes.

Nós íamos deixar você viva.

Nós.

A porta acima se abriu de repente, e a claridade da luz foi dolorosa. Ela piscou, tentando ajustar a visão e focalizar a figura que apareceu no retângulo brilhante da porta.

Uma figura que logo reconheceu.

32

Vinte anos de abandono, invernos rigorosos e geadas haviam reduzido a estrada particular para o Instituto Hilzbrich a uma ondulação de asfalto quebrado, invadida por raízes de árvores. Jane parou diante do anúncio PROPRIEDADE À VENDA, cogitando se seu Subaru merecia rodar por aquela estrada arruinada. Não havia nenhuma corrente bloqueando a frente; qualquer um podia entrar.

Qualquer um podia estar à espreita lá.

Ela pegou o celular e viu que ainda tinha sinal. Considerou a ideia de pedir um pequeno apoio local, depois decidiu que seria humilhante. Jane não queria que os policiais da área rissem da detetive da cidade grande, que precisou de uma escolta só para atravessar as assustadoras florestas de Maine. É, detetive, esses gambás e porcos-espinhos podem ser fatais.

Ela entrou na estrada.

O Subaru seguiu vagarosamente, sacudindo ao longo da pavimentação fraturada, com as portas arranhadas por arbustos. Abaixando a janela, Jane sentiu o aroma de folhas em decomposição e terra úmida. A estrada foi piorando e, enquanto desviava-se dos buracos, temia que o eixo do carro quebrasse, deixando-a ilhada, sozinha na floresta. A ideia era mais preocupante do que andar pelas temerárias ruas de qualquer cidade grande. Ela conhecia a cidade e sabia lidar com seus perigos.

A floresta era um território estranho.

Por fim, as árvores deram lugar a uma clareira, e ela parou o carro em um estacionamento tomado pelo mato. Jane saltou e olhou para o abandonado Instituto Hilzbrich, que se erguia a sua frente. Parecia exatamente o estabelecimento institucional que um dia fora, feito de concreto severo, suavizado apenas por arbustos paisagísticos, agora invadidos por ervas daninhas. Ela imaginou o efeito daquela construção, em estilo de fortaleza, sobre qualquer família chegando ali com um filho problemático. Pareceria exatamente o local para regenerar um garoto de uma vez por todas, onde não haveria mimos nem meias medidas. O prédio prometia um amor severo e limites firmes. Pais desesperados, que olhassem para aquela fachada inflexível, teriam visto a esperança.

Todavia, agora a construção revelava que aquelas esperanças eram inúteis. A maioria das janelas estava coberta com tábuas. Pilhas de folhas secas se acumularam na porta da frente e as paredes tinham manchas escuras da água escorrida de calhas entupidas. Não era de admirar que o Dr. Hilzbrich não conseguisse vender a propriedade: o prédio era uma monstruosidade.

De pé no estacionamento, ela escutava o vento nas árvores, o zumbido dos insetos. Não ouvia nada fora do comum, apenas os sons de uma tarde de verão na floresta. Jane pegou as chaves emprestadas pelo Dr. Hilzbrich e caminhou até a porta da frente. Entretanto, ao vê-la de perto, parou repentinamente.

A fechadura estava arrombada.

Ela pegou a arma e empurrou devagar a porta com o pé, abrindo-a, admitindo um quadrado de luz na escuridão. Dirigindo o raio da sua lanterna de bolso para o hall, viu latas de cerveja vazias e pontas de cigarro espalhadas pelo chão. Moscas zumbiam na escuridão. O pulso acelerou-se e as mãos subitamente esfriaram. Ela sentiu o fedor de alguma coisa morta, algo já em decomposição.

Que não seja Josephine.

Jane entrou no prédio e as solas de seus sapatos trituraram vidro partido. Vagarosamente, passou o facho da lanterna pelo recinto e vislumbrou grafites nas paredes. GREG E EU PARA SEMPRE! KARI CHUPA PAU! Bobagens típicas de estudantes secundários, pelas quais passou, mirando a lanterna para outra extremidade. Ali, focou a luz.

Havia uma coisa escura amontoada no chão.

Quando avançou mais, o fedor de carne podre tornou-se insuportável. Olhando para o guaxinim morto, viu milhares de vermes retorcendo-se e pensou se o animal morreu infectado por raiva. Cogitou se morcegos não se abrigariam no prédio.

Controlando-se para não vomitar, ela correu de volta ao estacionamento e limpou os pulmões, respirando fundo o ar puro. Só então, de frente para as árvores, foi que notou as marcas de pneu. Elas levavam do estacionamento pavimentado até a floresta, onde sulcos paralelos cruzavam o terreno macio. Gravetos esmagados e galhos quebrados revelaram-lhe que o dano à vegetação era recente.

Seguindo as marcas, Jane percorreu uma distância pequena na floresta, onde os sulcos terminavam no começo de um caminho, muito estreito para um carro. A placa ainda estava pendurada em uma árvore.

TRILHA DO CÍRCULO

Era uma das pistas de caminhada do antigo instituto. Segundo o Dr. Hilzbrich, Bradley adorava a vida ao ar livre. Anos antes, o garoto provavelmente devia ter feito aquele percurso. A perspectiva de caminhar pela floresta acelerou seu pulso. Ela olhou para as marcas de pneu. Quem estivera ali já se fora, mas poderia voltar a qualquer momento. Podia sentir o peso da arma no quadril, mas passou a mão no coldre, em uma verificação instintiva de que estava com o revólver.

Ela entrou na trilha, tão tomada pelo mato em certos lugares que às vezes ela se desviava e precisava retroceder para seguir adiante. A cobertura das árvores adensou-se, bloqueando a luz do sol. Ela olhou para o celular e desanimou ao ver que perdera o sinal. Virando-se, viu que as árvores haviam-se fechado na retaguarda. Porém, à frente, a floresta parecia abrir-se, e o sol voltava a aparecer.

Jane seguiu em direção à clareira, passando por árvores que morriam ou já estavam mortas, os troncos reduzidos a cascas ocas. De repente, o terreno cedeu e ela viu-se mergulhada até o tornozelo na lama. Ao tentar livrar um dos pés, quase perdeu o sapato. Enojada, olhou para a bainha suja da calça e pensou: odeio florestas. Odeio a vida ao ar livre. Sou uma policial e não guarda florestal.

Então, viu uma marca de sola de sapato: de homem, tamanho 41 ou 42.

Cada ruído de folhagem, barulho de inseto, pareceu ampliar-se. Viu outras pegadas, que levavam para fora da trilha, e as seguiu, passando por uma moita de capim-de-esteira. Não importava mais a umidade nos sapatos e a lama nas pernas da calça. Tudo que a interessava no momento eram aquelas pegadas, levando-a cada vez mais para o fundo do pântano. Agora, já perdera completamente a noção de em que altura saíra da trilha principal. Ao alto, o sol dizia-lhe que passava muito do meio-dia, a floresta ficou estranhamente silenciosa. Nenhum pássaro cantando, nenhum vento, apenas o zumbido dos mosquitos em volta de seu rosto.

As pegadas mudaram de direção, rumo à margem do pântano, à terra seca.

Ela fez uma pausa, confusa com aquela transição, até ver a árvore. Em volta do tronco, havia fio de náilon amarrado. A outra extremidade seguia pelo pântano e desaparecia sob a superfície da água cor de chá.

Ela testou o fio e sentiu resistência ao puxar. Vagarosamente, a meada começou a emergir da lama. Ela estava puxando com força então, inclinando-se com todo o peso, e cada vez mais o fio aparecia, emaranhado à vegetação. Abruptamente, algo emergiu à superfície, que a fez gritar e retroceder aos tropeços, em estado de choque. Jane vislumbrou um rosto sem olhos, encarando-a como uma grotesca ninfa aquática.

Depois, aos poucos, aquilo submergiu novamente no pântano.

33

Já anoitecia quando os mergulhadores da polícia estadual de Maine terminaram as buscas no pântano. A água batia apenas na altura do peito; de pé na margem seca, Jane havia observado a cabeça dos profissionais surgindo a todo instante, quando emergiam a fim de orientar-se ou trazer algum objeto novo para exame mais detalhado. Como o fundo era escuro demais para uma busca visual, eles eram forçados a vasculhar com as mãos o lodo e a vegetação em decomposição, uma tarefa repugnante, que Jane sentia-se agradecida por não ter que realizar.

Especialmente quando viu os que eles dragaram por fim.

O corpo da mulher jazia então exposto sobre uma lona; os cabelos cobertos de musgo pingando água escura. A pele estava tão manchada com taninos que era impossível distinguir-lhe a raça ou a causa óbvia da morte. O que se sabia era que não fora acidental; um saco cheio de pedras pesadas fora amarrado ao torso. Jane olhou para a expressão agoniada, preservada no rosto escurecido da vítima e pensou, *espero que você já estivesse morta quando ele amarrou esse saco em volta da sua cintura. Quando empurrou você da margem e te observou afundar nessa escuridão.*

— Com toda certeza essa não é a mulher desaparecida — disse o Dr. Daljeet Singh.

Ela olhou para o legista de Maine, de pé ao seu lado na margem. O turbante sikh branco destacava-se à luz fraca, tornando-o fácil de discernir entre os investigadores, vestidos com trajes mais convencionais, reunidos na cena. Quando ele havia chegado, Jane espantou-se ao ver aquela figura exótica saltar da camionete, tão diferente do que esperava encontrar nas florestas do norte de Maine. Porém, a julgar-se por suas gastas botas L.L. Bean e pelos apetrechos para fazer trilha armazenados na parte de trás da camionete, o Dr. Singh estava bem familiarizado com o terreno agreste do estado. Encontrava-se certamente mais bem preparado que ela, com seu terninho urbano.

— A jovem que você está procurando foi raptada há quatro dias? — perguntou o doutor.

— Essa não é ela — disse Jane.

— Não, essa mulher já está submersa há algum tempo, assim como esses outros espécimes.

O Dr. Singh apontou para os restos de animais também retirados do pântano. Havia dois gatos e um cachorro bem preservados, mais os vestígios de esqueletos de algumas criaturas não identificáveis. Os sacos cheios de pedra, amarrados em torno de todos os corpos, não deixavam dúvida de que aquelas vítimas infelizes não haviam caído no pântano por acaso e se afogado.

— Esse assassino andou fazendo experiências com animais — disse o Dr. Singh e depois virou-se para o cadáver da mulher. — E parece que aperfeiçoou sua técnica de preservação.

Jane estremeceu e olhou através do pântano para o sol que se punha. Frost havia lhe dito que os pântanos eram locais mágicos, habitat de uma variedade espantosa de orquídeas, musgos e libélulas. Ela não via nenhuma mágica naquele fim de tarde, enquanto olhava para a superfície ondulante de turfa encharcada. O que tinha visto fora um ensopado frio de cadáveres.

— Vou fazer a necropsia amanhã — disse o Dr. Singh. — Se você quiser assistir, será bem-vinda.

O que ela queria realmente fazer era ir para casa, em Boston. Tomar uma ducha quente, dar o beijo de boa-noite na filha e se deitar na cama com Gabriel. Contudo, seu trabalho ali ainda não estava terminado.

— A necropsia vai ser em Augusta? — perguntou ela.

— Sim, lá pelas 8 horas. Você vai aparecer?

— Vou. — Ela respirou fundo e empertigou-se. — Acho que é melhor eu encontrar um lugar para passar a noite.

— Tem o Motel Hawthorn a alguns quilômetros daqui, na estrada. Eles servem um bom café da manhã. Nada parecido com o continental, que é horroroso, mas com omeletes e panquecas deliciosas.

— Obrigada pela dica — disse ela.

Só um patologista poderia ficar ao lado de um cadáver gotejante e falar com tanto entusiasmo sobre panquecas.

Jane retornou pela trilha com a lanterna; o caminho estava agora bem demarcado com bandeirolas, feitas com fitas da polícia. Ao sair das árvores, viu que o estacionamento estava começando a esvaziar; apenas alguns veículos oficiais permaneciam. A polícia estadual vasculhara o prédio, descobrindo apenas lixo e os restos em decomposição do guaxinim, que Jane já encontrara antes. Não acharam Josephine nem Bradley Rose.

No entanto, ele andou por aqui, pensava ela, olhando em direção às árvores. Estacionou perto dessas árvores. Percorreu a trilha até o pântano. Lá, puxou a corda e retirou uma de suas relíquias da água, do mesmo modo que um pescador puxa aquilo que capturou.

Jane entrou no carro e percorreu de volta a estrada arruinada; seu pobre Subaru trepidando sobre os buracos, que pareciam mais traiçoeiros ainda à noite. Pouco após alcançar a via principal, seu celular tocou.

— Estou tentando falar com você já há umas duas horas — disse Frost.

— Não tinha sinal no pântano. Eles acabaram a busca e só encontraram aquele corpo. Eu me pergunto se ele tem outro depósito...

— Onde você está agora? — interrompeu Frost.

— Vou passar a noite aqui. Quero assistir à necropsia amanhã.

— Eu quero dizer *neste minuto*, onde você está?

— Estou indo para um motel. Por quê?

— Qual o nome do motel?

— Acho que é Hawthorn. Fica em algum lugar aqui perto.

— OK, te vejo lá daqui a algumas horas.

— Você está vindo para Maine?

— Já estou a caminho. E tem alguém que vai se juntar à gente.

— Quem?

— Vamos conversar sobre isso quando chegarmos aí.

Jane parou primeiro em um estabelecimento local para comprar roupa íntima e meias novas e, depois, para pegar uma pizza de pepperoni. Enquanto as calças, que lavara à mão, secavam no banheiro, ela sentou no quarto do Motel Hawthorn e começou a comer a pizza, ao mesmo tempo que lia os arquivos de Jimmy Otto. Havia três pastas, uma para cada ano em que fora aluno do Instituto Hilzbrich. *Aluno, não, prisioneiro*, pensou, lembrando-se da terrível construção de concreto e de sua localização remota. Um lugar para segregar da sociedade com segurança aqueles garotos, que não se desejava perto das filhas de ninguém.

Principalmente Jimmy Otto.

Ela fez uma pausa diante da transcrição do que Jimmy dissera durante uma sessão particular de terapia, quando tinha 16 anos.

Quando eu tinha 13 anos, vi essa foto num livro de história. Era num campo de concentração, onde todas aquelas mulheres foram mortas na câmara de gás. Os corpos estavam nus, enfileirados. Penso muito nessa foto, em todas aquelas mulheres. Dezenas e dezenas delas, bem ali, como se esperassem por mim, para fazer o que eu quiser. Foder cada buraco delas. Enfiar gravetos nos olhos. Cortar os bicos dos peitos. Eu quero um monte de mulheres de uma vez só. Ou então não é uma festa, é?

Mas como você pega várias de uma vez só? Será que existe um jeito de se impedir que um cadáver apodreça, uma forma de mantê-lo fresco? Eu gostaria de saber, porque não tem graça se a mulher apodrece e me deixa...

Uma batida na porta do quarto fez Jane estremecer. Ela largou a fatia mordida de pizza na caixa e perguntou, em uma voz não muito firme:

— Sim? Quem é?

— Sou eu — respondeu Barry Frost.

— Só um minuto.

Ela foi até o banheiro e vestiu a calça ainda úmida. Quando chegou à porta, seus nervos já estavam novamente estáveis; o coração não martelava mais. Ela abriu e deparou-se com uma surpresa aguardando-a.

Frost não estava sozinho.

A mulher ao seu lado devia ter uns 40 e poucos anos, tinha cabelos escuros e era extraordinariamente bela. Vestia jeans desbotados e um pulôver preto, mas sobre sua silhueta esbelta e atlética, até aquela roupa casual ficava elegante. Ela não disse uma palavra a Jane, apenas passou por ela, entrando no quarto, e ordenou:

— Tranquem a porta.

Mesmo depois de Frost ter passado o trinco de segurança, a visitante não relaxou. Foi imediatamente até a janela e fechou mais a cortina, como se a menor fresta pudesse admitir algum olhar invasor.

— Quem é você? — perguntou Jane.

A mulher virou-se para encará-la e, naquele instante, antes mesmo de ouvir a resposta, ela a percebeu nas feições, nas sobrancelhas arqueadas e nas maçãs do rosto esculpidas. *Um semblante que se veria pintado em uma urna grega*, pensou Jane. *Ou na parede de uma tumba egípcia.*

— Meu nome é Medea Sommer — disse. — Sou a mãe de Josephine.

34

— Mas... Pensei que você estivesse morta — disse Jane, pasma.

— A história é essa — respondeu, dando um sorriso, ainda séria.

— Josephine acha que você está.

— Foi o que eu pedi a ela que dissesse. Infelizmente, nem todo mundo acredita nela.

Medea foi até o abajur e desligou-o, deixando o quarto imerso em sombras. Depois, dirigiu-se à janela e olhou para fora pela fresta.

Jane encarou Frost, de quem mal se via a silhueta, de pé a seu lado na escuridão.

— Como você a encontrou? — sussurrou ela.

— Não fui eu — disse ele. — Ela me encontrou. Na verdade, era com você que ela queria falar. Quando soube que você estava em Maine, ela conseguiu meu número.

— Por que você não me contou isso no telefone?

— Eu não deixei — disse Medea, ainda de costas para eles; o olhar fixo na rua. — O que eu vou contar a vocês agora tem que morrer aqui. Não pode ser dito a seus colegas. Não pode ser nem segredado, em lugar nenhum. É o único jeito de eu continuar morta. O único jeito de Tari... Josephine... ter a chance de uma vida normal.

314

Mesmo no escuro, Jane podia ver o contorno esticado da cortina, que ela agarrava.

— Minha filha é tudo que importa para mim — disse ela, em voz baixa.

— Por que você a abandonou então? — perguntou Jane.

Medea deu meia-volta para encará-la.

— Eu nunca a abandonei! Eu já estaria aqui há várias semanas, se soubesse o que estava acontecendo.

— *Se soubesse?* Pelo que eu sei, ela vem se virando sozinha há anos. E você não estava por perto.

— Eu tinha que ficar longe dela.

— Por quê?

— Porque ficar perto de mim poderia significar a morte dela — declarou e, mais uma vez, Medea voltou-se para a rua. — Isso não tem nada a ver com Josephine. Ela é apenas um artifício para eles. Uma forma de me atrair. Quem ele realmente quer sou *eu*.

— Você se importa de explicar isso?

Com um suspiro, Medea deixou-se cair sobre uma cadeira perto da janela. Era apenas uma sombra sem rosto sentada ali, uma voz baixa na escuridão.

— Vou contar a vocês uma história — disse ela. — Sobre uma garota que se envolveu com o garoto errado. Uma menina tão ingênua que não sabia reconhecer a diferença entre uma paixão maravilhosa e.... — ela parou —, uma obsessão fatal.

— Você está falando sobre si mesma.

— Estou.

— E quem era o garoto?

— Bradley Rose.

Medea tremeu e o contorno do seu corpo no escuro pareceu encolher na cadeira, como se curvando em busca de proteção.

— Eu tinha apenas 20 anos. O que uma garota sabe nessa idade? Era minha primeira vez fora do país, minha primeira escavação. No deserto, tudo parecia diferente. O céu era mais azul, as cores, mais brilhantes. E quando um garoto tímido sorri para você, começa a te deixar pequenos presentes, você acha que está apaixonada.

— Você estava no Egito com Kimball Rose.

Medea confirmou:

— Na escavação de Cambises. Quando apareceu a chance de ir, agarrei logo. Da mesma forma que dezenas de outros estudantes. Lá estávamos nós no deserto ocidental, realizando nosso sonho! Cavando de dia e dormindo em tendas à noite. Eu nunca tinha visto tantas estrelas, nem tão lindas. — Ela fez uma pausa. — Era um lugar onde qualquer um poderia se apaixonar. Eu era só uma garota de Indio, pronta para finalmente começar a viver. E lá estava Bradley, filho do próprio Kimball Rose. Ele era inteligente, calado e tímido. Os homens tímidos nos fazem pensar que eles são inofensivos.

— Mas ele não era.

— Eu não sabia o que ele realmente era. Eu não sabia um monte de coisas, até ser tarde demais.

— E o que ele era?

— Um monstro — declarou Medea erguendo a cabeça na escuridão. — Eu não percebi no início. Só via um garoto que me olhava com adoração. Que conversava comigo sobre o assunto que nós dois mais amávamos. Que começou a me trazer pequenos presentes. Nós trabalhávamos juntos nas valas. Fazíamos todas as refeições juntos. Com o tempo, acabamos dormindo juntos. — Ela fez outra pausa. — Foi quando as coisas começaram a mudar.

— Como?

— Era como se ele não me considerasse mais uma outra pessoa. Eu tinha me tornado parte dele. Como se ele tivesse me devorado, me absorvido. Se eu ia até o outro lado do acampamento, ele me seguia. Se eu falava com outra pessoa, ele insistia em saber sobre o que tínhamos conversado. Se eu olhava para outro homem, ele ficava contrariado. Estava sempre me observando, me espionando.

Que história mais antiga, pensou Jane, *a mesma que se desenrolara tantas e tantas vezes entre outros amantes*. Uma história que, com muita frequência, terminava com detetives da Unidade de Homicídios em uma cena de crime sangrenta. Medea era uma das que tiveram sorte; conseguira manter-se viva.

No entanto, nunca havia escapado de fato.

— Foi Gemma quem me abriu os olhos e me mostrou o óbvio — disse Medea.

— Gemma Hamerton?

Medea assentiu.

— Ela era uma das estudantes de pós-graduação do sítio. Apenas alguns anos mais velha que eu, mas muitos anos mais experiente. Ela percebeu o que estava acontecendo e disse que eu tinha que me impor. E se ele não me deixasse em paz, que eu devia mandá-lo para o inferno. Ah, Gemma era boa nisso, em se defender. Mas eu não tinha força suficiente na época. Não conseguia me libertar.

— E o que aconteceu?

— Gemma foi até Kimball. Mandou que controlasse o filho. Bradley deve ter sabido dessa conversa, porque pouco depois me disse para não falar mais com Gemma.

— Espero que você tenha dito a ele para onde ir.

— Eu devia — disse Medea em voz baixa. — Mas não tive coragem. Parece impossível de acreditar agora. Quando penso no tipo de garota que eu era, não me reconheço. *Não sei quem é aquela pessoa. Aquela pobre vítima consumada, que nem sequer conseguiu se salvar.*

— Como você se afastou dele finalmente?

— Foi depois do que ele fez com Gemma. Uma noite, enquanto ela estava dormindo, as abas da tenda foram costuradas, alguém jogou gasolina e pôs fogo. Mas eu consegui cortar a tenda e puxá-la de lá.

— Bradley tentou matá-la?

— Ninguém conseguiu provar, mas eu sabia. Foi quando finalmente eu percebi do que ele era capaz. Peguei um avião e voltei para casa.

— Mas não terminou aí?

— De jeito nenhum. — Medea levantou-se e voltou à janela. — Foi só o começo.

Àquela altura, os olhos de Jane haviam se ajustado à escuridão e ela podia ver a mão pálida da mulher agarrada à cortina. Pôde ver seus ombros ficarem momentaneamente tensos quando o farol de um carro passou devagar pela rua e depois prosseguiu.

— Eu estava grávida — disse Medea, em voz baixa.

Jane olhou para ela, assombrada.

— Josephine é filha de *Bradley?*

— É. — Ela virou-se e encarou Jane. — Mas ela *nunca* pode saber disso.

— Ela nos contou que o pai era um arqueólogo francês.

— Eu menti para ela a vida toda. Contei que o pai era um bom homem que morreu antes de ela nascer. Não sei se realmente acredita em mim, mas essa é a história que conto.

— E aquela outra história que você contou a ela? Sobre a razão pela qual estava sempre se mudando e trocando de nome? Ela acha que você estava fugindo da polícia.

Medea deu de ombros.

— Isso explicava as coisas, não?

— Mas não é verdade.

— Eu tinha que dar a ela *alguma* razão, que não a aterrorizasse. Melhor fugir da polícia do que de um monstro.

Especialmente quando esse monstro é seu próprio pai.

— Se você estava sendo seguida, por que fugir? Poderia ter ido à polícia.

— Vocês acham que não fiz isso? Alguns meses depois de voltar para casa, Bradley apareceu na minha universidade e me disse que éramos almas gêmeas, que eu pertencia a ele. Eu falei que não queria mais vê-lo. Ele começou a me perseguir, me mandando flores todo santo dia. Eu as jogava fora. Chamei a polícia e até consegui que fosse preso. Mas aí o pai dele mandou os advogados resolverem o problema. Sendo filho de Kimball Rose, ele era intocável. — Ela fez uma pausa. — Depois, a coisa piorou. Piorou muito.

— Como?

— Bradley apareceu um dia com um velho amigo. Alguém que me assustou mais ainda do que ele.

— Jimmy Otto.

Medea estremeceu à menção daquele nome.

— Bradley conseguia se passar por alguém normal, por um homem calado. Mas com Jimmy, bastava ver os olhos dele para perceber a diferença. Eram negros como os de um tubarão. Quando ele olhava para alguém, dava para sentir que estava pensando no que gostaria de fazer com a pessoa. E ele ficou obcecado por mim também. Os dois começaram a me seguir. Eu tinha vislumbres de Jimmy me observando na biblioteca. Ou de Bradley espreitando minha janela. Eles faziam um jogo psicológico de revezamento, tentando acabar com meus nervos, me fazer parecer louca.

— Já nessa época — disse Jane para Frost —, eles caçavam juntos.

— Finalmente, terminei a universidade — disse Medea. — Estava grávida de oito meses, e minha avó estava morrendo. Voltei a Indio para ter o bebê. Algumas semanas depois, Bradley e Jimmy apareceram na cidade. Eu entrei com uma medida cautelar de afastamento e consegui que prendessem os dois. Dessa vez, eu tinha que me livrar deles. Tinha que proteger um bebê. A coisa precisava acabar ali.

— Mas não acabou. Você se acovardou e retirou as acusações contra Bradley.

— Não foi bem assim.

— Como não? Você tirou as acusações.

— Eu fiz um pacto com o diabo. Kimball Rose. Ele não queria que o filho fosse processado. E eu queria a segurança da minha filha. Então, retirei as acusações, e Kimball me deu um bom dinheiro. Suficiente para comprar uma vida nova para minha filha e eu, com nomes novos.

Jane balançou a cabeça.

— Você pegou o dinheiro e fugiu? Deve ter sido uma grana boa.

— Não era o dinheiro. Kimball usou minha filha contra mim. Ameaçou tomá-la se eu não aceitasse a oferta. Ele é avô dela e tinha um batalhão de advogados para me combater. Eu não tive escolha. Peguei o dinheiro e retirei as acusações. *Ela* foi a razão pela qual fiz isso, a razão pela qual eu estava sempre fugindo. Para mantê-la longe daquela família, longe de qualquer um que lhe pudesse fazer mal. Você entende isso, não? Que uma mãe faça tudo para proteger a filha.

Jane concordou. Ela entendia plenamente.

Medea voltou para a cadeira e afundou nela com um suspiro.

— Eu achava que se mantivesse minha filha em segurança, ela nunca saberia o que é ser caçada. Cresceria destemida e inteligente. Uma guerreira. Era isso que eu queria que ela fosse. O que eu sempre disse a ela que se esforçasse para ser. E ela *estava* crescendo inteligente e destemida. Ela não sabia o suficiente para ter medo. — Medea fez uma pausa. — Até San Diego.

— O tiro no quarto dela.

Medea confirmou:

— Foi a noite em que ela descobriu que jamais poderia ser destemida novamente. Fizemos as malas no dia seguinte e fomos de carro para o México. Acabamos em Cabo San Lucas, onde moramos por quatro anos. Estávamos bem lá e escondidas. — Ela suspirou. — Mas as meninas crescem. Completam 18 anos e insistem em fazer as próprias escolhas. Ela queria ir para a universidade estudar arqueologia. Tal mãe, tal filha. — Medea deu um sorriso triste.

— Você a deixou ir?

— Gemma prometeu ficar de olho nela. Então, achei que seria seguro. Ela tinha um nome novo, uma identidade nova. Não achei que Jimmy a encontraria.

Houve um longo silêncio, enquanto Jane digeria o que Medea havia acabado de dizer.

— *Jimmy?* Mas Jimmy Otto morreu.

Medea levantou a cabeça.

— O quê?

— Você devia saber disso. Você atirou nele em San Diego.

— Não.

— Você atirou na nuca dele. Arrastou o corpo para fora e o enterrou.

— Isso não é verdade. Não era Jimmy.

— Então quem estava enterrado no quintal?

— Bradley Rose.

35

— Bradley Rose? — perguntou Jane. — Não foi o que a polícia de San Diego nos disse.

— Você acha que eu não ia reconhecer o pai da minha própria filha? — perguntou Medea. — Não foi Jimmy quem invadiu o quarto dela naquela noite. Foi *Bradley*. Ah, eu tenho certeza de que Jimmy estava escondido em algum lugar ali perto e o tiro provavelmente o assustou. Mas eu sabia que ele ia voltar. Sabia que tínhamos que agir logo. Então, fizemos as malas e fomos embora na manhã seguinte.

— O corpo foi identificado como sendo de Jimmy — disse Frost.

— Quem identificou?

— A irmã.

— Então ela cometeu um erro. Porque eu sei que *não era* Jimmy.

Jane acendeu o abajur e Medea recuou diante da luz, como se o brilho de uma lâmpada de 60 watts fosse radioativo.

— Isso não faz sentido. Como a irmã de Jimmy Otto cometeria um erro desses? — perguntou, pegando os registros psiquiátricos em cima da cama e examinando as anotações do Dr. Hilzbrich. Logo encontrou o que procurava.

— O nome da irmã era Carrie — Jane olhou para Frost. — Ponha Crowe na linha. Peça a ele para descobrir onde Carrie Otto mora.

Ele pegou o celular.

— Não estou entendendo — disse Medea. — O que a irmã de Jimmy tem a ver com isso?

Jane folheava as anotações no arquivo de Jimmy, do Instituto Hilzbrich, procurando por qualquer referência sobre Carrie Otto. Só naquele momento, em que procurava em específico por elas, foi que percebeu a quantidade de menções a Carrie.

Nova visita da irmã, segunda vez hoje.
Carrie ficou além do horário de visitas; foi lembrada de que precisa seguir as regras.
Foi pedido a Carrie que não telefone tanto.
Carrie foi pega trazendo cigarros. Visitas suspensas por duas semanas.
Visita da irmã... Visita da irmã... Carrie aqui novamente.

E por fim, ela chegou a uma anotação que a deixou paralisada:

Foi indicado um aconselhamento familiar mais extenso. Carrie foi encaminhada ao psiquiatra infantil de Bangor, para tratar o apego excessivo ao irmão.

Frost desligou o celular.

— Carrie Otto mora em Framingham.

— Diga a Crowe para mandar uma equipe para lá agora. E que precisamos de reforço.

— Ele já está fazendo isso.

— O que está acontecendo? — interrompeu Medea. — Por que vocês estão tão concentrados na irmã?

— Porque Carrie Otto disse à polícia que o corpo enterrado por você era o do irmão — disse Jane.

— Mas eu sei que não era. Por que ela disse isso?

— Havia um mandado de prisão contra ele — explicou Frost. — Ligado ao desaparecimento de uma mulher em Massachusetts. Se as autoridades acreditassem que estivesse morto, iam parar de procurá-lo. Ele se tornaria invisível. Ela deve ter mentido para protegê-lo.

— Carrie é a chave — disse Jane. — E a gente sabe onde ela mora.

— Vocês acham que minha filha está lá — disse Medea.

— Se não estiver, eu aposto que Carrie sabe onde ele escondeu Josephine.

Jane andava no quarto agora de um lado para o outro, consultando o relógio. Calculando mentalmente quando Crowe e a equipe chegariam a Framingham. Ela queria estar lá com ele, batendo na porta, entrando na casa. Procurando Josephine nos quartos. *Era eu quem devia encontrá-la.* Já passava da meia-noite, mas Jane sentia-se totalmente desperta, a energia efervescendo como bicarbonato na sua corrente sanguínea. *Esse tempo todo*, pensava ela, *estávamos atrás de um morto, quando deveríamos ter nos concentrado em Jimmy Otto.* O homem invisível.

O único paciente que realmente me apavorava, havia dito o Dr. Hilzbrich sobre Jimmy. *Punha medo em todo mundo, inclusive nos próprios pais.*

Jane parou e olhou para Frost.

— Você se lembra do que Crowe disse sobre os pais de Jimmy? Sobre como foram mortos?

— Foi num acidente, não? Um desastre de avião.

— Foi em Maine? Eles compraram uma casa em Maine, para ficar perto de Jimmy.

Mais uma vez, Jane pegou o registro psiquiátrico e foi para a primeira página, na qual estavam datilografadas as informações sobre o paciente. Os pais de Jimmy eram Howard e Anita Otto, e tinham dois endereços. O primeiro era a residência principal, em Massachusetts. O segundo, em Maine, fora acrescentado mais tarde; escrito a mão, com tinta.

Frost já estava ligando para o Departamento de Polícia de Boston de seu celular.

— Preciso que vocês chequem o registro de impostos de uma propriedade — disse ele, olhando para o endereço sobre o ombro de Jane. — Estado de Maine, a cidade se chama Saponac. Valley Way, número 165 — alguns instantes depois, ele desligou e olhou para Jane. — Pertence ao Fundo Evergreen, seja lá o que for isso. Ela vai ligar de volta com mais informações.

Mas uma vez, Jane começou a andar, frustrada e impaciente.

— Não deve ser muito longe daqui. A gente podia passar por lá e dar uma olhada.

— Eles morreram há décadas. A casa provavelmente já mudou de dono várias vezes.

— Ou talvez ainda pertença à família.

— Se você esperar um pouco, vamos conseguir informações sobre esse tal de Fundo Evergreen.

No entanto, Jane não estava querendo esperar. Parecia um cavalo na linha de partida, pronta para disparar.

— Eu vou até lá — disse ela, olhando para a penteadeira na qual havia deixado as chaves.

— Vamos no meu carro — disse Frost, já na porta. — A gente vai precisar do GPS.

— Eu também vou — disse Medea.

— Não — disse Jane.

— Ela é *minha* filha.

— É por isso mesmo que você tem que ficar fora do caminho, para não distrair a gente.

Jane pôs a arma no coldre, e a visão daquele revólver dizia tudo. *O negócio é sério. Não é para civis.*

— Mas eu quero fazer alguma coisa — insistiu Medea. — Eu *preciso* fazer alguma coisa.

Jane virou-se e viu a mulher mais determinada que já encontrara, feita para batalhas. Entretanto, aquela batalha não era de Medea; não podia ser.

— A melhor coisa que você pode fazer essa noite é ficar aqui — disse Jane. — E tranque a porta.

Valley Way era uma via rural solitária, cercada de bosques tão densos que não dava para enxergar as casas através das árvores. O número afixado à caixa de correio, na estrada, indicava que estavam no endereço certo, mas tudo que conseguiam ver no escuro era o começo de um acesso, pavimentado com cascalho, que desaparecia na floresta. Jane abriu a caixa de correio e encontrou um acúmulo de folhetos úmidos de propaganda, todos endereçados ao MORADOR.

— Se é que alguém mora aqui — disse ela —, eles não têm limpado a caixa de correio ultimamente. Não acho que tenha alguém em casa.

— Então não vão se importar se a gente der uma olhada.

O carro adentrou vagarosamente o acesso, o cascalho crepitando sob as rodas. O arvoredo era tão denso que eles só viram a residência depois de uma curva, quando esta apareceu de súbito diante deles. Já devia ter sido uma bela casa de campo, com telhado de duas águas e amplo pórtico na frente, mas o mato crescera e havia engolido a base, e trepadeiras vorazes tinham crescido e se emaranhado às grades da entrada, como se determinadas a sufocar a moradia e qualquer eventual morador.

— Parece abandonada — disse Frost.

— Vou saltar e dar uma olhada. — Jane pôs a mão no trinco e já ia abrir a porta quando ouviu o tilintar de alerta de uma corrente, um som tão ameaçador quanto o chacoalhar de uma cascavel.

Uma coisa preta deu um bote na escuridão.

Ela ofegou e retraiu-se quando o pit bull bateu contra a porta; as patas arranhando o vidro, os dentes brancos brilhando do lado de fora da janela.

— Jesus! — exclamou ela. — De onde veio isso?

O cachorro latia freneticamente; suas unhas arranhando o carro como se fossem rasgar o metal.

— Não gosto disso — disse Frost.

Ela riu, um som estranhamente insano no espaço apertado do carro.

— Eu também não estou gostando muito.

— Não, eu quero dizer que não gosto do fato de ele estar amarrado nessa corrente. A casa parece abandonada. Quem alimenta esse cachorro, então?

Ela olhou em direção à residência, com a sensação de que as janelas escuras a fitavam como olhos malévolos.

— Você está certo — disse ela, em voz baixa. — Tem alguma coisa errada.

— É hora de pedir reforço — disse Frost, pegando o celular.

Porém, o detetive não teve a chance de discar.

O primeiro tiro despedaçou a janela.

Fragmentos de vidro salpicaram o rosto de Jane. Ela enfiou-se embaixo do painel quando uma segunda explosão sacudiu a noite, e outra bala atingiu o carro. Frost, também, abaixara-se em busca de proteção, e ela viu o rosto dele tenso de pânico, enquanto agachava-se a apenas alguns centímetros dela, ambos procurando as armas.

Uma terceira bala acertou o metal.

Um odor sinistro invadiu o carro. O vapor irritou os olhos de Jane e queimou sua garganta. Naquele instante, ela e Frost entreolharam-se, e ela percebeu que ele, também, havia reconhecido o cheiro.

Gasolina.

Quase que ao mesmo tempo, eles abriram as portas. Jane jogou-se para fora do carro e afastou-se exatamente quando as primeiras chamas irromperam. Ela não conseguia ver se Frost havia também saído do outro lado; esperava que ele já estivesse a uma distância segura, porque, no instante seguinte, o tanque de gasolina explodiu. Janelas estilhaçaram-se e um inferno incandescente ergueu suas chamas para o céu.

Enquanto estilhaços de vidro atingiam o chão, Jane buscava proteção. Arbustos espinhosos rasgavam suas mangas, arranhando-lhe os braços. Ela rolou para detrás de uma árvore, agarrando-se à casca que se esfarelava, enquanto tentava desesperadamente ter um vislumbre de quem os atacava. Porém, tudo que podia ver eram as chamas consumindo o que restara do carro de Frost. O cachorro, agitado pelo fogo, corria de modo frenético de um lado para outro do pátio, a corrente tinindo atrás dele.

Outro tiro foi disparado. Jane ouviu um grito de dor e o ruído de um arbusto partindo-se.

Frost caiu!

Através da cortina de fumaça e fogo, ela viu a atiradora sair da casa e adentrar o pórtico. Seus cabelos louros refletiam a luminosidade das chamas. Com o rifle erguido, ela aproximou-se do círculo de luz. Só então Jane viu o rosto de Debbie Duke.

Não Debbie. Carrie Otto.

Carrie desceu os degraus do pórtico, com o rifle apontado para acabar com Frost.

Jane atirou primeiro. Ao apertar o gatilho, desejou que o tiro fosse mortal. Não sentiu medo, hesitação, apenas um ódio frio, controlado, que lhe tomava conta do corpo e guiava sua pontaria. Em rápida sucessão, disparou *um, dois, três* tiros. Eles acertaram o alvo como socos repetidos no tórax. Em um solavanco para trás, Carrie deixou o rifle cair e desabou sobre os degraus do pórtico.

Com o peito arquejante, Jane moveu-se para a frente. Agarrada à arma, os olhos fixos no alvo. Carrie estava estendida sobre os degraus, ainda viva e gemendo; os olhos entreabertos refletindo o brilho satânico das chamas. Jane olhou na direção de Frost, caído na beira da floresta.

Esteja vivo. Por favor, esteja vivo.

Ela havia conseguido apenas dar alguns passos até ele quando o pit bull pulou em suas costas.

Jane pensara estar além do alcance da corrente e não o viu disparando contra ela, não teve tempo de se preparar para o impacto. O ataque arremessou-a para a frente. Ela pôs as mãos adiante como um anteparo e, ao cair, ouviu um osso estalar e o pulso cedeu sob o peso do corpo. A dor foi tão lancinante que a mordida do cão no seu ombro pareceu apenas algo desagradável, um incômodo do qual desejava se livrar antes de lidar com o verdadeiro problema. Contorcendo-se, ela jogou-se para trás, colocando todo o peso sobre o animal, mas este não a largava. A arma caíra fora de alcance. A mão direita tornara-se inútil. Jane não podia bater no cachorro nem virar-se e agarrar o pescoço da fera. Então, começou a dar cotoveladas na barriga dele, ininterruptamente, até ouvir as costelas quebrando-se.

Uivando de dor, o animal soltou-a. Ela rolou para longe e conseguiu ficar de joelhos. Só então, quando olhou para o cão que choramingava, viu que a corrente não estava mais presa na coleira. Como ele se soltara? Quem o havia libertado?

A resposta surgiu das sombras.

Jimmy Otto avançou até a luz do fogo, empurrando Josephine diante de si como escudo. Jane abaixou-se em busca da arma, mas um tiro a fez recuar, quando a bala levantou terra a alguns centímetros da mão da detetive. Mesmo que conseguisse pegar o revólver, não ousaria responder ao fogo, com Josephine no caminho. Jane ajoelhou-se impotente sobre o chão, enquanto Jimmy Otto parava ao lado do carro em chamas, o rosto iluminado à luz das labaredas crepitantes; uma das têmporas escurecida por um ferimento feio. Josephine cambaleava contra ele, oscilante por causa do gesso e com a cabeça totalmente raspada. Jimmy encostou a arma na testa da garota, que arregalou os olhos com medo.

— Sai de perto da arma — ordenou ele a Jane. — *Já!*

Segurando o pulso quebrado com a mão esquerda, Jane levantou-se com dificuldade. A fratura era tão dolorosa que uma náusea fez o estômago dela revirar, obscurecendo o cérebro da policial exatamente quando mais precisava dele. De pé, ela vacilava, enquanto pontos pretos dançavam diante de seus olhos e um suor frio brotava da pele.

Jimmy olhou para a irmã ferida, ainda estendida sobre os degraus do pórtico, gemendo. Com um olhar cruel, ele pareceu decidir que Carrie não tinha como se salvar e não valia mais sua atenção.

Ele concentrou-se novamente em Jane.

— Eu já estou cansado de esperar — disse ele. — Diga onde ela está.

Jane balançou a cabeça. Os pontos pretos giraram.

— Não faço a menor ideia do que você quer Jimmy.

— *Onde ela está, porra!*

— Quem?

A pergunta irritou-o. Sem uma palavra, ele disparou a arma um pouco acima da cabeça de Josephine.

— Medea — disse ele. — Eu sei que ela voltou. E você seria a pessoa que ela iria procurar. Então, onde ela está?

Aquela explosão surpreendente fez com que o cérebro de Jane clareasse. Apesar da dor e da náusea, ela encontrava-se perfeitamente centrada agora; toda a atenção focada em Jimmy.

— Medea está morta — disse ela.

— Mentira! Está viva. Sei muito bem que está. E chegou a hora do acerto de contas.

— Por matar Bradley? Ela fez o que tinha que ser feito.

— E eu também vou fazer. — Jimmy apertou o revólver contra a cabeça de Josephine e, naquele instante, Jane percebeu que ele estava totalmente preparado para apertar o gatilho. — Se Medea não voltar para salvar a filha, talvez venha para o funeral.

Da escuridão, veio uma voz:

— Aqui estou eu, Jimmy. Bem aqui.

Ele ficou imóvel, olhando em direção às árvores.

— Medea?

Ela nos seguiu até aqui.

Medea saiu da floresta, andando sem hesitação, sem demonstrar qualquer sinal de medo. A mãe leoa havia chegado para salvar o filhote, marchava com firmeza para a batalha, detendo-se apenas a alguns metros de Jimmy. Eles encararam-se no círculo de luz.

— Sou eu quem você quer. Solte minha filha.

— Você não mudou nada — murmurou ele, espantado. — Todos esses anos, e você permanece exatamente a mesma.

— Você também, Jimmy — respondeu Medea, sem o menor sinal de ironia.

— Você foi a única que ele sempre quis. A que ele não conseguiu ter.

— Mas Bradley não está mais aqui. Por que você está fazendo isso?

— Por mim. Para fazer você pagar.

Ele apertou a arma contra a têmpora de Josephine e, pela primeira vez, Jane vislumbrou o terror no rosto de Medea. Se aquela mulher era capaz de sentir medo, não era por ela, mas pela filha. A chave para destruir Medea sempre fora Josephine.

— Você não quer minha filha, Jimmy. Você me tem aqui — declarou Medea, assumindo o controle, o medo disfarçado por um olhar frio de desprezo. — Foi por minha causa que você a pegou e que vem fazendo esse jogo com a polícia. Bem, aqui estou eu. Deixe ela ir e sou toda sua.

— É mesmo? — perguntou, dando um empurrão em Josephine, que se distanciou a salvo.

Jimmy apontou a arma para Medea. Apesar de estar na mira do revólver, ela conseguia aparentar uma perfeita calma. Ela olhou para Jane, deixando implícito: *Eu tenho a atenção dele. O resto é com você.* Ela deu um passo em direção a Jimmy e à arma apontada para seu peito. Sua voz tornou-se aveludada, até sedutora:

— Você me queria tanto quanto Bradley, não? Na primeira vez que te encontrei, vi isso nos seus olhos. O que você queria fazer comigo. A mesma coisa que você fez com todas aquelas outras mulheres. Você trepava com elas enquanto ainda estavam vivas, Jimmy? Ou esperava que morressem? Porque é assim que você gosta delas, não é? Frias. Mortas. Suas para sempre.

Ele não dizia nada, permanecia olhando-a enquanto Medea chegava mais perto, seduzindo-o com possibilidades. Durante anos, ele e Bradley haviam-na perseguido, e ali estava ela por fim, a seu alcance. Sua, e só sua.

A arma de Jane encontrava-se no chão apenas a alguns passos de distância. Aproximando-se milímetro por milímetro, ela ensaiou em sua mente cada movimento. Cair no chão, pegar a arma. Atirar. Teria que fazer isso tudo apenas com a mão esquerda. Ela conseguiria disparar uma vez; duas, no máximo, antes que Jimmy respondesse ao fogo. *Por mais rápida que eu seja*, pensou ela, *não vou conseguir derrubá-lo a tempo*. Ou eu ou Medea, uma de nós pode morrer essa noite.

Medea continuava caminhando na direção de Jimmy.

— Todos esses anos, você me caçou — disse Medea, suavemente. — Agora, aqui estou eu, e você não quer terminar isso aqui e agora, quer? Você não quer de fato que a caçada acabe.

— Mas acabou. — Ele levantou a arma, e Medea continuou impávida.

Aquele era o final do qual havia fugido durante todos aqueles anos, um fim que ela não poderia alterar, fosse com súplicas ou sedução. Se entrou nessa armadilha pensando que podia controlar o monstro, agora ela via seu erro.

— Isso não tem nada a ver com o que eu quero — disse Jimmy. — Mandaram eu acabar com isso. E é o que eu vou fazer — declarou, retesando os músculos de seu antebraço, enquanto preparava-se para atirar.

Jane mergulhou para pegar a arma, mas quando a mão esquerda agarrou o cabo, ouviu-se um disparo. Ela rodopiou e a noite girou em câmera lenta, seus sentidos apreenderam uma dezena de detalhes de uma só vez. Viu Medea cair de joelhos, com os braços protegendo a cabeça. Sentiu o calor crepitante das chamas e o peso estranho da arma na mão esquerda, enquanto a levantava e seus dedos apertavam-na disparando.

Contudo, mesmo enquanto Jane estava desferindo a primeira leva de balas, percebeu que Jimmy Otto havia cambaleado para trás, que seus tiros estavam atingindo um alvo já ensanguentado por um disparo anterior.

Iluminado pelas chamas atrás de si, Jimmy caiu de costas como um Ícaro predestinado; os braços estendidos para o lado, o tronco em queda livre. Ele despencou sobre o capô do carro que queimava e seus cabelos incendiaram-se, as labaredas emoldurando-lhe a cabeça. Gritando, afastou-se do carro; a camisa pegando fogo. Rodopiou pelo pátio em uma agonizante dança da morte e caiu.

— *Não!* — o gemido angustiado de Carrie Otto não tinha nada de humano, parecia mais o grito gutural de um animal morrendo.

Ela arrastou-se vagarosamente, com muita dificuldade em direção ao irmão, deixando uma trilha escura de sangue sobre o cascalho.

— Não me deixe, meu menininho. Não me deixe.

Ela pôs-se sobre o corpo dele, ignorando as chamas, tentando desesperadamente apagá-las.

— Jimmy. *Jimmy!*

Mesmo com os cabelos e as roupas pegando fogo, com a pele queimada, ela enlaçava-se ao irmão em um abraço agonizante. Eles permaneceram agarrados, suas carnes fundindo-se em uma só, até as chamas os consumirem.

Medea levantou-se incólume, mas seu olhar não estava focado nos corpos queimados de Jimmy e Carrie Otto; em vez disso, olhava para a floresta.

Em direção a Barry Frost, que jazia encostado a uma árvore, ainda com a arma na mão.

36

O rótulo de herói não era muito confortável para Barry Frost.

Ele parecia mais envergonhado que heroico, sentado na cama do hospital, vestindo apenas um avental. Fora transferido para o Centro Médico de Boston dois dias antes e, desde então, um fluxo constante de visitantes, do comissário de polícia aos funcionários do refeitório do departamento, havia feito uma peregrinação ao seu quarto de hospital. Àquela tarde, quando Jane chegou, encontrou ainda três visitas em meio a uma floresta de arranjos florais e balões com os dizeres MELHORAS. *Desde crianças a senhoras de idade, todos gostavam de Frost*, pensava Jane, observando a cena da porta. E ela sabia o porquê. Ele era aquele escoteiro que limpava a neve da calçada, fazia o carro pegar e subia em árvores para resgatar gatos.

Ele até salvava vidas.

Jane esperou que as visitas se fossem antes de entrar no quarto.

— Você consegue aturar mais uma? — perguntou ela.

Ele deu-lhe um sorriso pálido.

— Ei, eu esperava que você estivesse por aí.

— Isso aqui parece uma festa. Eu tive que brigar com todas as suas fãs para conseguir entrar.

Com o braço direito engessado, Jane sentiu-se desajeitada enquanto puxava uma cadeira para perto da cama e sentava-se.

— Nossa, olha para a gente! — disse ela. — Que dupla mais patética de companheiros de guerra...

Frost começou a rir, mas interrompeu-se quando o movimento provocou novas dores na incisão da laparotomia. Ele dobrou-se para a frente, fazendo uma careta de desconforto.

— Vou chamar a enfermeira — disse ela.

— Não. — Frost levantou a mão. — Dá para aguentar. Não quero mais morfina.

— Para de bancar o machão. Toma o remédio.

— Não quero ficar dopado. Essa noite eu preciso estar com a cabeça bem clara.

— Por quê?

— Alice vem me visitar.

Era doloroso ouvir a nota de esperança na voz de Frost, e ela olhou para o lado, para esconder o olhar de piedade. Alice não merece esse homem. Ele era um cara bom, decente, e por isso ficaria de coração partido.

— É melhor eu ir embora, então — disse ela.

— Não. Ainda não. Por favor — pediu cuidadosamente e recostou-se contra os travesseiros, soltando um suspiro controlado.

Tentando parecer bem-humorado, Frost disse:

— Conte as últimas novidades.

— Está confirmado. Debbie Duke era realmente Carrie Otto. Segundo a Sra. Willebrandt, Carrie surgiu no museu em abril e se ofereceu para trabalhar como voluntária.

— Abril? Logo depois que Josephine foi contratada.

Jane assentiu:

— Em alguns meses Carrie se tornou indispensável ao museu. Deve ter sido ela quem roubou as chaves de Josephine. Talvez a responsável também por deixar a sacola com cabelos no quintal da Dra.

Isles. Ela dava a Jimmy acesso total ao prédio. Os dois irmãos eram um time.

— Como uma pessoa se dá com um irmão feito Jimmy?

— Nós vislumbramos isso àquela noite. *Apego excessivo ao irmão* foi o que o terapeuta escreveu no registro psiquiátrico de Jimmy. Falei com o Dr. Hilzbrich ontem, e ele disse que Carrie era tão patológica quanto o irmão. Fazia qualquer coisa por ele, talvez até mantivesse o calabouço de Jimmy. O pessoal da perícia encontrou vários fios de cabelo e fibras naquele porão. O colchão tinha manchas de sangue de mais de uma vítima. Vizinhos na estrada disseram que viam às vezes Jimmy e Carrie na área ao mesmo tempo. Ficavam na casa algumas semanas e depois desapareciam durante meses.

— Já ouvi falar de assassinos em série marido e mulher, mas irmão e irmã?

— É a mesma dinâmica. Uma personalidade fraca que se alia a outra, forte. Jimmy era o dominador, tão opressivo que conseguia exercer controle total sobre pessoas como a irmã. E Bradley Rose. Enquanto Bradley estava vivo, ele ajudava Jimmy nas caçadas. Preservava as vítimas e descobria lugares para guardar os corpos.

— Então, ele era só um seguidor de Jimmy.

— Não, os dois tinham a ganhar com o relacionamento. Essa é a teoria do Dr. Hilzbrich. Jimmy realizava as fantasias de adolescente, de colecionar mulheres mortas, enquanto Bradley extravasava a obsessão por Medea Sommer. *Ela* era o que eles tinham em comum, a presa que os dois queriam, mas nunca conseguiram pegar. Mesmo depois da morte de Bradley, Jimmy nunca desistiu de procurá-la.

— Mas encontrou a filha.

— Ele provavelmente viu a foto de Josephine no jornal. Ela é a cara de Medea e tinha a idade certa para ser sua filha. Estava até na mesma profissão. Não seria preciso muito esforço para saber que

Josephine não era quem dizia ser. Então, ele começou a vigiá-la, esperando para ver se a mãe apareceria.

Frost balançou a cabeça.

— Isso era alguma obsessão maluca que ele tinha por Medea. Depois de todos esses anos, o normal seria seguir adiante.

— Lembra de Cleópatra? Helena de Troia? Os homens ficavam obcecados com elas também.

— Helena de Troia? — riu ele. — Cara, essa coisa de arqueologia pegou mesmo. Você parece o Dr. Robinson.

— A questão é que os homens ficam obcecados. Um cara se apega a uma mulher durante anos.... — E acrescentou, em voz baixa: — Até a uma mulher que não o ama.

O rosto de Frost ficou vermelho e ele olhou para o outro lado.

— Tem gente que não consegue seguir em frente — disse ela —, e desperdiça a vida esperando por alguém que nunca vai ter.

Ela pensou em Maura Isles, outra pessoa que queria alguém que não podia ter, prisioneira dos próprios desejos, de uma escolha infeliz de um amante. Na noite em que havia precisado dele, o padre Daniel Brophy não estava disponível para ela. Foi Anthony Sansone quem a levou para a casa dele. Quem ligou depois para Jane a fim de confirmar que era seguro deixar Maura retornar. *Às vezes*, pensou a detetive, *a pessoa que pode fazer a gente mais feliz é aquela que ignoramos, que espera pacientemente nos bastidores.*

Eles ouviram uma batida na porta, e Alice entrou. Vestida com um tailleur brilhante, parecia mais loura e mais estonteante do que Jane lembrava-se, mas sua beleza não tinha calor humano. Ela parecia de mármore, perfeitamente esculpida, feita para olhar, e não tocar. As duas trocaram cumprimentos educados mas tensos, como duas rivais que disputam a atenção do mesmo homem. Durante anos, haviam compartilhado Frost, Jane como parceira e Alice como esposa. No entanto, a detetive não sentia nenhuma ligação com aquela mulher.

Ela levantou-se para ir embora, mas quando chegou à porta, não conseguiu resistir e fez um comentário de despedida:

— Seja boa para ele. Ele é um herói.

Frost me salvou, agora vou ter de salvá-lo, pensava Jane enquanto saía do hospital e entrava no carro. Alice ia estraçalhar o coração do rapaz, como se estraçalha carne com nitrogênio líquido e uma batida forte de martelo. Para Jane, era visível nos olhos de Alice a resolução implacável de uma esposa que já saiu do casamento e estava ali apenas para acertar os últimos detalhes.

Ele precisaria de um amigo naquela noite. Ela voltaria mais tarde, para recolher os pedaços.

Jane ligou o carro e o celular tocou. O número era desconhecido, assim como a voz do homem que a saudou do outro lado:

— Eu acho que você cometeu um grande erro, detetive — disse ele.

— Desculpe. Com quem eu estou falando?

— Com o detetive Potrero, do Departamento de Polícia de San Diego. Acabei de falar com o detetive Crowe, e soube de tudo que ocorreu aí. Você alega ter eliminado Jimmy Otto.

— Não fui eu, foi meu parceiro.

— Sim, tudo bem, em quem quer que você tenha atirado, não foi Jimmy Otto. Porque ele morreu aqui há 12 anos. Eu conduzi a investigação. Então, eu sei. E eu preciso interrogar a mulher que o matou. Ela está detida?

— Medea Sommer não vai a lugar algum. Vai estar aqui, em Boston, a qualquer momento que você queira vir e conversar com ela. Eu posso garantir a você, a morte em San Diego foi totalmente justificada. Foi em defesa própria. E o homem que ela matou não era Jimmy Otto. Era um cara chamado Bradley Rose.

— Não, não foi. A irmã do próprio Jimmy o reconheceu.

— Carrie Otto mentiu para você. Aquele não era o irmão dela.

— Nós temos amostras de DNA para provar.

Jane calou-se e perguntou:

— Que amostras?

— Esse relatório não estava incluído no arquivo que mandei para você, porque o teste só ficou pronto meses depois de termos encerrado o caso. Jimmy era suspeito de assassinato em outra jurisdição, entende? Eles entraram em contato com a gente porque queriam ter certeza de que o suspeito deles tinha morrido. Pediram à irmã de Jimmy que fornecesse amostras de DNA.

— O DNA de Carrie?

Potrero deu um suspiro de impaciência, como se estivesse falando com uma retardada mental.

— É, detetive Rizzoli. O DNA dela. Eles queriam a prova de que o morto era realmente o irmão. Carrie Otto mandou pelo correio um cotonete com material retirado do interior da boca, e nós o comparamos com uma amostra da vítima. Era compatível com a família.

— Isso não pode estar certo.

— Ei, você sabe o que eles dizem sobre o DNA. Ele não mente. De acordo com o nosso laboratório, Carrie Otto era definitivamente parente, do sexo feminino, do cadáver que desenterramos naquele quintal. Ou Carrie tinha *outro* irmão que foi morto aqui, ou Medea Sommer mentiu para vocês. E ela não atirou nesse homem que diz ter matado.

— Carrie Otto não tinha outro irmão.

— Exatamente. Sendo assim, Medea Sommer mentiu para vocês. Então, ela está detida?

Jane não respondeu. Dezenas de pensamentos frenéticos esvoaçavam por sua cabeça como mariposas, e ela não conseguia capturar nenhum deles.

— Jesus! — disse o detetive Potrero. — Não me diga que ela está livre.

— Eu ligo para você depois — disse Jane, desligando.

Ela ficou sentada no carro, olhando através do para-brisa. Viu dois médicos saindo do hospital, andando com passadas principescas, os jalecos brancos esvoaçando. Seguros de si, esse era o jeito como caminhavam, como dois homens que não tinham dúvidas, enquanto Jane via-se cercada por elas. Jimmy Otto ou Bradley Rose? Em qual dos dois havia Medea atirado e assassinado, em casa, há 12 anos, e por que mentiria sobre isso?

Quem Frost matou de fato?

Ela pensou na cena testemunhada em Maine naquela noite. A morte de Carrie Otto e a de um homem que ela imaginava ser seu irmão. Medea o havia chamado de *Jimmy*, e ele respondera àquele nome. Então, ele *tinha* que ser Jimmy Otto, como Medea afirmava.

Entretanto, o teste de DNA era o obstáculo contra o qual ela debatia-se, a prova irrefutável que contradizia tudo. Segundo ele, quem morrera em San Diego não havia sido Bradley, mas um parente, do sexo masculino, de Carrie Otto.

Havia apenas uma conclusão. *Medea mentiu para nós.*

E se deixassem ela escapar livre, pareceriam um bando de incompetentes. *Que inferno*, pensou ela, *nós somos uns incompetentes, e a prova está no teste de DNA.* Porque, como havia dito o detetive Potrero, o DNA não mente.

Ela selecionou o número de Crowe no celular e, de repente, ficou parada.

Ou mente?

37

Sua filha dormia. Os cabelos de Josephine cresceriam novamente, e as contusões já haviam desaparecido, mas enquanto Medea olhava para a filha, na luz suave do quarto, pensou que Josephine parecia tão jovem e vulnerável como uma criança. De algum modo, ela tornara-se novamente criança. Insistia que uma luz ficasse acesa no quarto a noite toda. Não gostava que a deixassem sozinha por mais que algumas horas. Medea sabia que esse medo era temporário e que, no devido tempo, Josephine recobraria a coragem. Por ora, a guerreira dentro dela estava hibernando e curando-se, mas retornaria. Medea conhecia a filha, tão bem quanto a si mesma, e, dentro daquela aparência frágil, batia o coração de uma leoa.

Medea virou-se a fim de olhar para Nicholas Robinson, parado na porta do quarto observando-as. Ele havia recebido Josephine em sua casa, e Medea sabia que a filha estaria a salvo ali. Em uma semana, ela havia conhecido aquele sujeito e confiado nele. Ele era entediante, talvez, um pouco rigoroso e intelectual demais. Porém, sob outros aspectos, era um bom par para Josephine, além de dedicado. Era tudo que Medea pedia de um homem. Ela havia confiado em muito poucas pessoas ao longo dos anos, e via nos olhos dele a mesma fidelidade inabalável dos de Gemma Hamerton. Gemma morrera por Josephine.

Medea acreditava que Nicholas também o faria.

Quando saiu da sua casa, ouviu-o passando a corrente na porta e teve certeza de que, o que quer que lhe acontecesse, Josephine estava em boas mãos. Era a única coisa com a qual podia contar, e aquilo lhe deu coragem para entrar no carro e partir para o sul, em direção à cidade de Milton.

Ela havia alugado uma casa lá, que se erguia isolada em um terreno grande e cheio de mato. Encontrava-se infestada de camundongos, e Medea ouvia-os à noite, quando estava na cama, preocupada com sons mais sinistros que os de roedores. Não tinha vontade de retornar para lá aquela noite, mas continuava dirigindo mesmo assim e, pelo retrovisor, vislumbrou o farol de um carro atrás dela.

A luz seguiu-a por todo o caminho até Milton.

Quando entrou pela porta da frente, sentiu o cheiro das casas velhas, de poeira e tapetes gastos, talvez com um pouco de mofo. Ela havia lido que o mofo podia causar doenças, ao entrar pelo pulmão e virar o sistema imunológico contra a pessoa, matando-a por fim. O último morador que residira ali tinha sido uma senhora de 87 anos, que morrera no local; talvez o mofo tivesse lhe dado cabo. Ela sentia-se inalando as partículas letais, enquanto andava pela residência, verificando, como sempre fazia, se as janelas estavam fechadas e trancadas. Medea viu certa ironia na ideia de que sua obsessão com segurança a lacrasse, com um ar que poderia matá-la.

Na cozinha, fez um café bem forte, mas o que realmente desejava era uma vodca com tônica, e sua vontade era implacável como a de um viciado. Um gole de álcool lhe acalmaria os nervos e dispersaria o sentimento de temor que parecia preencher cada canto da casa. Contudo, aquela não era uma noite para vodca; assim, ela resistiu à ânsia. Em vez disso, tomou a xícara de café, suficiente para aguçar-lhe a mente sem deixá-la inquieta. Precisava que os nervos ficassem firmes.

Antes de ir para a cama, deu uma última olhada pela janela da frente. A rua estava silenciosa; talvez aquela não fosse a noite, então.

Talvez lhe tivessem dado outro adiamento da pena de morte. Se tal, era apenas temporário, muito parecido com despertar todas as manhãs em uma cela do corredor da morte, sem saber se aquele seria o dia de ser conduzido para o cadafalso. A incerteza quanto ao encontro fatal é o que pode levar um prisioneiro condenado à loucura.

Ela dirigiu-se pelo corredor até o quarto, sentindo-se como o prisioneiro condenado, imaginando se aquela noite passaria tão sem novidades quanto as dez últimas. Esperando que assim fosse, mesmo sabendo que isso só adiaria o inevitável. No final do corredor, virou-se para checar o hall, uma última olhada antes de apagar a luz. Quando o lugar ficou às escuras, vislumbrou o brilho de um farol que passava pela janela da frente. O carro movia-se devagar, como se o motorista estivesse fazendo um longo e preciso exame da casa.

Ela soube, então. Sentiu um calafrio, como gelo cristalizando-se em suas veias. *Vai ser esta noite.*

De repente, estava tremendo. Não se sentia preparada para aquilo, e ficou tentada a mais uma vez recorrer à estratégia que a mantivera viva por quase três décadas: fugir. No entanto, prometeu para si mesma que dessa vez permaneceria e lutaria. Não era a vida da filha que estava em jogo, apenas a sua. Estava disposta a apostar a própria vida, se isso significasse ficar finalmente livre.

Ela entrou na escuridão do quarto, onde as cortinas eram muito finas. Se acendesse a luz, sua silhueta poderia ser facilmente divisada pela janela. Se não pudesse ser vista, não poderia ser caçada; então, manteve o aposento às escuras. Havia apenas uma tranca muito frágil abaixo da maçaneta, e qualquer invasor conseguiria entrar em um piscar de olhos, mas talvez ela precisasse desse instante valioso. Ela trancou a porta e virou-se em direção à cama.

E ouviu uma exalação suave vinda da escuridão.

O som fez com que seus pelos se eriçassem. Enquanto estivera ocupada trancando portas, verificando janelas, o invasor já estava esperando dentro da casa, no seu quarto.

Ele disse calmamente:

— Afaste-se da porta.

Ela mal conseguia discernir o contorno sem rosto em um canto, sentado sobre uma cadeira. Não precisava ver para saber que estava segurando uma arma. Medea obedeceu.

— Você cometeu um grande erro — disse ela.

— Foi você quem cometeu o erro, Medea. Há 12 anos. Como foi atirar na nuca de um garoto indefeso, que nunca fez mal a você?

— Ele estava na minha casa, no quarto da minha filha.

— Ele nem a machucou.

— Mas poderia.

— Bradley não era violento. Era inofensivo.

— As companhias com quem ele andava não eram inofensivas, e você sabia disso. Sabia o tipo de criatura que Jimmy era.

— Jimmy não matou meu filho. *Você* matou. Pelo menos, Jimmy teve a decência de me ligar na noite em que aconteceu. Para me dizer que Bradley se fora.

— Você chama isso de *decência?* Jimmy usou você, Kimball.

— E eu o usei.

— Para achar minha filha?

— Não, eu achei sua filha. Paguei a Simon para contratá-la e mantê-la onde eu a pudesse vigiar.

— E você não se importou com o que Jimmy fez a ela? — Apesar da arma apontada para ela, a voz de Medea elevou-se de ódio. — Ela é sua *neta!*

— Ele ia deixá-la viver. Esse foi o meu acordo com Jimmy. Ele ia deixá-la ir embora depois que isso acabasse. Eu queria que só *você* morresse.

— Isso não vai trazer Bradley de volta.

— Mas vai fechar o círculo. Você matou meu filho. Tem que pagar por isso. Só lamento que Jimmy não tenha feito isso por mim.

— A polícia vai saber que foi você. Você vai abrir mão de tudo só para se vingar?

— Vou. Porque ninguém fode com a minha família.

— Sua esposa é quem vai sofrer.

— Minha mulher morreu — disse ele, e suas palavras caíram como pedras frias na escuridão. — Cynthia morreu ontem à noite. Tudo que ela queria, sonhava, era ver o nosso filho de novo. Você roubou dela essa oportunidade. Graças a Deus ela nunca soube da verdade. Foi a única coisa que eu pude fazer para protegê-la... Não saber que o nosso garoto tinha sido assassinado — declarou inspirando fundo e exalando com uma inevitabilidade calma. — Agora, isso é tudo que me resta fazer.

Na escuridão, Medea viu o braço de Kimball erguer-se, e estava ciente de que a arma estava apontada para ela. Sabia que o desfecho a seguir sempre estivera destinado a ocorrer; desencadeado em uma noite há 12 anos, data da morte de Bradley, O tiro dessa noite seria apenas um eco daquele primeiro, com 12 anos de atraso. Era uma forma de justiça bizarra, toda própria, e ela entendia o motivo pelo qual aquilo estava para acontecer, porque era mãe, e se alguém fizesse mal à sua filha, também exigiria vingança.

Ela não culpava Kimball Rose pelo que ele estava para fazer.

Sentiu-se estranhamente preparada quando ele apertou o gatilho e a bala atingiu seu peito.

38

É assim que tudo terminaria, penso eu, caída no chão. Meu peito arde de dor, e mal consigo respirar. Tudo que Kimball tem a fazer é dar alguns passos mais para perto e disparar o tiro fatídico em minha cabeça. Todavia, ouço passos no corredor e sei que ele também está sitiado neste quarto, com a mulher em que acaba de atirar. Estão chutando a porta que estupidamente tranquei, achando que me manteria a salvo de um invasor. Nunca imaginei que estaria isolando meus salvadores do lado de fora, os policiais que me seguiram até em casa, e vêm tomando conta de mim desde a semana passada, esperando esse ataque. Todos nós cometemos erros essa noite, talvez fatais. Não esperávamos que Kimball entrasse em minha casa enquanto eu estava fora; e que já estaria me aguardando no quarto.

Entretanto, Kimball havia cometido o pior erro de todos.

A porta se estilhaça e por fim se abre. A polícia entra como um bando de touros atacando, com gritos e batendo os pés; sente-se o odor penetrante de suor e violência. Parece uma multidão enlouquecida, mas então alguém acende o interruptor e vejo que há apenas quatro detetives homens, as armas apontadas para Kimball.

— Solta a arma! — manda um dos detetives.

Kimball parece atordoado demais para responder. Seus olhos são como duas cavidades cheias de sofrimento; o rosto caído de incredulidade. É um homem acostumado a dar ordens, não a obedecê-las, e permanece inerte, segurando o revólver, como se tivesse sido enxertado em sua mão e ele não conseguisse soltá-lo, mesmo que quisesse.

— Ponha a arma no chão, Sr. Rose — diz Jane Rizzoli —, e podemos conversar.

Não a vi entrar. Os detetives, muito mais corpulentos que ela, impedem minha visão. Porém, ela agora passa por eles e entra no quarto, uma mulher pequena e destemida, que se move com uma confiança formidável, apesar do gesso no braço direito. Ela olha em minha direção, mas é apenas um exame rápido, para confirmar que meus olhos se encontram abertos e que *não* estou sangrando. Então, concentra-se novamente em Kimball.

— Vai ser mais fácil se você puser a arma no chão.

A detetive Rizzoli fala com calma, como uma mãe tentando tranquilizar uma criança agitada. Os outros detetives irradiam violência e testosterona, mas Rizzoli parece perfeitamente tranquila, mesmo sendo a única que não está segurando uma arma.

— Gente demais já morreu — diz ela. — Vamos acabar com isso agora.

Ele balançou a cabeça, não em um gesto de resistência, mas de futilidade.

— Agora não importa mais — murmurou ele. — Cynthia se foi.

— Ela não vai ter que sofrer isso, também.

— Você escondeu dela a morte de Bradley todos esses anos?

— Quando aconteceu, ela estava doente. Tão doente que eu não achei que fosse viver mais de um mês. Pensei que era melhor deixá-la morrer sem saber.

— Mas ela viveu.

Ele deu uma risada cansada.

— Ela teve uma melhora. Foi um desses milagres inesperados que duram 12 anos. Então, tive que sustentar a mentira e ajudar Jimmy a ocultar a verdade.

— Foi o cotonete com material da sua mulher que eles usaram para identificar o cadáver. O DNA dela e não o de Carrie Otto.

— A polícia precisava ficar convencida que o corpo era de Jimmy.

— Jimmy Otto deveria estar na prisão. Você protegeu um criminoso.

— Eu estava protegendo *Cynthia*!

Ele a poupou do mal que acreditava que causei a sua família há 12 anos. Mesmo recusando-me a me sentir culpada de qualquer pecado, exceto o da autopreservação, reconheço que a morte de Bradley destruiu mais de uma vida. Vejo essa destruição no rosto atormentado de Kimball. Não é de surpreender que quisesse se vingar, que continuasse a procurar por mim esses últimos 12 anos, perseguindo-me com a mesma obsessão de Jimmy Otto.

Ele ainda não entregou o revólver, apesar do esquadrão de fogo dos detetives, confrontando-o com as armas apontadas. O que acontecer a seguir não pode surpreender ninguém no recinto. Posso ver nos olhos de Kimball, assim como Jane Rizzoli. A aceitação. A resignação. Sem nenhum preâmbulo, nenhuma hesitação, ele enfia o cano da arma na boca e aperta o gatilho.

A explosão provoca um borrifo vermelho de sangue na parede. As pernas de Kimball se vergam e o corpo cai como um saco cheio de pedras.

Não é a primeira vez que vejo a morte. Já deveria estar imune a esta visão, mas quando olho para sua cabeça destruída, para o sangue que escorre do crânio esfacelado e forma poças no chão do quarto, sinto-me de repente como se estivesse sufocando. Abro a blusa e agarro o colete à prova de balas que Jane Rizzoli havia insistido que eu usasse. Embora tenha detido a bala, ainda sinto a dor do impacto.

Certamente ficará uma marca. Tiro-o e jogo-o para o lado. Não me importa que os quatro homens no quarto vejam meu sutiã. Arranco o microfone e os fios presos na minha pele, dispositivos que salvaram minha vida esta noite. Se não estivesse com eles, se a polícia não estivesse escutando, não teriam ouvido minha conversa com Kimball. Não saberiam que ele já estava dentro da minha casa.

Lá fora, sirenes aproximam-se.

Fecho os botões da blusa, levanto-me e tento não olhar para o corpo de Kimball Rose enquanto saio do quarto.

Lá fora, a noite quente pulula com conversas de rádio e as luzes dos carros de polícia. Sou claramente visível naquele brilho caleidoscópico, mas não recuo diante da claridade. Pela primeira vez, em um quarto de século, não tenho que me esconder na escuridão.

— Você está bem?

Viro-me e vejo a detetive Rizzoli de pé a meu lado.

— Está tudo bem — respondo.

— Sinto muito pelo que aconteceu lá dentro. Ele nunca deveria ter se aproximado tanto de você.

— Mas agora acabou. — Respiro fundo a liberdade. — É isso que importa. Finalmente terminou.

— Você ainda tem que responder a algumas perguntas do Departamento de Polícia de San Diego. Sobre a morte de Bradley e o que aconteceu naquela noite.

— Não tem problema.

Há uma pausa.

— Não, não tem — diz ela. — Eu tenho certeza de que nada é um problema para você.

Ouço uma nota tranquila de respeito em sua voz, o mesmo respeito que aprendi a sentir por ela.

— Posso ir embora agora? — pergunto.

— Desde que a gente sempre saiba onde você está.

— Vocês sabem onde me encontrar.

Será sempre onde minha filha estiver. Esboço um pequeno gesto de adeus na escuridão e caminho até meu carro.

Durante esses anos, sempre fantasiei esse momento, o dia em que não precisaria mais ficar olhando sobre o ombro, em que poderia por fim responder ao meu nome verdadeiro, sem medo das consequências. Nos meus sonhos, seria um momento de alegria irradiante, quando as nuvens se abririam, champanhe jorraria e eu gritaria de felicidade para o céu. Contudo, essa não é a realidade que esperava. O que sinto é mais retraído, em vez da alegria delirante, do bater de pés. Sinto-me aliviada, cansada e um pouco perdida. Todos esses anos, o medo foi meu companheiro constante; agora, preciso aprender a viver sem ele.

Enquanto dirijo rumo ao norte, sinto o temor descascando-se feito camadas de linho velho, que tremulam como feixes e soltam-se flutuando pela noite. Deixo que se vá. Deixo tudo para trás e dirijo rumo ao norte, em direção a uma pequena casa em Chelsea.

Em direção à minha filha.

Agradecimentos

Tenho uma dívida de gratidão para com o Dr. Jonathan Elias, do Akhmim Mummy Studies Consortium, e Joann Potter, do Vassar College Frances Lehman Loeb Art Center, por me permitirem compartilhar da empolgação do escaneamento de Shep-en-Min. Muito obrigada também a Linda Marrow pelas brilhantes sugestões editoriais; a Selina Walker, por sua intuição afiada; e a minha incansável agente literária, Meg Ruley, da Agência Jane Rotrosen.

Mais que tudo, agradeço ao meu marido, Jacob. Por tudo.

Este livro foi composto na tipologia Minion Pro,
em corpo 11/15,1, e impresso no Sistema Digital
Instant Duplex da Divisão Gráfica da Distribuidora Record.